紅
kure-nai
片山憲太郎
Kentaro Katayama
山本ヤマト
Yamato Yamamoto

muto tamaki
武藤環
yamie
闇絵
juzawa benika
柔沢紅香
inuduka yayoi
犬塚弥生

kurenai shinkuro
紅真九郎
hoduki yuno
崩月夕乃
murakami ginko
村上銀子
hoduki chiduru
崩月散鶴
kuhoin murasaki
九鳳院紫

紅

片山憲太郎

集英社スーパーダッシュ文庫

紅

CONTENTS

第一章　麗しの幼姫……10

第二章　ひとつ屋根の下……47

第三章　崩 月 家……109

第四章　初めてのチュー……156

第五章　九鳳院の闇……212

第六章　その手をのばして……249

第七章　そして僕は歩き出す……296

あとがき……314

スーパーダッシュ

イラスト／山本ヤマト

紅

第一章　麗しの幼姫

玄関のチャイムが鳴っていた、もう二時間も。

それは断続的なものであり、たまに途絶《とだ》えると、そのかわりに玄関の扉を叩《たた》く音が数十回続く。それが止《や》むと、再びチャイムが鳴り出す。音の侵略行為。部屋の主《あるじ》である杉原麻里子《すぎはらまりこ》は両手で耳を塞《ふさ》ぎ、ソファの上で身を丸め、必死にそれに耐えていた。テレビやラジオの音量を上げて打ち消すことも試したが、玄関のドアの向こうにいる男は、それと関係なく続ける。彼女が家に居るのを見計らい、音だけで責める。男はそうやって、彼女に反省を促《うなが》しているつもりなのだ。彼女が謝罪の意思を示し、ドアを開けて男を招き入れるまで、ずっと続けるのだろう。

ここしばらくは、ずっとそうだった。

大学に入学するのに合わせて上京し、一人暮らしを始めて半年以上経《た》つ。少し前までは、こうじゃなかった。生活はそれなりに快適で、大学のサークルで出会った、初めての彼氏もいた。柳川《やながわ》という名の爽《さわ》やかなスポーツマン風《ふう》の青年で、都会に慣れない彼女を上手《うま》くリードしてくれた。静かな田舎《いなか》街で生まれ育った彼女は、毎日の忙しさに半ば翻弄《ほんろう》されながらも、柳川との付き合いと大学生活に、とても満たされていたのだ。

それが崩《くず》れる前兆となったのは、一通の手紙。

ある日、部屋のポストに、差出人の名がない手紙が入っていた。中身は便箋《びんせん》が一枚だけ。文面は、ただ一言「好きだ」と書かれていた。切手が貼《は》られていないことから、本人がここまで来てポストに投函《とうかん》していったのだと想像がつき、彼女は気味の悪いものを感じて手紙を破って捨てた。

その翌日も、ポストに手紙が入っていた。麻里子がゾッとしたのは、その手紙は昨日、彼女が破って捨てたものだったからだ。学校に行く前に燃えるゴミと一緒にビニール袋に入れ、マンションのゴミ捨て場に置いてきたもの。手紙の差出人はそれを探し出し、破かれた手紙をテープで貼り合わせ、再びポストに入れたのだ。まさかそんな、と動揺しながらも、彼女は手紙をハサミで細切れにすると、今度は大学の構内にあるゴミ箱に捨てた。

その翌日もまた、手紙はポストに入っていた。

細切れにした手紙は丁寧《ていねい》にテープで継《つ》ぎ接《は》ぎされ、「好きだ」という文字は、いびつに歪《ゆが》んでいた。麻里子は確信した。手紙の差出人は、自分を監視している。しかも、大学の構内にまで入りこんでいる。これは、テレビや雑誌でよく扱《あつか》われるストーカーというやつか。麻里子は部屋の窓のカーテンを全《すべ》て閉ざし、手紙は焼いて灰にしてから捨て、警察に相談に行った。柳川に相談するということも考えたが、こういう場合は警察に頼るのが当然だと思ったのだ。警察の対応は冷静だったが、あまりにも冷静すぎた。ストーカー関連の相談は、いちいちまともに相手をしていられないほどありふれたもの。それら一つ一つを丹念《たんねん》に調べられるような余裕は、警察にはない。ただでさえ凶悪事件が増加している昨今では、麻里子のような相談を持ちかけても、よほどのコネでもない限りは、話を聞いて注意するべき点を指摘《してき》されるだけで終わってしまうのだ。

麻里子は粘ったが、「恋人と同棲《どうせい》でもしたら、向こうも諦《あきら》めるんじゃないの?」という投げやりな助言しかもらえなかった。あまりの冷たさに彼女は憤《いきどお》りを覚え、しかし、同棲するという案には一理あるようにも思えた。彼氏と暮らしていると知れば、さすがに手紙の差出人も諦めるのではないだろうか。柳川との交際はゆったりとしたもの。麻里子は奥手のため、未《いま》だ肉体関係もなかったが、こういう相談事を契機《けいき》に仲が進展することだってあるかもしれない。同棲するにはまだ勇気がいるが、彼が部屋に泊まってくれるだけでも効果はあるだろう。

麻里子は、試しに柳川に話してみることにした。柳川は、好きな女性に頼られる快感に浸《ひた》りながら、自分に任せておけと、胸を叩いた。柳川は高校時代、空手部に所属していたらしく、腕には自信があると豪語。しばらく麻里子の部屋に泊まり、その男をとっ捕まえてやると息巻いた。麻里子はようやく安堵《あんど》し、柳川と同じ部屋で過ごすことにいくらかの甘い空想を抱く余裕さえ取り戻した。

柳川の出番は、すぐに訪れた。柳川が麻里子の部屋に泊まった最初の日。深夜まで話していた二人が、そろそろ寝ようかと思い始めたとき、部屋のドアを誰かが叩いたのだ。覗《のぞ》き窓から廊下を見ると、そこにいたのは二十代後半くらいの、ひょろっとした痩《や》せ型の男。無表情でドアを叩き続ける様子に麻里子は怯《おび》え、そんな彼女を見かねて柳川はさっそく外に出た。柳川は、まずは平和的に説得を試《こころ》み、その背中に隠れるようにしながら、麻里子は男の写真を撮った。もし逃げられても、写真があれば警察も動いてくれるのではないか、と考えたからだ。男は柳川には目もくれず、インクで黒く塗り潰《つぶ》したような瞳《ひとみ》で、麻里子の方をずっと見ていた。その口が「俺の気持ちを燃やしたな」とブツブツ呟《つぶや》いているのに気づき、それが手紙を焼き捨てたことを指しているのだとわかると、麻里子の顔から血の気が引いた。そんな彼女に柳川は離れているように言い、拳《こぶし》を鳴らしながら男に警告。柳川が戦意を見せると、男は腰の後ろに隠し持っていたナイフを引き抜き、最初の一振りで柳川の右の耳を切り落とした。そこからは一方的な展開。男は、麻里子に見せつけるように柳川の両腕をへし折り、鼻を潰し、足を砕《くだ》く。その光景に彼女は腰を抜かし、男の暴力が自分にも向かってくるのを予想したが、男はその怯える様子を見ることで満足したのか、「また来るよ」とだけ言い残して去って行った。

そして麻里子には、ただ耐えるだけの日常が残された。

入院した柳川はすっかり自信を失い、男の復讐《ふくしゅう》を恐れて、警察に被害届を出すことさえ拒《こば》否。とにかく早く忘れたいと言い、麻里子とも縁《えん》を切ると言った。トラブルは避けるもの。自ら進んでトラブルに関《かか》わろうとする者などいない。ましてや、それが命の危険にさえ及びかねないものなら尚更《なおさら》だ。無理を言って上京させてもらったことを考えると、田舎の両親にも話せず、麻里子はダメもとで大学の友人たちに相談してみた。だが、ゴシップ感覚で興味を示す者はいても、助けてくれる者はいなかった。それどころか、こうなった原因は麻里子の側にあるとさえ言う者までいた。「そういうことされちゃう隙《すき》が、あなたにあったってことでしょ？　そんなの自業自得じゃん」と笑い混じりに言われ、周りがそれに賛同する気配なのを察し、麻里子は学校でこの話題を口にすることを諦めた。

本当に、そうなのかもしれない。自分が全部悪いのかもしれない。

鳴り響くチャイム、そしてドアを叩かれる音を聞きながら、彼女はそう思った。だったらこれは罰《ばつ》だ。悪いことをした罰を、わたしは受けているのだ。神様、許してください。どうか、わたしを許してください。田舎を出るときに祖母からもらった数珠《じゅず》を握り、震える両手を合わせ、彼女は祈った。するとどうだろう。チャイムもドアを叩く音も、ピタリと止んだ。

しばらく待ってみたが、静かなままだった。

聞こえるのは、時計のコチコチという作動音くらい。

……わたしは許されたの？

そうでありますようにと、再び手を合わせて祈り始めた彼女の耳元で、誰かが言った。

「許して欲しい？」

ひっ、と悲鳴を漏《も》らし、彼女はゆっくりと声の方に顔を向ける。

インクで黒く塗り潰したようなあの瞳が、自分を見ていた。

風になびくカーテンが、視界の隅《すみ》に映る。窓から入られたんだ、とぼんやりと理解した。ここは三階だが、外から登ってくるのが不可能な高さではない。この男なら、それくらいやる。

男は彼女の怯える様子を観察しながら、乾いた声で言った。

「反省、した？　俺の気持ちを焼き捨てたこと、ちゃんと、反省、した？」

彼女はコクコクと頷《うなず》いた。

そうしなければ殺されると思った。

「俺に、許して欲しい？」

彼女はまた頷いた。

男は、彼女の顔にある涙の跡に指で触れる。

「だったら、言え。どうか許してくださいって、言え」

「……ゆ……ゆ……る……し……くだ……さ……」

彼女は男に促されるままに言おうとしたが、あまりの恐怖に呼吸さえ上手くいかず、言葉が続かない。

男の目が、飛び出しそうなほど大きく見開かれた。

「……言えないの？」

彼女の首に、男の手がかかる。柳川の太い腕を簡単にへし折った力が、彼女の細い首を絞《し》めあげた。呼吸を強制的に止められた彼女は、手足をバタバタと動かしながら、苦しげに口から舌《した》を伸ばす。それを見て、男は少し笑った。

「女は、みんな、そうだ。痛い目を見ないと、わからない。傷つかないと、理解しない。たまらなく、愚《おろ》かだ」

男は首から手を放すと、激しく咳《せ》き込む彼女を気にせず、ポケットからガムテープを取り出した。ああ、これで縛《しば》られるんだな、と彼女は悟った。これからの自分の運命も。この男に拉《ら》致《ち》され、どこかに閉じ込められるのだ、きっと。

そして壊れるのだ、わたしは。

こいつに壊されるのだ。

もはや抵抗する気力も無くした彼女の手足を、男はガムテープで縛り始めた。そうして動けなくしてから彼女の顎《あご》を摑《つか》み、自分の方へと顔を向けさせる。

「謝る気に、なった？」

彼女は口をパクパクさせたが、声は出なかった。

男は、顎を摑む手に力を込める。

「謝れ、謝れ、謝れ、謝れ、謝れ、謝れ、謝れ、謝れ、謝れ、謝れ、謝れ、謝れ」

麻里子の瞳から涙が溢《あふ》れ出し、その口から小さな声が漏れようとしたとき、歪み始めていた何かを矯正《きょうせい》する鮮烈な声が聞こえた。

「何も悪いことしてないんだから、あなたが謝ることないですよ」

男の視線が麻里子から逸《そ》れ、彼女もその声の主の方へと目を向ける。

部屋の入り口に、一人の少年が立っていた。

いつも教室の隅で小説でも読んでいそうな、おとなしい顔立ち。背は高くないが、低くもない、平均的な体格。学校帰りなのか、学生服姿で、脇《わき》には鞄《かばん》を抱えていた。

麻里子は前に一度だけ、この少年と会ったことがある。

少年は軽く頭を下げ、困ったような顔で言った。

「遅れてすいません。本当はもっと早く来るつもりだったんですけど、準備に少し手間《てま》取りまして。玄関の鍵《かぎ》、勝手にあけて入ったことも謝っておきます。ただ、あの鍵は早く替えた方がいいですよ。安物の万能《ばんのう》鍵でもあきますから」

「誰、おまえ？」

男は麻里子から手を放し、少年をじっと観察していた。

少年は、平然と答える。

「紅真九郎《くれないしんくろう》」

「くれない、しんくろう……？」

男は麻里子の方に向き直ると、再び彼女の顎を摑んだ。

「こいつ何？」

「……し、真九郎くん、この男よ！」

恐怖で萎縮《いしゆく》していた気力を奮《ふる》い立たせ、麻里子はやっとの思いで叫ぶ。

「この男が、ずっと、わたしを……！」

「何かって訊《き》いてんだろ！」

男は拳を振り上げ、麻里子は目をつぶったが、予期した痛みは襲《おそ》ってこなかった。真九郎の投げた学生鞄が、猛烈な勢いで男の腕に当たる。男が苦鳴《くめい》を上げ、麻里子から手を放した隙に、真九郎は彼女を自分の後ろへと下がらせた。

えた。

「すぐ終わります」

　真九郎はそう言ったが、麻里子は彼の足が微《かす》かに震えていることに気づき、不安になる。だからといってこの状況では迂闊《うかつ》に動くこともできず、数珠を握りながら祖母に習った念仏《ねんぶつ》を唱《とな》えた。

　男は真九郎の登場に驚きはしたのだろうが、それでも冷静。真九郎から距離を取るように後退し、腰の後ろからナイフを引き抜いた。長さ三十センチはある刃を見せつけるようにして構え、男は真九郎に接近。刃物を前にすれば、誰でもいくらか動きが鈍《にぶ》るもの。だが真九郎は、突き出された刃先を難なく手の甲《こう》で逸らし、男の股間《こかん》を蹴《け》った。よほど的確な位置を蹴ったのか、それだけで男の動きは止まり、手からナイフを落とす。それでも股間を両手で押さえながら男は数歩進み、しかし真九郎にも麻里子にも辿《たど》り着けず、前のめりに倒れた。麻里子がそっと近づいてみると、男は口から泡《あわ》を吹き、完全に失神。

　真九郎は、床に落ちていたガムテープで男の手足を縛り上げてから、麻里子に言った。

「取り敢《あ》えず、こんな感じで」

「終わった……の？」

「いえ、まだ仕上げが残ってます」

　真九郎は、男の体を肩に担《かつ》ぎ上げた。たいして体力がありそうには見えなかったが、自分より大きい男を軽々と玄関まで運ぶ。そして、携帯電話で誰かと連絡。しばらくすると、玄関に数人の男たちが現れた。いずれも人相が悪く、麻里子は真九郎に騙《だま》されたのかと疑ったが、苦

笑で否定された。

「驚かしてすいません。えーと、依頼は身の安全の確保、でしたよね?」

「そう、だけど……」

「そのためには、この男を何とかしなきゃならない。こちらのみなさんは、その仕上げに協力してもらうために呼びました。話はもうついてますから、ご安心を」

真九郎は気絶した男の首筋に親指を当て、ぐっと押し込む。たちまち男は覚醒《かくせい》し、自分の置かれた状況を見て暴れるかに思えたが、意外にもおとなしかった。

「……諦めないぞ」

麻里子を見つめながら、男は声に怨念《おんねん》を込めるようにして言う。

「俺は、諦めないぞ。絶対に、君を、手に入れてやる」

男は次に、真九郎に目を向けると、口元に嘲笑《ちょうしょう》を浮かべた。

「俺を、どうする? 警察か? リンチか? 何をしても、無駄だ。おまえのことは、忘れない。俺は、しつこいぞ。何年かかっても、追い詰めて、後悔させてやる。させてやる」

男のその言葉が本気だとわかり、麻里子はいつか自分と真九郎に訪れる破滅を予感したが、真九郎は特に気にしたふうでもなかった。

「あんた、多渕薫《たぶちかおる》だよな?」

男は答えなかったが、真九郎は続ける。

「今時は、写真一枚あれば調べがつくよ。それで、あんた、暑いのは平気な方?」

「……何?」

「向こうは暑いから大変だろうなあ、とか思ってさ」

真九郎は、玄関の外で待機していた男たちに指示を出す。男たちは多渕の口に猿轡《さるぐつわ》を噛《か》ませると、そのまま数人で担ぎ上げた。いったいどうするつもりだ、と困惑《こんわく》する多渕に、真九郎は親切に教えてやることにした。

「実は、とある外国で、ダムの建設工事がある。ところが、作業員がなかなか集まらないらしくて。娯楽《ごらく》施設とか何にもない場所で、工期は最低でも十年。その後で他の地区の補完工事が何ヵ所もあって、一度日本を離れたら二十年以上は帰って来れないそうだし、希望者が少ないのも無理はない。で、その筋《すじ》の業者さんがやる気のある労働力を欲しがっててさ、俺があんたを推薦《すいせん》したわけ。あんた、ストーカーしてたくらいだから一応根性あるだろ?　体力も十分。まあ、頑張ってきなよ。貯金もできるし、現地の人からは感謝されると思うよ」

多渕は顔面蒼白《がんめんそうはく》になった。自分を担ぐ男たちの風貌《ふうぼう》から、真九郎の話が冗談ではないと気づいたのだろう。これから数十年、自分は労働力として消費される。いや、生き延びられるかどうかも疑問だ。この種の工事で、しかも、裏の業界が人を集めるような場合、苛酷《かこく》な労働の果てに使い捨てられるのが普通。これは死刑宣告にも等しい。

多渕は今頃になって命乞《ご》いをしたが、生憎《あいにく》と猿轡のせいで、誰にも意味が伝わらなかった。

お達者《たつしゃ》で、と真九郎は手を振って多渕を送り出す。

玄関のドアが閉まっても、麻里子はしばらく呆然《ぼうぜん》としていた。

これで、終わり？

「あ、あの、今の話、本当なの……？」

「本当です」

真九郎の頼んだ業者は、日本にいられなくなった犯罪者なども多く雇《やと》い入れるところで、一度雇い入れた人間は仕事が終わるまで決して逃がさない、と真九郎は麻里子に説明。

麻里子としては、いい気味だという気持ちと、やり過ぎではという気持ちが半々だったが、それを察したのか、真九郎はさらに説明を続ける。知り合いの情報屋に調べてもらったところ、多渕薫は前科二犯。半年前に出所したばかりで、以前に犯した二つの事件は、どちらも暴行と監禁。被害に遭《あ》った女性二人は心身共に深い傷を負い、未だに入院中。要するに常習犯なのだ。警察に引き渡しても、数年で出所し、復讐を企《たくら》むか、別の獲物《えもの》を捜す可能性が高い。それならばと、真九郎は独自に対応することにしたのだという。

「万が一脱走したときは、業者から連絡が入る手筈《てはず》になってます。そうなったら、俺が必ず捕まえて、今度は絶海の孤島にでも放置してやりますよ」

どこまで本気なのかわからないが、真九郎はそう言った。

ようやく安堵した麻里子は、真九郎という少年を改めて見つめ直す。

大学の友人たちに相談した際、その一人が何気なしにしてくれた噂話《うわさ》。多少危険なことでも引き受けてくれる、いわゆる揉《も》め事処理屋がいるというその話に麻里子は飛びつき、そうして真九郎とコンタクトを取ったのが数日前。料金から考えても気休め程度にしかならないだろうと思い、依頼したことを半ば忘れてさえいたくらいなのに、まさかこれほど完璧《かんぺき》に処理してみせるとは。

「では、依頼を完了したので料金をいただきます」

「ありがとう」

麻里子は嬉《うれ》しさのあまり真九郎を抱きしめそうになったが、それを堪《こら》え、依頼料を封筒に入れて渡した。受け取った真九郎は、中身を確認してから数枚を抜き取り、麻里子に返す。

「ギリギリのタイミングでしたからね」

「えっ、でも……」

麻里子としては、感謝の気持ちを考えれば十倍の額を請求《せいきゅう》されても文句はないのだが、真九郎はさっさと封筒を鞄にしまう。

「それじゃ」

「あ、あの……」

もう少し会話したいと麻里子は思ったが、真九郎は軽く手を振り、玄関のドアの向こうへと消えてしまった。これが、揉め事処理屋というものか。

閉じられたドアを見て、麻里子は力が抜けたように床に腰を下ろした。窓の外には赤く染まった空。今が夕方なのだと、初めて気づく。

ようやく静寂《せいじゃく》が戻った室内。取り戻した平穏《へいおん》。窓から吹き込む冷たい風を感じていると、死さえ覚悟した絶望も、何処《どこ》か遠くに消えてしまう。

この街は怖い、と思う。でも、まだこの街にいようと思う。恐ろしい悪意もあるけれど、それに負けない力もあると知ったから。

麻里子は、その手にまだ数珠を握っていることに気づき、久しぶりに祖母の声が聞きたくなった。しばらく連絡してないので、きっと心配していることだろう。いろいろ話したいこともある。

麻里子はドアにしっかり鍵をかけると、田舎に電話することにした。


「……まだ高いよなあ」

仕事を終えた帰り道。駅前のスーパーで夕飯の買い物をした真九郎は、途中の電気屋で、炬《こ》燵《たつ》と炬燵布団《ぶとん》のセットが二割引きで売られているのを見つけ、その前で迷っていた。これからの季節、炬燵があればありがたいが、頭の中で数字を並べ、結局は諦めた。そのかわりに、近くの自販機でタバコを一箱購入。銘柄《めいがら》はいつものやつ。それをポケットに入れ、片手に買い物袋をぶらさげながら、真九郎は家路につく。

商店街を吹き抜ける冷たい風は、冬の到来を感じさせるもの。元気に走り回る小学生の集団の中には、首にマフラーを巻いた者もいる。主婦たちが少し急ぎ足のように見えるのも、日が暮れると今よりもっと冷えることを懸念《けねん》してのことか。まだ十一月だが、雪が降ってもおかしくはない寒さ。電柱に繋《つな》がれて飼い主を待つ犬も、寒さに身をすくめているようだった。

真九郎が高校生になってから、最初の冬。つまり、揉め事処理屋を始めてまだ一年にも満たないということ。それなりに上手くやれてるはずだ、と真九郎は思う。

多少の感謝と多大な憎悪《ぞうお》といくらかの謝礼を得ながら、何とか続けられている。

八年前からすれば想像もつかない、今の自分の姿。

ふと夕焼け空を見上げると、呑気《のんき》な鳴き声を響かせながら飛んで行くカラスの群れ。それは昔と変わらない光景。マスコミはしきりに環境破壊の深刻さを警告するけれど、本当は、人間が心配するほどではないのかもしれない。まあ、自分たちの存在が与える環境の変化にまで気を配る生物は、人間だけに違いないだろうけれど。

そんなことを考えつつ歩いていた真九郎は、今日の新聞を読んでないことを思い出し、コンビニに立ち寄ることにした。サボり癖《ぐせ》の多い店員ばかりで、全紙面を熟読しても文句を言われない店。新聞を取ってない真九郎には、良い店である。紙面を埋め尽くすのは、相変わらず陰《いん》鬱《うつ》な事件が大半だった。自分より先にトイレに入ったから、という理由で母親を刺し殺した中学生の息子。電車内で泣いていた赤ん坊を母親の手から奪い取り、窓から放り捨てて殺したサラリーマン。注意を無視したという理由で、小学生を撃ち殺した警察官。五歳以下の幼児だけを狙《ねら》った連続強姦魔《ごうかんま》や、塾帰りの子供たちをナイフで襲った麻薬中毒者などもいる。

あまりにも凄惨《せいさん》な最近の世相に、真九郎が思わず「神様っていると思うか？」と訊くと、幼《おさな》なじみの村上銀子《むらかみぎんこ》はこう答えた。

「いるに決まってんじゃない。いるからこそ、まだ『この程度』なのよ。かろうじて世界は成り立ってる。神様がいなかったら、こんなもんじゃ済まないわ」

ならば神様は、もう手一杯なのかもしれない。

だからあのときも、助けてくれなかったのか。

真九郎は気分が重くなるのを感じ、新聞をラックに戻すと、コンビニを出た。途端《とたん》に吹きつけてくる風の冷たさに閉口しつつ、商店街を抜け、並木道を通っていく。

真九郎の住む五月雨《さみだれ》荘は、駅から徒歩十分ほどの場所にある古いアパート。豊富な樹木に囲まれ、そこだけ時間の流れが違うかのように、ひっそりと存在している。鉄筋コンクリート製の二階建て。部屋は1号室から6号室まであり、風呂は無く、トイレは共同。

古い石造《いしづく》りの門を通り、わりと広い敷地に入ると、そのすぐ左側には大きな木。樹齢が想像もつかないほどの立派《りっぱ》な様相は、この辺《あた》りの植物の主かと思わせる貫禄《かんろく》だ。

真九郎が視線を上に向けると、そこには知り合いがいた。太い枝に腰を下ろし、幹に背中を預けた一人の女性。その服装は、頭の上から足のつま先まで黒ずくめ。つばの広い黒の帽子、黒革《かわ》の手袋、黒いブラウス、黒いロングスカート、黒いハイヒール。拳ほどのサイズのドクロが付いた首飾りが、唯一《ゆいいつ》のアクセサリー。膝《ひざ》の上に黒猫を乗せた彼女の姿は、ほとんど魔女にしか見えない。

老木に寄り添いながら夕闇《ゆうやみ》を見つめる、黒き魔女。

「どうも、闇絵《やみえ》さん」

真九郎が声をかけると、それまで遠くを見ていた黒い瞳がこちらへと向けられた。生気が感じられず、それでいて妖艶《ようえん》な美を漂わせる顔は無表情だったが、真九郎の姿を認めて、口元にかすかな笑みが浮かぶ。

「やあ、少年。仕事帰りかい？」

「はい」

「働く姿は美しい。頑張りたまえ」

芝居《しばい》がかった口調だが、彼女が言うと違和感がない。存在そのものに違和感があるからだろう。初対面の際、真九郎が闇絵に抱いた感想は、このアパートの地縛霊《じばくれい》。たまたま彼女を目撃した近所の学生が、悲鳴を上げて逃げ出したという話もあるほどで、とにかく浮世《うきよ》離れしている。

闇絵は、五月雨荘４号室の住人であり、このアパートで最も妖《あや》しい人物だ。職業も年齢も一切不明だが、夕暮れどきにはよく木の上にいる。

真九郎がポケットからタバコを取り出すと、闇絵の膝にいた黒猫が身軽な動作で地面に飛び下り、足にじゃれついてきた。闇絵の飼い猫で、名前はダビデ。その頭を撫《な》で、真九郎はタバコを渡してやる。ダビデは器用に箱を口に銜《くわ》え、再び飼い主の膝へと戻って行った。

「いつもありがとう、少年」

闇絵は箱から一本抜き出し、それを銜えてマッチで火をつける。ライターではなくマッチを使うのは、彼女のこだわりらしい。使い終えたマッチは、彼女が軽く手を振ると手品のように消えた。黒い革手袋に包まれた指でタバコを挟《はさ》み、闇絵は満足そうに紫煙《しえん》を吐き出す。それは風に乗り、一筋の流れとして空気に溶けていった。

真九郎はタバコがあまり好きではなく、目の前で吸われると不愉快《ふゆかい》に思うこともあるのだが、闇絵と、あともう一人に関してだけは例外だった。その人間のスタイルとして定着している場合、むしろ吸ってない方が不自然に感じることもある。

「前から訊こうと思ってたんですけど、そのドクロって本物なんですか?」

「これかい?」

首から下げたドクロを、闇絵は夕陽《ゆうひ》に透かすようにして持ち上げた。

「これはな、わたしの愛した男の一部なんだ」

「えっ?」

「正義感の強い奴《やつ》でね。世の中の真実を伝えたいと言って、フリーのジャーナリストになり、世界中を飛び回っていた。帰国しては、珍《めずら》しい話をよく聞かせてくれたものさ。最期《さいご》は、呆気《あっけ》なかったよ。紛争の起きた途上国で取材中に、地雷を踏み、片足が吹き飛ばされたところを、ゲリラに撃たれて死んだ。遺体は現地で焼かれてしまったが、遺言で、わたしに送られてきてね。その一部を、身につけることにしたのだ。わたしなりの弔《とむら》いだな。こうしていれば、いつも彼の魂《たましい》とともにあるような気にもなれる」

「そ、そうだったんですか……。じゃあ、いつも黒い服を着てるのも?」

「そう、喪服《もふく》のつもりさ」

「すいません、変なこと訊いてしまって……」

すまなそうにする真九郎を見下ろしながら、闇絵はゆったりと紫煙を吐き出した。

「今作ったにしては、まああの話だろ?」

「は?」

「成人男子の頭蓋骨《ずがいこつ》がこのサイズか? 君、常識で考えなさい」

言われてみればその通りなのだが、闇絵に淡々《たんたん》と語られると、何となく鵜呑《うの》みにしてしまうのが不思議だった。どんな変なことでも闇絵ならあり得るな、という気がするからだろう。

「……あの、じゃあ、それは」

「昔、海外に行ったときに露店商《ろてんしょう》で見つけたものさ。値切りに値切り、店主がもうやめてくれとわたしに泣いてすがりつくまで値切ってから購入した。良い思い出だな。気に入っているので、こうして身につけている。サルの胎児《たいじ》の頭蓋骨を加工したものだろう」

「サルですか……」

「ちなみに、わたしがいつも黒を身につけているのは、純粋なファッションだ。黒い服が流行《はや》ったきっかけの一つは、第一次大戦後のパリで、未亡人が喪服のまま売春婦になった姿がとても魅力的だったから、という説がある。これは、傷心の女性は男から見てそそられる、ということであり、黒は女性の美しさを際立《きわだ》たせるということでもある。そして、女性はいつどんな心境でも美しくありたい、ということかな」

「はあ、なるほど……」

何だかよくわからなかったが、真九郎は曖昧《あいまい》に頷いた。

闇絵が真実を煙に巻くのはいつものこと。深く考えても仕方がない。

買い物袋に生鮮食品が入っているのを思い出し、真九郎は部屋に帰ることにする。

「じゃあ俺、そろそろ……」

「少年、女難の相が出てるな」

「女難の相？」

真九郎は聞き返したが、闇絵の瞳は既《すで》に夕焼け空へと戻され、もうこちらを見てはいなかった。彼女はいつも、重要なことをさらっと言う、まるで独り言《ひとりごと》のように。たまたま思いついたこと、感じたことをそのまま口に出してるだけなのかもしれないが、意外に当たるので侮《あなど》れない。

女難の相ね……。

思い当たる節《ふし》はないので、今のところはどうしようもないだろう。

真九郎はそれを頭から追い出し、共同玄関で靴を脱ぐと、買い物袋を揺らしながら5号室に向かった。

床板を軋《きし》ませながら階段で二階に上がり、曇《くも》りガラスに5号室と記されたドアの鍵を開け、真九郎は部屋の中へ。買い物袋の中身を冷蔵庫に入れてから、学生服を脱ぎ、私服に着替える。そして窓を全開にし、部屋の空気を入れ換えた。窓から差し込む夕焼けの赤さに目を細めながら、冷たい風をしばらく浴びる。

部屋は六畳一間。小さな台所はあるが、家具は最低限しか揃《そろ》っておらず、そのほとんどが貰《もら》い物か拾い物。真九郎は物欲が弱い方であり、現状に不満はない。欲しいものと言えば、暖房器具くらいだ。

アパートを囲む樹木が空気を浄化するのか、吹きこむ風からは排気ガスの臭《にお》いがしない。その空気を胸一杯に吸い、ゆっくり吐き出してから、真九郎は食卓兼勉強机でもあるちゃぶ台を用意し、その上に今日の報酬《ほうしゅう》とソロバン、そして家計簿用のノートを置いた。財政事情は、裕福とは程遠いが、酷《ひど》い貧乏《びんぼう》でもないというところ。衣食住を確保できているだけ、真九郎はましな方だろう。社会情勢の悪化は、貧富の差が広がっていることも原因の一つと聞く。一台一億円もする車を気軽に買う者もいれば、食うのに困って人を殺してしまう者もいる。平等なんかない。当たり前だ。平等とは、要するに同じということ。他人と自分は違う。自分はきっと、他人のようにはなれない。そして他人も、自分のようにはなれない。

今回は赤字か、と思いながら真九郎がソロバンを弾《はじ》いていると、誰かが部屋のドアをノックした。五月雨荘の各部屋には貧弱な鍵しかないが、防犯という意味では鉄壁。泥棒《どろぼう》も強盗も訪問販売も新聞の勧誘も宗教の勧誘も、絶対にあり得ない。この五月雨荘は、それらとは無縁の場所。そういう暗黙の了解が成り立つ場所。ここを訪れる者は、住人の知り合いか、住人に確かな用事がある者だけだ。

真九郎はノートに鉛筆を挟んで閉じると、腰を上げてドアに向かった。

「どちらさん?」

「わたしだ」

名乗る必要はない、という口調。

それを許される人間が、そんな傲慢《ごうまん》を許される人間が、この世には極《ごく》少数だが存在する。

真九郎は慌《あわ》ててドアを開き、そこで動きを止めた。

知り合ってもう長いのだが、いつ会っても数秒間は見惚《みほ》れてしまう。一流モデルが裸足《はだし》で逃げ出す美貌《びぼう》と、抜群《ばつぐん》のプロポーション。ワインレッドのスーツに、肩に羽織《はお》ったトレンチコート。口にタバコを銜えた姿は、さながら暗黒街を闊歩《かっぽ》するマフィアの若き女ボスとでもいうべき貫禄。それでありながら、顔にはまるで近所のガキ大将のような微笑《ほほえ》みを浮かべているのが、彼女の特徴だ。

彼女の名前は、柔沢紅香《じゅうざわべにか》。思春期の輝きを上手に上手に精錬《せいれん》していけば、やがてこういう人間になるのではないか、と真九郎は思う。

自然と頭が下がった。

「お久しぶりです、紅香さん」

「元気そうだな」

堅苦しい挨拶《あいさつ》はよせ、と紅香は苦笑しながら手を振る。

彼女を部屋に招き入れようとした真九郎は、そこでようやくあることに気づいた。紅香の羽織るトレンチコートの中に隠れるようにして立っている、小さな存在。

それはまだ小学生にもなっていないような、幼い女の子だった。


部屋に入るとすぐに、紅香の背後にいた人物が彼女のトレンチコートを脱がせた。その人物がトレンチコートを丁寧に畳《たた》む様子を見て、真九郎は目を丸くする。

「……いたんですか、弥生《やよい》さん」

「いました」

言葉少なにそう答えたのは、紅香の部下である女性、犬塚《いぬづか》弥生。若くて美人なのだが、しばらく目を離すとすぐに記憶から消えてしまうような、不思議な印象を彼女は持っている。派手《はで》な紅香の側《そば》にいることもその一因であろうが、声を出すか、紅香が接しなければ、まず誰にも気づかれないほど気配が薄い。真九郎が以前に訊いたところでは、弥生の実家は古い忍《しのび》の家系だとか。冗談を言う性格ではないので、本当だろう。

紅香の背後に控《ひか》えるようにして立つ彼女の手には、大きな旅行鞄が一つ。

今日の訪問と関係あるのかな、と思いながら真九郎は台所でお湯を沸かす。弥生は他人から渡された飲食物を口にしないので、三人分のお茶を用意。それをちゃぶ台の上に置き、かしこまるように正座しながら、真九郎は紅香の言葉を待つ。

一度お茶に口をつけてから、紅香は話を切り出した。

「この子を守ってやってくれ」

前置き無しに、いきなり本題。

真九郎は、紅香の隣に座る少女を改めて見つめる。一瞬、現実感を失いそうになった。

まるで、絵本から抜け出してきたかのような少女なのだ。それも、王子様とお姫様が出てくる外国の童話。少女が着ているのが見事なドレスであることも理由だが、無論、それだけではない。長い髪も、細い手足も、薄い唇《くちびる》も、伏せられた眼差《まなざ》しも、白い肌《はだ》も、全てに気品があり、とにかく整い過ぎている。幼女趣味など微塵《みじん》もない真九郎でさえ目を奪われる可憐《かれん》さは、末恐ろしいほど。

少女が紅香と並んだ姿は、女盗賊《とうぞく》に誘拐《ゆうかい》されたお姫様の図、というところか。

真九郎は気を取り直し、紅香に視線を戻す。

「……つまり、仕事の依頼ってことですか?」

「そういうこと」

紅香は軽い口調だったが、聞いている真九郎は心臓の鼓動《こどう》が速まるのを感じた。彼女は真九郎にとって、ただの知り合いではない。恩人であり、大先輩なのだ。

柔沢紅香は、真九郎と同じ揉め事処理屋。その実力は業界最高クラスといわれる存在。活躍の場は全世界規模で、武勇伝は数知れず。真九郎のような駆け出しの新人から見れば、まさに天上人《てんじょうびと》。そんな彼女からの依頼なのだ。真九郎が緊張するのも、無理はなかった。

気持ちを落ち着けながら、真九郎は考える。

多忙な紅香は、自分に来た依頼を他の同業者に回すことがたまにある。もちろん、それは紅香が信頼できる相手に限定。だから、彼女からこういう話が来たことは素直に嬉しい。

しかし、その内容が問題。

そもそも、この少女は誰なのか？

「こちらは九鳳院紫《くほういんむらさき》。今年で七歳になる」

真九郎の疑問を察して、紅香が先回りするように紹介した。

吸い終えたタバコをちゃぶ台の上に置かれた灰皿に押しつけ、紅香が新たな一本を銜えると、慣れた動作で後ろから弥生が手を伸ばし、ジッポライターで火をつける。

それを見ながら、真九郎は尋ねた。

「……あの九鳳院ですか？」

「他にあるか？」

それはそうだ、と納得し、真九郎は再び少女を見つめる。

九鳳院を名乗る家系は、この国に一つだけ。その資産は世界全体の数％に及ぶとさえいわれる大財閥《ざいばつ》、九鳳院家。名家中の名家だ。

この少女が、そんな一族の人間だというのか。

真九郎にじっと見られているのに気づいても、九鳳院紫は一度も視線を上げなかった。行儀《ぎょうぎ》良く座り、眼差しは静かに伏せられている。その口は閉ざされ、何も語らない。

「……この子を、俺に守れと?」

「そうだ」

「誰に狙われてるんです?」

「言えない」

「狙われる理由は?」

「言えない」

「どうして俺に?」

「適任と思ったから」

「いや、だってそれ、九鳳院家からの依頼なんですよね? 紅香さんの方がずっと……」

「わたしは子供が苦手だ」

「そんな……」

「それに、ここなら安全だろ?」

「まあ、それはたしかに……って、ちょっと待ってください。まさかこの部屋で、この子を預かれってんですか?」

「問題あるか?」

「あるでしょう……」

真九郎の困惑をよそに、紅香は涼しい顔でタバコを吹かしていた。

詳《くわ》しい事情を説明せずに、こんな幼い少女の護衛《ごえい》をしろという。しかもその少女は、あの九鳳院家の人間。普通なら一考する余地すらないほど胡散臭《うさんくさ》い依頼であり、すぐに断るのが無難。だが、相手が他でもない紅香とあれば話は別だ。真九郎は、揉め事処理屋としての紅香を尊敬しており、恩義もある。真剣に検討しなければならない。

参ったなあ……。

返事をするまでの猶予《ゆうよ》を得るため、真九郎は湯《ゆ》呑《の》み茶碗《ぢゃわん》を持ち、腰を上げて台所に向かった。薬缶《やかん》に残ったお湯を湯呑み茶碗に注ぎ、一息で飲み干す。熱い液体が食道を通る感覚を、目を閉じて味わう。活発になった血流が脳にまで影響を及ぼし、いくらか頭が回転するような気がした。

冷静に考えてみる。

ボディガードは初めての経験だ。自分と保護対象、単純に考えて、守る苦労が二倍になる困難。しかも、事態に対して常《つね》に受け身。生半可《なまはんか》な覚悟ではこなせない。弥生が持ってきた旅行鞄は、おそらく九鳳院紫のための荷物。真九郎は依頼を引き受けると、紅香は思っているのか。この部屋で、子供と暮らせというのか。

真九郎はちゃぶ台に戻り腰を下ろしたが、結論を出せず、もう一度少女の方を見た。

思わずドキリとした。

九鳳院紫が、初めて視線を上げ、こちらを見ていたのだ。

幼い瞳は、うっすらと涙で濡《ぬ》れていた。その純粋な輝きに、真九郎は目を離せなくなる。彼女は七歳。それくらいの頃の自分は、今と比べて多くの言葉を持たなかった。だから何かを求めるときは、その意思を瞳に込めるしかなかった。助けて欲しいのに、その苦しみがあまりに大きすぎて言葉にできず、黙って見つめるしかなかった。相手はそれだけでわかってくれると、自分の気持ちを理解してくれると、助けてくれると、そう信じていた。子供の幻想。都合の良い考え。でも、真九郎の家族は、ちゃんと受け止めてくれた。いつも助けてくれた。そのときの喜びを、真九郎は忘れてはいない。

ならば今、自分にできることは一つ。

「どうする、真九郎？」

「引き受けます」

真九郎の返事を聞き、紅香は満足げに微笑み、九鳳院紫は驚いたように目を見開く。真九郎が無言で頷いて見せると、九鳳院紫は恥《は》ずかしそうに俯《うつむ》いた。

さて、これから大変だ……。

抱える苦労は、今までの仕事で最大。しかし、真九郎は楽な人生を望んで揉め事処理屋になったわけではない。それに、何やら気分は良かった。それは多分、この選択が正しかったからだろう。

真九郎はそう思った。

このときは。

紅香と弥生を途中まで送ることにした真九郎は、九鳳院紫を部屋に残し、外に出た。

既に日は暮れ、辺りは闇の色が濃い。五月雨荘を囲む樹木が昼間よりも一層巨大に、そして活性化しているように見えるのは、真九郎の錯覚《さっかく》だろうか。

風に揺れる葉音を聞きながら、真九郎は紅香たちと門まで歩く。

「でも、ホントに、どうして俺のところに?」

「不満か?」

「いや、そういうわけじゃ……」

「わたしはな、大事なことは直感で決めることにしてる。理屈は抜き。今までずっとそうしてきた。で、今回の件は、おまえがいいんじゃないかと思ってね」

「……どういう意味です?」

何やら含みがありそうな、紅香の言葉。

護衛として期待しているというのとは、少し違う気がした。

「それは言えない」

タバコを銜えたまま、紅香はニヤリと笑う。

この秘密の多さ。やはり胡散臭い依頼だ。

それでも引き受けた以上、最善を尽くすしかない。

「真九郎、おまえには期待してるよ。これぱっかりは、わたしではどうにもならん」

「また悪巧《わるだく》みか」

門の側にある暗闇から、そんな声が聞こえた。真九郎がそちらへ向くと、まずは小さな赤い光点が見え、続いて暗闇から滲《にじ》み出るようにして人影が姿を現す。赤い光点は、タバコの火。人影は、タバコを銜えた闇絵。全身黒一色の服装は、周囲に広がる夜の闇に半ば溶け込んでいるかのようだった。

気づいていたのか、闇絵の登場に紅香は驚かない。

「相変わらず陰気だな、闇絵」

「相変わらず派手だな、紅香」

真九郎も詳しく訊いたことはないが、この二人は古い知り合いらしく、顔を合わせると必ず嫌味のようなものを交換する。雰囲気《ふんいき》は正反対ともいえる二人だが、容姿の端麗《たんれい》さ、そして口にタバコを銜えたところだけはそっくりだった。

「紅香、子供はどうした?」

「知らん。適当にやってるよ」

「哀《あわ》れだな」

「何が?」

「おまえみたいなのが母親という事実が、哀れだ」

「ケンカ売ってんのか」

軽い睨《にら》み合いが始まり、いつもなら真九郎はただ観戦するだけなのだが、今日は気になることが一つ。

「……紅香さん、子供いるんですか？」

「いるよ」

あっさり肯定されたが、彼女に憧《あこが》れがある真九郎にとってはわりとショックな事実。紅香の見た目の年齢は二十代後半くらいで、その私生活は知らないが、まさか子持ちとは思わなかった。付き合いは長いが、今までそういう話題が出たことはなかったのだ。紅香と母親のイメージは、まるで合わない。こんな人に子育てなんてできるのか、いろいろと質問したかったが、野暮《やぼ》なような気がしてやめておく。

「そんじゃあ、あとはよろしく頼む、真九郎。近いうちにまた連絡するよ」

はい、と真九郎が頷く側で、闇絵は紅香を冷ややかに見つめていた。黒い革手袋に包まれた指でタバコを挟み持ち、その火先を紅香に向ける。

「おまえが修羅《しゅら》の道を歩むのは勝手。どうなろうと知ったことではないが、前途ある少年を、それに巻き込むものじゃない」

「今回は善行さ。わたしにしては、珍しくな」

紅香は苦笑を浮かべると、少し湿った声と紫煙を、一緒に吐き出す。

「古い、約束でね……」

どういう意味なのか気になったが、それについても真九郎は訊かなかった。何でも訊けて、何でも答えをもらえたのは、子供時代だけだ。今はもう、答えは自分で見つけるしかない。見つからないなら、自分の知る範囲で折り合いをつけるしかない。それがどれくらい上手くできるかが大人である尺度だと、真九郎は思う。

紅香と弥生を見送った真九郎は、九鳳院紫のことを闇絵に話しておこうかと思ったが、彼女の姿はどこにも見当たらなかった。まるで、もう用が済んだので夜の闇に同化してしまったかのように。かすかに残るタバコの香りだけが、彼女がそこにいた証拠。

それを嗅《か》ぎながら、まあ明日でもいいか、と真九郎は部屋に戻ることにした。

これからしばらくの間、同居人が一人。しかも幼い女の子。

あんなお姫様みたいな子に、どう接したらいいのだろう。誰かに命を狙われているなら、さぞかし不安だろうし、ここは壊れ物を扱うように、優しくしてあげるべきか。

真九郎が部屋に戻ると、九鳳院紫はさっきと同じように、行儀良く座ったままだった。部屋の主である真九郎を、待っていたのか。

真九郎は、なるべく優しい口調を意識しながら挨拶。

「これからよろしくね」

彼女の頭を撫でようと伸ばした真九郎の手は、しかし、ピシャリと跳《は》ね除《の》けられた。

「気安く触るな一般庶民《しよみん》」

それが九鳳院紫の放った第一声。

……………あれ？

啞然《あぜん》とする真九郎の前で、紫はすっと立ち上がり、自分用の荷物が詰まった旅行鞄のところへ移動。そして鞄を開くと、着ていたドレスをいきなり脱ぎ始めた。まるで、邪魔なものを取り払うかのように。

この場合どう声をかけていいのか、それ以前に今の紫の言葉は幻聴だったんじゃないか、などと真九郎が混乱しているうちに、彼女はさっさと着替えを終えた。これまた、絵本から抜け出したかのような姿だった。ただし、お姫様の出てくる童話ではなく、ワンパク小僧《こぞう》が活躍する冒険物だ。男物らしきTシャツと半ズボンを身につけ、その上からジャンパーを着た紫は、頭を軽く振り、その勢いで長い髪を整えてから、真九郎の方へと目を向ける。さっきまでの可憐さはどこかへと消え失《う》せ、今は生意気で傲慢そうな笑みが、その顔には浮かんでいた。

小さな胸を反らすように顎を上げ、紫は腰に手を当てる。

「おまえ、名は?」

「えっ?」

「日本語がわからんのか。わかるなら答えろ。おまえの名は?」

「……紅真九郎」

「覚えよう。それで、わたしの部屋はどこだ? すぐに案内しろ」

「ここだけど」

「なに? じゃあ寝室は?」

「ここだけど」

「食堂は？」

「ここだけど」

「リビングは？」

「ここだけど」

「風呂は？」

「ない。でも、近くに銭湯《せんとう》があるから……」

一通りの質問を終えた紫は、その内心の苛立《いらだ》ちを表すようにつま先で床を踏み鳴らし、室内をぐるりと見回した。それから真九郎の顔を見て、もう一度室内を見回し、再び真九郎の顔に視線を留める。

「……ふん、そうかそうか。わかったぞ、そういうことか。おまえ、わたしが子供だと思ってバカにしてるな？　こんな貧相《ひんそう》な部屋に人間が住めるわけなかろう！」

とても他の住人たちには聞かせられない言葉だった。

現実から逃避するように視線を巡《めぐ》らせた真九郎は、紫の脱ぎ捨てたドレスの近くに、目薬の容器が落ちていることに気づく。

……まさか、さっきの涙やドレスは……演出？

俺に引き受けさせるための？

じゃあ……。

「おい！　なんとか言わんか、一般庶民！」

紫の声を聞きながら、真九郎は思った。
女難の相、大当たり。

第二章　ひとつ屋根の下

　早朝の教室が、真九郎《しんくろう》は好きだった。

　ほとんど人気《ひとけ》のない下駄《げた》箱や廊下を通り、辿《たど》り着く先にある静かな空間。真新しい空気で満たされているような気さえする清浄感を味わうため、真九郎はいつもかなり早い時間に登校していた。部活の朝練に参加する生徒に混じるようにして校門を通っているのだが、教室に一番乗りであったことはない。真九郎が教室の扉を開くと、そこには電気もつけずに席に座る一人の女子生徒が、必ずいるのだ。

　今朝もやはり、星領《せいりょう》学園一年一組の教室には彼女が一番先に来ていて、やはり電気もつけずに席についていた。彼女の指がノートパソコンのキーを叩《たた》く音だけが、静かで薄暗い教室内に響いている。

　真九郎は電気をつけ、自分の席に鞄《かばん》を置いてから、彼女に声をかけた。

「おはよう」

　聞こえてはいるのだろうが、彼女はノートパソコンの画面から顔を上げることもなく、指先はキーを叩き続ける。彼女のメガネには画面が反射して映り、それが真九郎への無関心を強調しているように思えた。

相変わらずの無愛想《ぶあいそう》な態度に苦笑しつつ、真九郎は彼女の前の席に腰を下ろす。そこでようやく、彼女は手を止め、顔を上げた。

「何?」

度の強いメガネの奥にある瞳《ひとみ》が、睨《にら》みつけるようにして真九郎を見る。別に何か怒っているわけではなく、ただ近眼ゆえのことである。相手が誰でも、彼女はこういう目つきで見る。もう十年以上も前から彼女を知る真九郎は慣れているが、初対面の者なら、自分の何が彼女を不《ふ》愉快《ゆかい》にさせているのか不安になることだろう。

彼女の名は、村上銀子《むらかみぎんこ》。真九郎とは幼稚園から高校まで同じという腐れ縁《えん》の仲で、いわゆる幼《おさな》なじみだ。

菓子パンの詰まったコンビニのビニール袋を、真九郎は銀子に渡す。来る途中に買ったもので、菓子パンばかりなのは銀子の好み。彼女はさも当然のようにそれを受け取り、好物のアンパンを一つ取り出して包みを破った。

「話があるなら、早く言って」

「昨日の件の報告」

真九郎は、昨日のストーカーの件の顚末《てんまつ》を銀子に話す。彼女から経由して来た依頼なので、一応気を遣《つか》ったのだ。銀子は再び画面に視線を落としていたが、真九郎の話は聞いているようだった。ノートパソコンは学校の備品ではなく、銀子の私物。校則で特に禁じられているわけではないが、学校に持ってくる私物の範囲を超えているということで、以前は何度となく教師から注意を受けていた。しかし銀子はそれに耳を貸さず、なし崩《くず》し的に許される形になったのが現状。その裏に何か取引があったらしいのだが、真九郎も詳《くわ》しくは知らない。そんな彼女は、クラスでは変人で通っている。話しかけてもろくに返事もしない、まったく協調性のない女子生徒。暇《ひま》さえあればノートパソコンをいじっている暗い女。一度そういう評判が広まると、以後は、ほとんど誰も彼女と接触しなくなった。緩《ゆる》やかな排除。

変人に関《かか》わる気はない、ということだ。そういう人間に関わって事件に発展した例など、今の世の中いくらでもあるからだろう。

幼なじみの真九郎からすれば、村上銀子ほどまともな人間は滅多《めった》にいないと思うのだが。

「バッカじゃないの、あんた」

真九郎の話を聞き終えた銀子は開口一番《かいこういちばん》、そう言った。

「なに中途半端なことしてんのよ、情けない」

料金を半額に負けたその判断に、銀子はいたく不満があるらしい。

「払うものは払い、貰《もら》うものは貰う。それがプロでしょうに」

「いや、でも……」

「女が話してるときは黙って聞く！」

銀子に一喝《いっかつ》され、真九郎は口を閉じる。

彼女には幼稚園の頃からの自分を知られており、それは真九郎の大きな弱みだ。

どうして昔の自分を知られているのは恥《は》ずかしいのだろう？

あの頃は、全《すべ》てが剝《む》き出しになっていたからか。

頭の隅《すみ》でそんなことを考えながら、真九郎は銀子の説教を聞く。

「報酬《ほうしゅう》を値下げしたのは、あんたが自分の仕事に自信を持ってない証拠よ。過程はどうあれ、やり遂《と》げたなら、しっかり貰いなさい。安易に報酬を値下げするようなプロは、誰からも信用されないわよ」

まさに正論という気がしたので、真九郎は反論できなかった。簡単な口喧嘩《げんか》ですら、銀子に勝てた経験はほとんどない。知識も頭の回転も、昔から彼女の方が上なのだ。

真九郎を見据《みす》えながら、銀子は二つ目のアンパンを齧《かじ》る。彼女は菓子パンが大好物で、よく食べるのだが、そのわりにはクラスでも一番の細身。自分の貧弱なプロポーションを多少は悲観しているようで、最近では前以上に食べる量が増えていた。それでもさっぱり肉がつかない。そういう体質なのだろう。

「だいたいね、あんたみたいなのが揉《も》め事処理屋なんてやること自体、間違ってんのよ」

「またその話か……」

真九郎は少しうんざりしつつも、銀子に睨まれたので口を閉じた。仕事を始めるとき最後まで反対していたのは銀子で、それを聞き入れなかったことを未《いま》だに根に持っているのかもしれない。

銀子は言いたいことを言って満足したらしく、ノートパソコンの画面に視線を戻す。口にアンパンを銜《くわ》えながらも、その指はキーボードの上を滑《なめ》らかに踊っていた。指はこれだけ動くのに、運動は大の苦手だったりするところが彼女の数少ない愛嬌《あいきょう》だ、と真九郎は思う。

「銀子、ちょっと頼みがあるんだけど、いいか?」

「仕事の依頼?」

「情報を集めて欲しいんだ、九鳳院《くほういん》の。真偽《しんぎ》の不確かなものも含めて、集められるだけ」

詳しいことを紅香《べにか》が教えてくれなかった以上、こちらで調べる必要がある。

銀子はキーを打つ手を止め、怪訝《けげん》そうに真九郎を見つめた。

「……九鳳院?」

大財閥《ざいばつ》である九鳳院と真九郎が、まったく結びつかないのだろう。

真九郎は事情を簡潔に説明。念のため、九鳳院家の人間の護衛《ごえい》を頼まれるかもしれない、という曖昧《あいまい》な言い方に留めた。銀子のことは信用しているが、プロの情報屋に、迂闊《うかつ》なことは教えられない。

村上銀子は、女子高生でありながら情報屋、しかも二代目なのだ。彼女の祖父、村上銀次《ぎんじ》は、戦前戦後の混乱期、そして高度経済成長期に暗躍《あんやく》した凄腕《すごうで》の情報屋で、その人脈は全て孫娘の銀子に受け継がれている。なぜ三代目ではなく二代目なのかというと、本来それを受け継ぐはずだった銀子の父が、ラーメン屋の一人娘と結婚してしまったからだ。

「変ね、それ」

話を聞いた銀子は、まるで信じていないようだった。

「そんなの、近衛《このえ》隊の仕事じゃない」

銀子が言うには、公《おおやけ》にその存在は認められていないが、九鳳院財閥には近衛隊と呼ばれる集団がいて、それが一族の護衛を全て取り仕切っているらしい。近衛隊には銃火器の装備すら許され、戦力は自衛隊に次ぐほどのものだという。

「そんなマンガみたいなもんがいるのか……」

お抱えの軍隊とは、世界屈指《くっし》の大財閥ともなればさすがにスケールが違う。

そう感心しながらも、真九郎は考える。

銀子の情報が間違っていたことはない。近衛隊というのは、実在するのだろう。それなら一族の人間である紫《むらさき》の護衛を外部に依頼するのは、たしかにおかしい。不自然だ。

「その仕事、誰から聞いたの？」

「紅香さん」

「……ああ、あの人」

これぱかりは本気で不愉快そうに、銀子は眉《まゆ》をひそめた。彼女は、紅香にあまり良い印象は持っていない。その職業柄、紅香の様々な噂《うわさ》を知っているからだろう。活躍すれば、それだけ方々で恨《うら》みを買う。悪評がゼロなどあり得ない。良い噂より悪い噂の方が広まりやすいのは、裏《うら》世界も芸能界も同じ。

袋の中から紙パック入りの牛乳を取り出し、それを一口飲んでから銀子は言った。

「何で？」

「あんた、あんなのと付き合ってると、ろくなことにならないわよ」

「そうか？」

「良くて獄中死《ごくちゅうし》。悪ければ、撃ち殺されるか焼き殺されるか食い殺されるかバラバラに解体されるか拷問《ごうもん》の末に正気を失うか……」

「……どれも嫌だな」

「とにかく、そういう話は無視しなさい。断るの。胡散臭《うさんくさ》すぎて、そんなの普通なら引き受けないけど、あんたバカだし。ちゃんと考えて行動しなさいよね。いい？」

もう引き受けたとは言えそうになかった。

やっぱり失敗だったかなあ……。

銀子に曖昧に頷《うなず》いて見せながら、真九郎は昨日の出来事を思い返す。


昨日は、あれから大変だった。

紫が言うには、わざわざドレスを着ていたのは、その方が交渉《こうしょう》がスムーズに運ぶからという紅香の指示。目薬によるウソ泣きも、やはり紅香の指示。真九郎が台所に立って背を向けた隙《すき》に、目にさしたという。さらに、真九郎の返事を聞いて彼女の顔に浮かんだ驚きは、「こいつ単純だなあ」という類《たぐ》いのもので、俯《うつむ》いたのは笑いを堪《こら》えるため。

ああいう格好《かっこう》は肩が凝《こ》るから嫌いだ、とぼやく紫の側《そば》で、真九郎は頭を抱えた。完全に、紅香の策略にはめられたのだ。しかし、今さら断るわけにもいかない。真九郎は、不満たらたらの紫に六畳一間の存在を説明。やがて紫も理解してくれたが、それでも、

「一般庶民《しょみん》は我慢《がまん》強いのだな、こんな狭苦しいところで暮らせるとは……」

と、カルチャーショックのようなものはあるようだった。こんな子を預かるという無謀《むぼう》さを、真九郎はようやく実感していたが、後悔しても遅い。

これからの同居人に、改めて自己紹介。

「俺は、紅《くれない》真九郎。これからよろしくね、紫ちゃん」

「ちゃんはやめろ、気色悪い」

まったく可愛《かわい》げのない反応だった。

偉《えら》そうに胸の前で腕を組み、紫は言う。

「わたしの名は九鳳院紫。一応、断っておくが、子供だからといって甘く見るな。まず、わたしは九鳳院だ。そこらの者とは血筋が違う。わかるな？」

ここで頷かないと話が進まなそうだったので、真九郎は頷いた。

それを満足そうに見ながら、紫は続ける。

「わたしは七歳だが、もうひらがなとカタカナはマスターしている。漢字だって、多少はいける。……ああ、わかるぞ。わたしの幼さでそれほどの知能を持っていることを、おまえが疑うのも無理はないな。証明してやろう」

そう言って、紫は手を差し出した。真九郎がその小さな手の平を見つめていると、紫は苛立《いらだ》ったように手を上下に振る。何か書くものを寄越《よこ》せ、という意味だと察し、真九郎はメモ用紙と鉛筆を渡した。紫は、意外なほど滑らかに鉛筆を動かす。

「どうだ、この通りである」

えっへん、と胸を張る紫。紙には「九鳳院紫」と書いてあった。「九鳳院」の漢字が微妙に間違っていたが、真九郎は見て見ぬ振りをし、小さく拍手《はくしゅ》。

うむうむ、とご満悦《まんえつ》の紫。かなり練習した成果なのかもしれない。

やっぱり子供だな、と真九郎は思った。

「えっと、それで……」

彼女を何と呼ぼうか迷う真九郎に、紫は言う。

「わたしのことは、呼び捨てで良いぞ」

てっきり「お嬢様」とでも呼ぶよう強要されるのかと思っていたので、真九郎は少し拍子抜《ひょうしぬ》けしたが、紫は鷹揚《おうよう》に頷いて見せる。

「なに、そんなに感動するな。わたしは、心の広い人間なのだ」

「あ、そう……」

「下々《しもじも》の者にも、差別はしない。使用人であるおまえにも、優しくしてやろう」

「それはどうも……」

「さて、真九郎。わたしは疲れている。用意しろ」

寝床を用意しろ、ということか。

これからのことを思うと少し気が重くなったが、真九郎は彼女の希望に従う。客用の布団《ふとん》などないので、真九郎は押入《おしい》れから自分の布団を出し、畳《たたみ》の上に敷いた。そして紫の方に振り返った瞬間、呆気《あっけ》に取られる。鞄の近くでゴソゴソやっているので当然、パジャマに着替えているのだろうと思いきや、紫は全裸《ぜんら》だったのだ。

「ん？　何をアホみたいな顔をしている」

口をポカンと開けるだけで言葉が出てこない真九郎を、紫は怪訝《けげん》そうに見つめる。一度深呼吸してから真九郎が尋ねると、家ではいつもこうして寝るのだと、紫は答えた。彼女用の荷物が詰まった鞄には、服や下着などはあれど、パジャマは一着も無し。

たしかに、裸《はだか》で寝るのは世界的に見れば非常識でもない。そうとは理解しながらも、紫のあまりの脱ぎっぷりの良さには驚くしかなかった。まるで恥じらいがなく、むしろさっきよりも堂々とした態度だ。

せめてもの幸いは、真九郎の好みが、肉体的にも精神的にも成熟している女性であるということ。まだ胸の膨《ふく》らみもない紫の体には、純粋に健康的な美しさしか感じず、完全に興味の対象外。なので、目のやり場に困るということだけはない。

「床で寝るのか……」

ベッド以外で寝るのは初めてらしい紫は、またカルチャーショックのようなものを受けていたが、「まあ許してやる」と横柄《おうへい》に言い、口に手を当てて上品に欠伸《あくび》を漏《も》らしてから、布団に潜る。そして真九郎に電気を消すように言いつけると、間もなく寝息が聞こえてきた。

何と物怖《ものお》じしない子だろう、と真九郎は本気で感心。初めての部屋、そして初対面の相手のすぐ側で、こうも自然に振る舞える豪胆《ごうたん》さは、自分の幼い頃とは比べ物にもならない。母か姉が側に居なければ絶対に眠れなかった昔を少し思い出しながら、真九郎も寝床についた。よほど疲れていたのか、紫は翌朝になってもまだ目を覚まさず、彼女が起きないようにそっと部屋を抜け出し、真九郎は学校に来たのだった。


それにしてもよく寝てたな……。

あれだけ疲れているのは、五月雨《さみだれ》荘に来る道中に苦労があったということだろうか。

やはり、裏に何かあるのか。

真九郎がそんなことを考えている間にも、銀子の話は続いていた。

「理不尽な暴力を、それ以上に理不尽な暴力で叩きのめす。それが柔沢《じゅうざわ》紅香のやり方よ。そんなのに付き合ってたら絶対、絶対不幸になるから、なるべく距離を置きなさい。あんたバカなんだし、簡単に利用されちゃうわよ」

「いや、俺なんか利用しても……」

「バカはバカなりに使い道があんのよ。九鳳院の情報は一応集めてあげるけど、本当に注意しなさいよ、バカなんだから」

「ああ、わかった」

「それとね、あんた……」

銀子はまだ何か言いたそうだったが、教室に他の生徒が入って来たのを見て、再び自分の作業に集中した。真九郎は気にしないのだが、銀子は、自分と真九郎が親しいと周りに思われるのは避けた方がいいと言う。お互いに迷惑だろうと。

真九郎も、自分の席へと戻った。

さて、取り敢《あ》えずは今日一日を乗り切ろう。

その後で、紫にいくつか訊《き》きたいこともある。

やることがある、というのは気持ちがいい。

余計なことを考えずに済む。

真九郎は大きな欠伸をし、一時限目の授業に向けて気持ちを切り替えることにした。


部屋に帰ってきた真九郎を待っていたのは、紫のムスっとした不機嫌顔だった。

「説明してもらおうか」

結局、紫は昼過ぎまで寝ていたようだが、目を覚ましても部屋には誰もおらず、かといってこのへんの地理には詳しくないので、仕方なく真九郎の用意した菓子パンなどを食べながらアパートの敷地内をブラブラ歩いていたらしい。退屈だから怒っているのかと思いきや、彼女の怒りは真九郎が不在の件に向けられていた。

「わたしを放って、どうして勝手に外出などした?」

「いや、俺、学生だし、学校があるから……」

四六時中一緒にいられないであろうことは、依頼した紅香も承知《しょうち》していること。護衛としては致命的なその問題も、この五月雨荘という場所があればクリアされる。ここにいれば絶対安全。仮に真九郎が何処《どこ》かで誰かに殺されてしまっても、紫だけは、ここにいる限り命の安全は保障されるのだ。

真九郎はそのへんの説明をしようとしたが、相手は幼い子供。どう噛《か》み砕《くだ》いたものかと思案していると、紫は首を傾《かし》げる。

「……学校? それは、同年代の者たちが集まり、学問を学ぶという場所のことか?」

「そうだけど……」

変な反応だなと真九郎は思い、そこで、ふと疑問を抱いた。

紫は七歳。普通なら小学一年生。学校はどうしているのだろう。

「紫は、学校に行ってないのか?」

「行ってない。必要ないのだ」

「必要ない?」

「学校とは、学問を学ぶと同時に、社会に出るための下準備を整える場所と聞く」

「まあ、そうかな」

「ならば、やはりわたしには必要ない」

紫はきっぱりとそう言い、しかし、かすかな未練を込めるように続けた。

「……少し、興味はあるがな」

九鳳院家の人間ともなれば、超一流の私立校に自然と進むように思えるが、それは真九郎の抱く勝手なイメージで、現実はもっと複雑なのか。

「わかった。学校ならしょうがない。大目に見てやろう」

寛容なご主人様、という態度で頷く紫。一応雇《やと》われている身の真九郎としては、彼女の言葉を黙って聞くしかない。

「真九郎、わたしは風呂に入りたい。案内しろ」

疲れもあり、昨日は風呂に入らずに眠った紫の希望。

解消されない疑問は山積みだったが、真九郎は洗面器に二人分のタオルを入れると、紫を連れてアパートを出た。行き先は、五月雨荘から歩いて三分の場所にある銭湯《せんとう》。その短い道中にも、好奇心をこめた視線を周りに向けていた紫だが、もうもうと煙の上がる銭湯の煙突には感《かん》嘆《たん》のため息を漏らしていた。

「ほう、庶民はここで風呂に入るのか。わざわざ外出せねばならんとは、難儀《なんぎ》なことだな」

「……いや、みんながみんな利用するわけじゃないぞ」

一応訂正《ていせい》した真九郎は、そこで大事なことに気づく。銭湯にはもちろん、男湯と女湯がある。本当ならここで別れるべきだが、護衛役としてはどうだろう。ここは、近所の人間しか利用しない銭湯。しかし、不審《ふしん》な人間が紛《まぎ》れこんでないとは言い切れない。さてどうするか。

そんな真九郎の悩みなどお構いなしに、紫は入り口に向かって駆け出した。

向かう先は、男湯の暖簾《のれん》。

真九郎が慌《あわ》ててあとを追い、暖簾を潜《くぐ》ると、紫は番台の老人と話しているところだった。

「お嬢ちゃん、一人かい?」

「違う。使用人と一緒だ」

「使用人?」

あとから入ってきた真九郎を、番台の老人が訝《いぶか》しむように見る。それに曖昧な笑みを返しながら真九郎が尋ねてみると、十歳までは一緒で問題ないと言われた。どういう基準なんだろう、と思いながら真九郎は二人分の料金を払い、紫を連れて脱衣所へ。他人と交じり、こんな場所で服を脱ぐのは初めての経験だろうが、彼女は特に気にするふうでもなく服を脱いでいた。そして真九郎を待たずに風呂場へと向かう。腰にタオルを巻きながら、真九郎はそのあとを追った。紫にもタオルを渡そうとしたが、「不要だ」と彼女は突っぱねる。何を隠すことがあるか、と言わんばかりの態度。腰にタオルを巻く真九郎の方がみっともないような、そんな錯覚《さっかく》さえ抱かせる。本当の上流階級の人間、例《たと》えば王族などは、身分の低い者に裸を見られることを何とも思わないのだと、真九郎は前に銀子から聞いたことがあった。身分の低い者は、自分と同じ人間ではない。だから羞恥心《しゅうちしん》が働かない、という理屈らしい。紫の態度は、それと幼さが入り混じったものなのかもしれない。

風呂場に一歩入ると、紫はしばらく感心するように中を見回していた。大きな風呂にいろんな人間が一緒に入るという発想が、彼女にとっては新鮮なのか。放っておくといつまでも眺《なが》めていそうなので、真九郎は紫の手を引いて近くの洗い場に腰を下ろす。

隣に腰を下ろした紫は、横柄に一言。

「頼むぞ」

九鳳院家では、使用人に洗わせるのが普通らしい。真九郎に触れられるのを嫌がっていた彼女だが、それとこれとは別ということか。自分を振りかえってみても、幼い頃は姉に洗ってもらっていた経験があるので、真九郎は仕方なく従う。

「背中くらいはいいけど、あとは自分で洗えよ」

「なぜだ?」

おまえそんなこともできないのか、という紫の眼差《まなざ》し。

相手は子供、ここは我慢、と心の中で念じながら真九郎は他の家族連れを指差し、紫と同年代の子供が自分で洗っていることを説明。紫はあまり理解してないようだったが、ため息を吐《つ》きながら頷いた。

「……まあ、良かろう。おまえができないというものを無理にさせるのは酷《こく》であるし、わたしの本意でもないからな。許す」

では背中を洗え、と真九郎に背を向ける紫。

いちいち偉そうな奴《やつ》だ、と思いながら真九郎はタオルに石鹸《せっけん》をつけ、彼女の背中を擦《こす》った。一度擦ってから、真九郎は手を止める。幼いということを差し引いても、彼女の白い肌《はだ》はあまりにも滑らか。何の引っ掛かりもなく水滴が流れ落ちていく。女性が喉《のど》から手が出るほど欲しがる肌とは、こういうものなのかもしれない。

細かい傷だらけの自分の肌と見比べ、真九郎は苦笑を浮かべた。

これが育ちの差ということか。

背中を洗い終え、真九郎は紫にタオルを渡す。自分で洗ったことがないらしい紫は、真九郎の見よう見真似《みまね》で実行。体は上手《うま》くいったが、髪の毛は大苦戦していた。

「な、何だこれは！　目に染《し》みるぞ！」

シャンプーは目に染みて当然だと真九郎は思うのだが、九鳳院家で使っていたものは違ったらしい。子供用の特製なのだろう。百二十円のシャンプーでは、そうもいかない。

彼女の顔をシャワーで洗い流してやり、どうにか機嫌を直してもらいながら、真九郎は思う。

……これから毎日、こんなことするのか。

少しだけ憂鬱《ゆううつ》になった。

お湯の熱さに耐えられないようで、紫は三十秒ほどで湯船から上がった。そして真九郎を待たずに脱衣所へ。真九郎はもう少し長く浸《つ》かっていたかったが、彼女を追う。

大好きな風呂も、こうも騒がしいと疲れるだけ。かつての自分も、やはり両親や姉に迷惑ばかりかけていたのだろうな、と思いながら脱衣所に行くと、下着姿の紫が、何かを持っていた。近くの売店で売っている、瓶《びん》入りのコーヒー牛乳だ。どうしたのか真九郎が訊くと、「あの男からもらった」と紫。指差す先にいたのは年配の男で、マッサージ椅子《いす》に腰かけ、ニコニコしながら紫の方を見ていた。近所の商店街にある、酒屋の店主だ。五月雨荘で宴会をする際はよく店を利用するので、真九郎も多少は顔見知り。軽く頭を下げると、向こうも片手を上げて応《こた》える。少年野球チームの監督を務めるほど子供好きで知られる人物であり、紫に奢《おご》ってくれたのだろう。

「ちゃんとお礼は言ったのか？」

「礼？　なぜだ？」

両手で瓶を持ちながら飲んでいた紫は、怪訝そうに真九郎を見上げる。

「くれるというものを、わたしはもらった。それだけだぞ」

真九郎は拳《こぶし》を握り、紫の頭を軽く叩いた。

「……っ！」

紫は両手で頭を押さえてうずくまり、その拍子に落ちた瓶を真九郎はキャッチ。十秒ほどして、紫は顔を上げた。今自分にされたことが信じられない、という表情で、目には僅《わず》かに涙が浮かんでいる。

「お、おまえ、わたしを叩いたな！　しかもグーで！　しかもグーで！」

真九郎はもう一発叩く。

「……ま、また叩いたな！」

頭を押さえ、涙目で抗議してくる紫に、真九郎は言った。

「誰かに良くしてもらったら、ちゃんとお礼を言え。それは当たり前のルールで、子供でも守らなきゃダメだ」

言ってから気づく。

これって、俺が昔よく言われたことだよな……。

まさか自分が、誰かに説教する日がくるとは。

紫が無言だったので、やり過ぎたか、と真九郎は心配になったが、それは杞憂《きゆう》に終わった。紫は意外にも平静を取り戻し、真九郎に言われたことを吟味《ぎんみ》するように目を閉じると、しばらくして頷いたのだ。

「……なるほど、おまえの言うことは正しい。間違っていたのは、わたしの方だ」

あまりに素直なので面食《めんく》らう真九郎に、紫は目を開けて言う。

「すまなかった。許せ」

「あ、いや……」

反応に困る真九郎をそのままに、紫は酒屋の店主のもとに行くと、お礼の言葉を口にした。店主の笑みが濃くなり、大きな手で紫の頭を撫《な》でる。戻ってきた紫は、戸惑《とまど》う真九郎の前で着替えを終えると、

「では、そろそろ帰ろうか」

と言い、返事を待たずに出口へ。

真九郎も慌てて着替え、洗面器を持ってそれを追った。

何だか追ってばかりだな、と思いながら。

部屋に戻った真九郎は、夕飯の支度《したく》をすることにした。テレビでも観《み》て待っているよう紫に言うと、彼女はテレビの前で首を捻《ひね》る。電源の入れ方がわからないらしい。真九郎がテレビの根元にあるスイッチを押してやると、紫は「おお！」と声を上げた。

「リモコンのないテレビは初めて見たぞ。斬新《ざんしん》だな」

嫌味かよ、と真九郎は思ったが、九鳳院家なら最新型の大画面テレビに慣れているのだろうし、ゴミ捨て場で拾った旧式のテレビは逆に新鮮に見えるのかもしれない。つまみを回してチャンネルを変えることを紫に教え、好きなようにさせる。紫は、しばらく珍《めずら》しそうにガチャガチャとチャンネルを回してから、アニメ番組に合わせた。

真九郎は冷蔵庫を開けて食材を取り出し、料理を開始。五月雨荘は、造りは古いが設備はしっかりしており、台所の火力は十分。中華鍋《なべ》に油を引き、冷やしておいたご飯を入れてよくほぐしながら、卵、刻《きざ》んだネギ、そして小さく角切りした豚肉《ぶたにく》を入れる。片手で鍋を振るい、そろそろ出来上がった炒飯《チャーハン》を皿に移そうとしたところで、誰かがドアを叩く音。

紫は当然のようにテレビの前から動かないので、火を弱火にして真九郎が出る。

「どちらさん？」

「こんばんはーっ！」

呑気《のんき》な笑顔でドアの向こうから現れたのは、武藤環《むとうたまき》。隣の6号室に住む大学生だ。とはいっても、真九郎は彼女が真面目《まじめ》に学校に通っている姿を見たことがないので、本当かどうかはわからない。よく見ればかなりの美人なのだが、寝癖《ねぐせ》が残る髪の毛を無造作《むぞうさ》にゴム紐《ひも》で縛《しば》り、上下はジャージ、足には下駄という女らしさの欠片《かけら》もない格好が、全てを台無しにしていた。さらに大酒飲みで、酒癖も悪い。たまに泥酔《でいすい》して廊下で寝ている姿などは、ホームレスと見間違えられてもおかしくはないほど。

五月雨荘で最も妖《あや》しい住人が闇絵《やみえ》なら、最も騒がしい住人がこの環だ。

「何ですか、環さん？」

「お醤油《しょうゆ》貸して」

よくあることなので、真九郎は何も言わずに醤油瓶を渡す。

「あー、あと、お塩も貸して」

塩を渡す。

「ついでにお味噌《みそ》も」

味噌を渡す。

「だったらお米も」

米を渡す。

「さらに炊飯器も」

「全部ですか！」

「全部じゃないよ。オカズは自前で用意するもん。……あ、オカズって部分で変な想像したでしょ？　まあ、お下品」

男の一人暮らしじゃ溜《た》まるもんねー、と笑い出す環。酒癖が悪いという点だけでも迷惑だと真九郎は思うのだが、彼女はおまけに下ネタ好き。

五月雨荘に入居した初日に、

「これ、入居祝い！」

と言って大量のアダルトビデオをもらったときは、真九郎も頭を抱えたものだった。

どう追い返そうか真九郎が考えていると、環はテレビの前にいる紫に目を止める。

「うわ、何この子？　すっごい美形じゃん」

真九郎が何か言う間もなく環は部屋に上がり、紫の前にしゃがんだ。

「お嬢ちゃん、お名前は？」

「九鳳院紫である」

「あーん、声も話し方も可愛い！」

環は紫の頭を撫で、さらに顔や体を触りまくったが、意外にも紫は無抵抗。人間に構われすぎて迷惑してる子猫のような顔で、されるがままになっていた。それを見ながら、酒屋の店主や環には触るのを許すのに、自分だと跳《は》ね除《の》けられたのは何故《なぜ》だろう、と真九郎は思う。

「あたしは、6号室の武藤環。真九郎くんのセックスフレンドだよ」

「せっくすふれんど？」

「ウソ教えんなよ！」

真九郎の抗議を無視して、環はうっとりした様子で紫の頬《ほお》の柔らかさを堪能《たんのう》。

「んー、至福《しふく》の感触……。で、真九郎くん、どしたのこの子？　君の妹？」

「……今、そいつから名前聞いたじゃないですか」

「あ、そかそか。えーと、じゃあ君のこれ？」

左手の小指を立て、ニンマリといやらしい笑みを浮かべる環。

「こんなに守備範囲が広いならさあ、今度うちの道場に遊びに来なよ。可愛い子いるよ。特に、円《まどか》ちゃんと光《ひかる》ちゃんが将来有望で、今から粉《こな》かけとけば……」

「あんたもう帰ってくれ」

「いやーん」

抵抗する彼女に、真九郎は炒飯を皿によそって渡す。うるさくて迷惑な人だが、真九郎は彼女が嫌いではないし、実は尊敬すらしているのだ。

環は、ニコニコ顔で炒飯を受け取った。

「サンキュー。で、この子、しばらく預かるの?」

「仕事です」

そっか、と言うだけで余計な詮索《せんさく》はしない環。それは五月雨荘のルール。

「あたしさ、こう見えても人生経験は豊富だから、性の悩みとか、性の悩みとか、性の悩みとか、じゃんじゃん相談してね」

「絶対しません」

「コンドームいる?」

「……マジで、もう帰ってください」

真九郎が出口を指差すと、環は未練がましそうな顔をしながらも部屋を出て行った。

やれやれと息を吐き、真九郎は自分と紫の分の炒飯を皿によそい、ようやく夕飯。空腹だったからか、紫は活発にスプーンを動かし、満足そうに食べ終えた。

「材料は貧弱だが、味は問題ない」

という評価をもらい、真九郎も食事を終える。

そして寝る段階になって、布団のことを思い出した。

真九郎はあまり夜更《よふ》かしをする方ではないので、紫に付き合って早めに寝ることに抵抗はないが、布団は一つ。昨日は紫に布団を譲《ゆず》り、床に転がって寝た真九郎だが、毎晩ではさすがに辛《つら》い。こんなことならさっき環に布団を借りれば良かったとも思うが、ビデオやマンガで溢《あふ》れた彼女の部屋の惨状《さんじょう》を考えれば、どんな布団が出てくるのか怖い。

さっさと歯を磨《みが》いた紫は布団に入り、真九郎を見上げる。

「何を突っ立っているのだ？」

「……何でもないよ」

「そうか」

紫は特に気にせず、「早く電気を消せ」と言い、目を閉じた。

初日にはあれだけ環境に不満を述べていた彼女だが、一度そういうものだとわかると、もう許容できてしまうらしい。適応力が高い。九鳳院家の人間ともなれば、多少のことでは動じないということなのか。

真九郎は明日の授業で使う教科書を鞄に収め、裸電球の明かりを消すと、畳の上に寝転んだ。耐えられない寒さではないが、できればストーブが欲しいところだ。今度、暇を見つけてゴミ捨て場を漁《あさ》ってみようか。布団は、さっそく明日にでも買ってこよう。安ければいいが。

僅《わず》かな星明かりだけが差し込む暗い部屋でそんなことを考えていると、真九郎は紫がもぞもぞと動くのを感じた。手で頭を擦《さす》っているようだった。

真九郎は最小の力で叩いたのだが、相手は七歳の女の子。少し心配になり、声をかけようとしたところで、紫が小声で言う。

「……真九郎は、怖くないな」

「えっ?」

「痛かったけど、怖くはなかった。痛いのに怖くないなんて、初めてだ。痛いと怖いは、一緒ではないのだな」

紫は、真九郎に叩かれたところを不思議そうに手で擦っていた。

「まだ痛むのか? さっきは……」

「謝るな」

ごめんな、と続けようとした真九郎の言葉を、紫は遮《さえぎ》る。

「おまえの言い分は正しかった。それを教えるために、ああした。だから謝るな。無闇《むやみ》に謝れば、おまえの伝えたかったことが曖昧になってしまうぞ」

「……そう、だな」

「また何かあれば、教えてくれ。わたしは学びたい」

わかった、と頷きながらも、彼女の向上心と理解力に、真九郎は舌《した》を巻いた。

これが名門、九鳳院家に生まれた人間というものか。

自分が彼女と同じ歳《とし》の頃など、ただ毎日遊び呆《ほう》けるだけだったのに。

しかし、物事を学ぶ姿勢を持つ彼女が学校に通ってないのはどういうことだろう?

それは九鳳院家の内情に関わることなのだろうか。

「真九郎、さっそくで悪いが、おまえに教えて欲しいことがある」

「どうぞ」

「せっくすふれんど、とは何だ？」

「……子供は知らなくていい」

「そうなのか？　では、コンドームとは何だ？」

「もう寝ろ」


いつもの発作《ほっさ》がきた。

死んだ。みんな死んだ。大勢死んだ。たしかに握っていたはずの姉の手の感触はなく、母の声も聞こえず、父の姿も見えない。視界を暗闇《くらやみ》が埋め尽くしていた。目を開けているのかどうかもわからない。頭が痛む。顔がヌルヌルする。体中がヌルヌルする。何かで濡《ぬ》れている。重い。何か見えないものが、体の上に乗っていた。一度の呼吸さえも集中力を要する作業。気を抜くとすぐに息が詰まる。声を出そうとしても、痛む喉がそれを許さない。何だこれは。何だこれは。どうしてこんなことになったんだ。誰か助けて。誰か助けて。誰か、僕を、助けて。お願いです。

でもその願いは、どこにも届かなかったのだ。

目を覚ました真九郎は、窓から差し込む朝日を見てホッとした。脂汗《あぶらあせ》でじっとりと濡れた額《ひたい》を手で拭《ぬぐ》い、何度か深呼吸を繰り返す。

大丈夫、俺は生きてる。

呼吸は正常、手足も動く、目も見える。

両手を何度か握り、軽くストレッチしながら横に目をやると、そこには布団にくるまった小さな存在が一つ。胎児《たいじ》のように体を丸めた紫の姿は、まるで生まれたての天使。世間《せけん》の穢《けが》れを知らない、あまりにも無垢《むく》な寝顔。真九郎はそっと手を伸ばし、紫の小さな鼻先を軽く摘《つま》んだ。それをむずがる様子の微笑《ほほえ》ましさに、心を占めていた暗いものが晴れる。こんな幼い子と同じ部屋にいる自分が、とても不思議に思えた。

この子が、誰かに狙《ねら》われているという。九鳳院家の人間なら、狙われる理由はいくらでもあるだろう。営利目的の誘拐《ゆうかい》組織にとって、これほど価値のある獲物《えもの》はまずいない。しかし、その護衛をどうして紅香は真九郎に頼んだのか。たしかに、この五月雨荘の安全度は破格のものだが、それを差し引いても真九郎に護衛を頼んだ理由がわからなかった。銀子から聞いた近衛隊のことも含めて、この件は、どう考えても腑《ふ》に落ちないことばかり。

「……ま、いいか」

真九郎は窓を開け、吹き込む冷たい風を浴びて、より一層意識を覚醒《かくせい》させた。

なるようになるのだ、結局は。

あのとき絶望しても、今はこうして生きているように。

学校から帰ってきた真九郎は、今夜のことを考えて買い物に行くことにした。紫の歓迎会をやろうと環が提案してきたので、そのための買い出しである。紫も同行を希望し、真九郎は承諾《しょうだく》。紫は、銭湯に行く以外は五月雨荘に半《なか》ば閉じ込められる形になっているので、多少の散歩は必要だろうと思ったのだ。真九郎は紫を連れ、街に出る。周囲をそれとなく警戒《けいかい》しながら進む真九郎をよそに、紫は勝手にどんどん進んで行った。街を歩くのは、彼女にはとても新鮮なことらしい。九鳳院家ともなれば、普段の移動は車が基本で、徒歩で何処《どこ》かへ向かうことはあまりないのだろう。

紫は好奇心に任せて動き回り、自分の持つ知識を確認するように、真九郎にあれこれと尋ねた。学校に行ってないという紫は、どこで学んだのか。九鳳院家独自の教育システムでもあるのか。ちょこまかと歩く彼女を追い、真九郎は商店街を進んだ。

スーパーに着き二階に上がると、安売りの布団一式を見つけたので真九郎は購入。

「庶民は、硬貨と紙幣《しへい》を素手でやり取りするのか……。それでは手が汚れるな。カードの方が、便利だろうに」

レジでお金を払う真九郎を見て、紫はそんな感想を述べていた。彼女は肉や野菜などの食料品にはまったく興味を示さず、お菓子売り場では足を止めたが、自分と同年代の子供たちが楽しそうにお菓子を選んでいるのを一瞥《いちべつ》すると、「ふん、ガキだな」と言い捨て、さっさと移動。もちろん荷物は何一つ持とうとはせず、全て真九郎に任せて外に出る。

真九郎が紫のマイペースぶりにも腹が立たないのは、何事にも物怖じしない彼女を観察していると、少し楽しいからだろうか。自分にはない要素を、こんな小さな女の子が持っているのが不思議で面白《おもしろ》い。

スーパーの外に出た真九郎は、隣にいる紫が何かをじっと見ていることに気づいた。視線を追ってみると、その先にあったのは一軒のケーキ屋。雑誌に取り上げられたこともあるとかで、商店街の中でもわりと繁盛《はんじょう》している店だ。真九郎も、師匠《ししょう》への土産《みやげ》で何度か買ったことがある。ケーキと一緒に自家製のアイスも売っていて、美味《うま》いと評判。今も数人の小学生たちがソフトクリームを買い、店の前で食べていた。紫は、その様子を眺めていたが、真九郎の視線に気づいて慌てて弁解する。

「べ、別に食べたいわけではないぞ、あんな子供の食べ物！　わたしは、ただ見ていただけで、他意はない」

こういうところは、わかりやすい子だ。

冬に冷たいものを食べるのもまた一興《いっきょう》と思い、真九郎は店に行き、ソフトクリームを二つ買う。一つを紫に差し出すと、彼女は目を輝かせて手を伸ばしかけ、しかし、すぐに受け取るのはプライドが許さないのか、胸の前で腕を組んだ。

「そんなチープな品に興味はない。……が、まあ、くれると言うのを断るのも失礼だろうな。おまえの誠意を傷つけるのは、わたしとしても心苦しいところであるし、ここは受け取るのが妥当《だとう》であろう」

長ったらしい言い訳を述べてから、紫はソフトクリームを手に持つ。甘い物を食べる姿は、普通の子供と同じだった。小さな舌で美味《おい》しそうに舐《な》めながら、紫は頬を緩ませる。

その隣で真九郎もソフトクリームを舐《おそ》めていたが、周囲の警戒だけは怠《おこた》らない。いつどこで、どんなふうに襲われるかわからないのだ。そもそも、どんな相手に狙われているのかも、真九郎はまだ知らない。

今ならいいかなと思い、紫に尋ねてみる。

「おまえさ、どんな奴に狙われてるのか、紅香さんから何か聞いてない?」

「真九郎、あれは何だ?」

無視しやがった。

仕方なく紫の指差す先に目をやると、そこには大手のドラッグストア。各種取り揃《そろ》えられたサプリメントに、客が群がっている。真九郎も詳しくはないが、テレビなどを観ていると、最近はそういうものが流行《はや》っているらしい。健康ブームというやつだ。誰も彼もが、自分の健康維持《いじ》に躍起《やっき》になっている。健康でないことを恐れている。

それを簡単に説明してやると、紫は不思議そうに首を傾げた。

「どうして薬で補《おぎな》うのだ? よく食べ、よく動き、よく寝れば、体は自然と健康になろう」

「そりゃあそうだけど……。そんなのは理想で、現実はそうもいかないんだよ。食べることも、動くことも、寝ることもな」

「なぜだ?」

「それは……」

どうしてだろう?

食べ終えたソフトクリームの包み紙を丸め、それを手の平で転がしながら真九郎は考える。

彼女の言い分はもっともだ。薬で補う必要があるのは、普段の生活では足りていないから。足りないのは栄養、そして余裕。健康法や疲労解消法は、テレビでくどいほど特集が組まれるネタだ。不健康だから、疲れているから、みんな知りたがる。みんなが不健康で、みんなが疲れている社会。犯罪発生率の上昇だけではなく、そういう部分にも社会の歪《ゆが》みは現れているのか。

紫の素朴《そぼく》な問いにも答えられない己《おのれ》の無知に呆《あき》れながら、真九郎は包み紙をゴミ箱に投げ捨てる。最初から戯《たわむ》れで訊いただけなのか、紫は特に不満そうでもなかった。

「まあ、外の世界にはいろいろあるということか」

「外の世界……?」

「さっきの質問だがな」

ソフトクリームを舐めながら、紫は唐突《とうとつ》に話題を戻す。

「おまえの知りたいことに、わたしは答えられない」

「どうして?」

「何も語るな、と柔沢紅香から言われている」

「そんな……」

「よくわからんが、そういうことは言わぬが花らしい」

わけがわからない。

それもまた、紅香の直感というやつなのだろうか。

俺を試してるつもりなのかな……。

真九郎が何処までできるのか、その力を計るのが紅香の目的という可能性。ただ、それにしては紫の護衛というのはリスクが大き過ぎるように思う。

悩む真九郎の横顔を、紫はしばらく見上げていたが、ソフトクリームの残りを口に入れながら呟く。

「……本当に、おまえで良いのだろうか」

「えっ?」

「いや、何でもない」

紫はそう言い、丸めた包み紙をゴミ箱に捨てた。

「さて帰るか、真九郎。そろそろ冷えてきたしな」

「ああ」

それに頷きながらも、イマイチ釈然《しゃくぜん》としないなあ、と思う真九郎を、紫が再び見上げる。

「一つ忘れていた。ありがとう、真九郎。ソフトクリームは美味かったぞ」

「……そいつは良かった」

物言いは傲慢《ごうまん》だが、こういう素直さも持ち合わせている子だった。

自然と相手の善意を引き出してしまうような、そんな雰囲気《ふんいき》が彼女にはある。

これも九鳳院の血なのか、それとも彼女の特性か。

この子はどんな大人になるのだろう。

冬空の下、紫の隣を歩きながら、真九郎はそんなことを思った。


夜になると、缶ビールを五ダース、缶ジュースを一ダース持って、環がやって来た。さらに、大学のサークルでもらったのだという中古の電気ストーブを、真九郎に渡す。

「いいんですか？」

「いーのいーの」

「……『持ち出し厳禁』って張り紙してありますけど？」

「いーのいーの」

ホントかよ、とは思ったが、ありがたいので真九郎はもらっておくことにした。自分一人なら寒さも我慢できるが、幼い紫にそれを強《し》いるわけにもいかない。

少し遅れて闇絵も参加し、初対面の紫と堅苦しい口調で挨拶《あいさつ》を交わす。

「わたしは闇絵だ。どうぞよろしく、少女」

「うむ、よろしくな」

ついでにと、闇絵は足元にいた黒猫のダビデも紹介。ダビデは紫を見上げて「ニャー」と鳴き、紫も「ニャー」と応じる。そして改めて、紫は闇絵をしげしげと眺めていた。

黒ずくめの服装とドクロの首飾りには、さすがに少し驚いているらしい。

「……おまえは魔女なのか？」

こんな質問を堂々としてしまうところが、紫の幼さであり性質か。

特に気分を害したふうでもなく、闇絵は答える。

「いや、わたしは悪女さ」

「悪女？」

「男を手玉に取り、金を貢《みつ》がせて優雅《ゆうが》に生きる、女として最上級の存在だよ」

それはすごい、と紫が本気で感心しているのを見て、真九郎は苦笑した。

高校入学と同時にこの五月雨荘に入居した真九郎だが、住人全員と知り合いというわけではない。交流があるのは4号室の闇絵と、6号室の環。あとは滅多《めった》に部屋にいない1号室の鋼森《こうもり》くらいで、残りの部屋は住人がいるのかどうかすらも知らないのだ。管理人とも、入居の挨拶のとき以来会っていない。

そもそもこの五月雨荘は、いわゆるご近所づきあいが成立しないのが普通のようで、真九郎が闇絵や環と交流があることの方が珍しいらしい。五月雨荘では、自分の部屋で何をしようと自由。他の住人は、それに口出し無用。もし他の部屋で明らかな犯罪が行われていると真九郎が知っても、それを警察に通報しようとは思わない。ここへ入居する際、そのルールを遵守《じゅんしゅ》することを誓約《せいやく》させられているのだ。

環と闇絵は、真九郎が揉め事処理屋をやってることを知っているが、それ以上のことは知らない。真九郎も、環が大学生で、町の空手道場で師範《しはん》をしていることしか知らないし、闇絵に関しては、普段は何をしているのかも不明。

ほぼ毎日顔を合わすのに、何と薄っぺらな関係か。そう思いながらも、真九郎はここの限定的な人間関係が好きだった。お互いのことをたいして知らずとも普通に交流できる、というのがいい。他人に知られたくないことは、たくさんある。

四人が囲むちゃぶ台の上には、真九郎の用意した鍋とガスコンロが置かれていた。鍋の中身は湯豆腐《ゆどうふ》。環も闇絵も料理のスキルは持っていないので、必然的に鍋の管理は真九郎の役目となる。鍋物は初めてなのか、紫は煮え立つ鍋を黙って見ていた。真九郎が器《うつわ》に豆腐と白菜をよそって渡してやると、紫はフーフーと冷ましながら食べ、少し笑う。気に入ったらしい。そうしているうちにも環は既《すで》に缶ビールを十本空《あ》け、闇絵もちびちびとやっていた。狭い部屋に四人も集まっているのですぐに熱気が溜まり、さらに闇絵のタバコの煙が充満したのを見て、真九郎は窓を開ける。澄《す》んだ冷たい空気に乗って入ってきた枯葉が一枚。それは紫の頭に載り、気づかずに食事を続ける彼女の様子に苦笑しながら、真九郎はさりげなく指先で枯葉を摘む

と、窓の外に戻した。

「……そんで、真九郎くんは夕乃《ゆうの》ちゃんと、どのへんまでいってんの？」

そろそろ酔いが回り始めた環が、真九郎の首に腕を回し、強引に引き寄せる。赤ら顔で酒臭い息を吐きかけ、ニタニタ笑う姿は、酔っ払いのオッサンと変わらない。

いつものことなので、真九郎はウーロン茶を飲みながら平然と対応。

「別に、何にもないです」

「じゃあ、銀子ちゃん？　幼なじみと合体か、このスケコマシ！」

「変なとこ触らないでくださいよ！」

「ケチー。お姉さんにも潤《うるお》いをおくれよ。もう、タマちゃんて呼んでいいからさ」

「……胸元、チャック閉めてください。ブラジャー見えてます」

「嬉《うれ》しいくせに」

「興味ないです」

「あー、七十七センチのバストをバカにしたな！　四捨五入すれば八十だぞ！」

もっとあたしの相手しろー、と環に拳骨《げんこつ》で頭をグリグリやられつつ、真九郎は鍋に豆腐を追加。そして火加減を調節。紫の方に目をやると、彼女は箸《はし》で小さく切った豆腐をダビデに食べさせようとしていた。熱い豆腐には口をつけないダビデ。紫は少し考え、よく冷ましてから与える。ようやく食べ始めたダビデを見て、紫は嬉しそうに笑った。

「猫とは、可愛い生き物だな」

紫が撫でると、ダビデは気持ち良さそうに喉をゴロゴロ鳴らす。

その様子を眺めていた真九郎は、悪くない、と思った。何がどう悪くないのか説明できないが、子供らしく笑っている紫を見ていると、人生のいろんなことが、一瞬だけ許せるような気持ちになった。たかが笑顔に、そんな力がある。人間とは何て単純なのか。その単純さも、たまには悪くない。

「でさあ、大学でちょっといい男がいたんだけど、拳で岩を砕くような女とは付き合えないっちゅーのよ。下駄でフルマラソン走り切るのも変だっちゅーのよ。これ、どう思う？」

「……どうも思いません」


それから数日後の昼休み。購買部の混雑に負け、ウーロン茶だけを手に入れた真九郎は、銀子でも誘って学食に行こうかと考えたが、戻った教室内に彼女の姿は見当たらなかった。近くにいた女子生徒に尋ねてみると、銀子はノートパソコンを抱えてどこかへ消えたらしい。あんまり関わらない方がいいんじゃない、とありがたい忠告もいただいたが、真九郎は曖昧な笑みで返し、女子生徒に礼を言って教室を出る。一学期の頃はまだ銀子と仲良くしようとする女子生徒もいたのだが、今ではすっかり嫌われ者だ。非があるのは、周りと合わせる気がない銀子の方だろう。しかし、彼女自身が現状に何のストレスも感じてないので、変わる気配もない。

協調と妥協《だきょう》はどう違うのか、などと考えながら真九郎は廊下を歩き、階段を下りつつ銀子の居場所の見当をつけていると、踊り場で知り合いと鉢合《はちあ》わせになった。

「あ、真九郎さん」

「……夕乃さん」

真九郎は、周りの視線がこちらへ集まっているのを感じた。それらが向かう先は自分ではなく、目の前の少女。男女を問わず、階段を行き来していた者たちの大半が動きを止め、彼女を見ている。男子は羨望《せんぼう》の眼差し。女子は、それに嫉妬《しっと》が加わる。

「ちょうどいいところで会えましたね。ちょっぴり運命的です」

星領学園二年、崩月《ほうづき》夕乃は、おっとりした笑顔を浮かべてそう言った。

辞書で「大和撫子《やまとなでしこ》」の意味を引いたら「崩月夕乃《おだ》のこと」と書いてある、とは男子たちの彼女に対する評価。清楚《せいそ》で慎《つつし》み深く、いつも穏やかに微笑み、それでいて堅苦しさのない女性。容姿と性格が完璧《かんぺき》な調和を見せる夕乃は男子の憧《あこが》れの的《まと》であり、彼女の写真を撮るためだけに他校の生徒がやってくることさえあるほどだった。

真九郎も、その気持ちはわかる。最も意識する異性は誰かと考えたら、夕乃しかいないし、最も怖い異性は誰かと考えても、やはり夕乃だ。

彼女は真九郎の師匠の孫娘であり、真九郎にとっては姉のような存在だった。

昔から自分に注目が集まるのに慣れている夕乃は、その扱《あつか》いにもやはり慣れている。自分を見つめる生徒たちに向けて、絶妙な角度で首を傾げると、無言で微笑み返した。それだけで、彼女に視線を送っていた者たちは何故か満足する。彼女に反応してもらった。それでもう十分だと。

校内において、勉強も運動も容姿も平均以上ではない真九郎の存在など、誰も意識していない。それを悔《くや》しいと思わないのは、無粋《ぶすい》な気持ちを洗い流す、彼女の清涼《せいりょう》な雰囲気のお陰《かげ》だろう。師匠の孫娘ということもあり、真九郎は彼女と接する機会が多いが、その親しげな様子を変に誤解されぬよう、周囲には「遠い親戚《しんせき》」だと説明していた。親戚というのは偽《いつわ》りでも、彼女とは八年間を同じ家で過ごした仲だ。

「真九郎さん、今日のお昼はもう済ませました？」

「まだだけど……」

「ああ、良かった」

夕乃はホッと胸を撫で下ろし、片手に持っていた包みを真九郎に差し出す。確認するまでもなく、中身は弁当箱。

「今日はちーちゃんが幼稚園の遠足で、お弁当のおかずを作り過ぎちゃったんです。だから、真九郎さんにお裾分《すそわ》け」

「ありがとう、夕乃さん」

「いいえ」

ニッコリ微笑んだ夕乃は、何故かそこで目を瞬《まばた》きした。

そして、上目遣《うわめづか》いで真九郎に迫る。

「真九郎さん」

「はい」

「大丈夫ですか？」

「えっ、何が？」

「ちょっと元気がないみたい」

彼女は勘《かん》が鋭い。

紫の護衛の件でいろいろ悩んでいることを、見抜かれたようだった。

「夕乃さんに会えて、元気が出たよ」

理由を誤魔化《ごまか》すようにそう言うと、夕乃はしばらくその顔をじっと見つめていたが、真九郎が口を割らないと判断したのか、悲しそうに肩を落とす。

「……わたしには、話せないことなんですね」

「あ、まあ、仕事だし……」

「殿方《とのがた》は、いつも仕事を理由に女を蔑《ないがし》ろにするのです」

「いや、そんな大袈裟《おおげさ》な……」

「悲しいです。わたしはこんなに心を開いているのに、真九郎さんは隠し事ばかりで、心にガッチリ鍵《かぎ》かけて、おまえなんかに話してやらねーよーって感じの反抗期。あんまり悲しいから、今夜は冷やし中華にしてしまうかも。細かく砕いた氷を入れて、この凍《い》てついた心の痛みを家族みんなで分かち合い、そのあとでキンキンに冷えたアイスクリームをまた家族全員で……」

真九郎は降参《こうさん》した。

「すいません。実は、慣れないボディガードを頼まれまして、その疲労が原因です」

「ボディガードって、誰を守るんです？　女性？」

「男です。オッサンです。憎《にく》たらしい感じの」

「うわ、大変そうですね」

ハハハ、と真九郎は曖昧に笑う。

紅香からの依頼と知られれば夕乃に怒られそうなので、詳しい内容は誤魔化し通すことにした。揉め事処理屋という仕事に、夕乃は理解を示してくれているのだが、柔沢紅香に関してだけは別。「あれは悪い大人の見本です。ああなってはいけませんよ？」と、何度となく注意されていた。未だ真九郎と紅香に付き合いがあることも、あまり快《こころよ》く思ってはいない。

「真九郎さん、仕事に励《はげ》むのは良いことですけど、体には気をつけるんですよ？」

「まあ、それなりに……」

「お返事は？」

「はい」

よろしい、と夕乃はニッコリ微笑み、手を伸ばして真九郎の制服の乱れを直す。そしてパンパンと胸の辺《あた》りを叩き、満足げに頷いた。

「それでは、また」

軽く一礼してから、夕乃は階段を上がって行く。決して慌てない、流れるような足運び。窓からの風が彼女の黒髪を揺らし、通りすぎる生徒たちが何人も振り返って見ていた。中には、携帯電話で写真を撮る者さえいる。

夕乃の家に弟子入りしていなければ、真九郎は彼女を遠巻きに見ている男子生徒の一人でしかなかっただろう。だとすればこの現状は、幸福というべきか。

真九郎は夕乃から渡された弁当箱を見て少し笑い、階段を下りていった。

銀子がいたのは、校舎二階の端にある新聞部の部室だった。入り口に『新聞部』というプレートが掛けられてはいるが、実態はまるで違う。部員は銀子一人で、もちろん部長も彼女。部室は、彼女一人で独占状態。以前からこうだったわけではなく、かつてここに所属していた部員たちは全員、銀子に脅《おど》され、追い出されてしまったのだ。個人情報の売買は、情報屋の基本のようなもの。彼女がその気になれば、そこらの学生の秘密などいくらでも暴《あば》ける。それは教師も例外ではなく、半ば無理やりに顧問の教師も指名し、いくらかの部費さえも獲得。

たった一人の部室、しかも程よく暖房の効《き》いた環境でノートパソコンを操作していた銀子は、扉を開けて入ってきた真九郎に一度だけ目をやり、すぐに画面に戻す。

「ノックくらいして」

「自分の部屋みたいだな」

「ここは、あたしの部屋よ。知らなかった？」

機嫌を損ねる気はないので、真九郎は扉を軽くノック。

「どうぞ」

承諾を得た真九郎は扉を閉め、椅子を一つ引き寄せると、銀子の背中が見える位置に移動して腰を下ろした。窓の外は校舎裏で、そこ《そこ》に立ち並ぶ木々の紅葉が季節を感じさせる。校庭の喧騒《けんそう》もほとんど聞こえない。部室の中は、時間が止まったような静寂《せいじゃく》さ。かつて新聞部が使用していた機材は残っておらず、テーブルと椅子がいくつかあるのみ。

真九郎が膝《ひざ》の上で包みを開いたところで、画面を見たまま銀子が言った。

「やらしい」

「何が？」

「それ、崩月先輩からもらったんでしょ？」

「……よくわかったな」

「やらしい」

「だから何が？」

「あたし、あの人嫌い」

紅香と夕乃のことを、銀子は嫌っている。二人の共通点は何かと言えば、やはりあれしかない。真九郎が今のような生活を始めたのは、始めることが可能な状態になったのは、あの二人のおかげであると言っていい。それが、銀子には気に食わないのだろう。

真九郎が揉め事処理屋をやると決めたとき、銀子は今まで見せたことも無いほど険しい顔で言ったものだ。

「あんた、昔、なんて言ったか覚えてる？　大きくなったら銀子ちゃんと一緒にラーメン屋をやりたいって、そう言ったのよ？　その程度が、あんたの器。あんたの限界。それが、揉め事処理屋？　あんたみたいなのが、人を殴ったり蹴《け》ったり傷つけたり、誰かに殴られたり蹴られたり傷つけられたりしながら、そんなことをしながら生きていけると思うの？　本当に、そんな生き方ができると思うの？　思うなら、あんたバカよ。本物のバカ。救いがたいバカ。あんたなんかもう、勝手に何処にでも行って勝手に死ね。死んでしまえ！」

そのとき真九郎は、何も反論できなかった。

何と言ったらいいのか、わからなかったからだ。

今でも、それはわからない。

真九郎は弁当に入っていた梅干《うめぼし》を口に入れ、安物ではない酸《す》っぱさに顔をしかめた。里芋《さといも》の煮《に》っ転《ころ》がしは、懐《なつ》かしい崩月家の味。蜂蜜《はちみつ》で煮たカボチャの味も同じ。母親の味はもう忘れてしまったけれど、崩月家の味はさすがに忘れない。

テーブルの上には、今日の新聞がほとんど全紙揃って置かれていた。職業柄、銀子はあらゆるメディアに目を通す。彼女が言うには、一応でも目を通すことが重要らしい。大事な情報は

必ず記憶に残る、という銀子の主張は、学年でも十番以内という学業の成績が証明していると
も言えるだろう。
　真九郎は適当な新聞を手に取った。この部屋は静かで過ごしやすく、新聞も揃っているの
で、真九郎はたまにお邪魔させてもらっている。銀子の機嫌が悪いときは追い出されてしまう
が、基本的に見逃してくれるのは付き合いの長さからか。
　プロ野球の記事などを見ながら新聞をめくっていくと、妊婦《にんぷ》ばかりを狙って暴行を加えてい
た通り魔が、ようやく逮捕された記事が目に入った。犯人は十代前半の少年たち。罪の意識は
皆無《かいむ》のようで、「でかい腹が目障《めざわ》り」という理由で襲っていたらしい。「これは教育制度の弊《へい》
害《がい》であり、すぐに改革するべき」と語る政治家と、「型破りの思想は若さの可能性。それを潰《つぶ》
すべきではない」と反論する別の政治家の議論が載り、「うちの息子も社会の被害者」という
少年たちの母親のコメントが載り、最後には「多様な価値観があるのが現代社会の特徴」とい
う評論家のコメントで締め括《くく》られていた。
　真九郎には、妊婦を襲うという発想はまったく理解できないが、それを今にも許容しかねな
い社会のあり方も、やはり理解できなかった。
「銀子、正気とか正常って何だと思う?」
「正気とは何か、正常とは何か、それを考え続ける意志のことよ」
　わかりきったことを訊くな、とでも言いたそうな口調だったが、反応してくれるだけまし
だ。機嫌が悪いときは、彼女は普通に無視する。もう少しだけ対外的なガードを下げればきっ

と友達もできるだろうに、と真九郎は思うのだが、自分も特に親しい友人がいるわけではない現状を見ると、お互い様かもしれない。銀子はクラスで浮いているし、真九郎はクラスで影が薄い。だからこうして二人で会っていても、周りは特に意識もしないのだろう。

どこかの科学者が正気測定機でも発明しないかな、などと真九郎がくだらないことを考えていると、画面を向いたまま銀子が言った。

「あんたからの依頼、まだ時間がかかるわ」

「さすがに九鳳院は手強《てごわ》いか？」

「手強い」

銀子が素直に評価するのだから、本当にそうなのだろう。

天下の大財閥ともなれば、多岐《たき》にわたる防御法《ぼうぎょほう》を発達させているということか。

「麒麟塚《きりんづか》や皇牙宮《こうがのみや》もそうだけど、この手の財閥はみんな手強いのよ。まさに権力の巣窟《そうくつ》。極秘《ごくひ》事項だらけ。例えば、あんた、九鳳院家の当主の顔を見たことある？」

「いや、見たことない。……新聞やテレビでも、見た記憶がないような気がするな」

「どうしてかわかる？」

「いや」

「本当の権力者ってのは、決して表には出ないからよ」

質問。この国で一番偉い人は誰ですか？

答え。総理大臣。

そんなことを本気で信じているのは、小学生くらいだろう。

では本当に偉い人は誰か？

答えは「わからない」だ。誰だかわからない。どこのどんな奴だかわからない。だからこそ力を持ち、偉いのだ。本当に力があり、偉い存在は、詳しいことはみんなに知られない。それは、天から下界を見守っているという神様と同じ。

まさに雲の上の存在ってわけか……。

今、自分が九鳳院家の娘と同居していると知ったら、銀子はどんな顔をするだろう？

真九郎はそんなことを考えたが、さすがに実行するわけにもいかない。

「それと、あんた、気をつけた方がいいわよ」

「何を？」

「悪宇《あくう》商会って、聞いたことあるでしょ？」

「ああ、例の……」

悪宇商会とは、いわゆる人材派遣《はけん》会社。ただし、裏世界に本拠地を置く、一般的な常識とはかけ離れた人材を扱う会社である。戦闘屋、殺し屋、呪《のろ》い屋、お払い屋、逃がし屋、護衛屋など様々な人材が所属する組織。

「金次第《しだい》で、どんな犯罪にも加担《かたん》する組織だから。あんた程度でも、邪魔すれば潰される」

「そんなのと張り合う気はないね」

国際的な犯罪にも関わる悪宇商会を大企業に例《たと》えるなら、真九郎は下町の個人商店。今まで真九郎がこなしてきた仕事といえば、下着泥棒《どろぼう》やストーカーを捕まえたり、騒音被害で苦しむ住人の依頼で暴走族と乱闘したりという程度のもので、悪宇商会と対決するような状況があるとは思えない。

「俺のことはいいとして、おまえの方こそ気をつけろよ。情報屋が消されるなんてのは、そう珍しいことでもないんだ」

銀子が基本的にネットでしか情報を売買しないのは、なるべく危険を回避するため。銀子の祖父は腕っ節《ぷし》にも自信のある人物だったが、銀子は大の運動オンチ。小学校の運動会のときなど、たまたま病気で休んだ日に出場する種目を勝手に障害物競走に決められてしまい、当日は一位と三分近い大差をつけたビリでゴール。何度も転倒しながら走りきった銀子に、真九郎は拍手したが、お返しに引っ叩《ぱた》かれた。負けず嫌いの銀子は、それ以来、一度もその種の行事には参加していない。

「もし何かトラブルがあったら、俺に言ってくれ。最優先で引き受ける」

「何割引き?」

「タダでいい、銀子なら」

一瞬、キーを打つ銀子の手が止まり、やがて緩やかに再開。

「……あんた、やっぱりバカよ」

おまえにバカと言われるのは嫌じゃないよ、昔から。

真九郎はそう口にしようとしたが、やめておいた。

きっとまた、バカと言われるだろうから。

放課後、真九郎が下駄箱に向かった頃にはもう、校舎の中は人気《ひとけ》が薄れていた。新聞部に寄り道し、昼休みに読み残した新聞に目を通してきたせいだ。新聞を読んでわかるのは、世間にはトラブルが溢れているということ。真九郎にとっては仕事があるわけで、喜ばしいことなのかもしれない。他人の不幸が飯の種《たね》。揉め事処理屋など、あまり誉《ほ》められた商売ではないのだろう。銀子が怒るのも、無理はないか。

靴を履《は》き替え校舎を出た真九郎は、夕陽《ゆうひ》の赤さに目を細める。校庭では、サッカー部の部員たちが活発に声を上げ、走り回っていた。寒空の下、みんなでスポーツ。その健全な姿をしばらく眺め、真九郎は青春エネルギーを補充。ああ自分は高校生にまでなったのだ、と改めて確認。よく生きたものだ、と少しだけ自分を賞賛。そして、校門の方へと向かった。

欠伸を漏らして歩きながら、ここしばらくの出来事を思い返してみる。

一人暮らしの気楽な空間に乱入してきた紫という存在は、真九郎が当初危惧《きぐ》していたほど生活の障害にはならなかった。紫には、「一人で五月雨荘から出るな」と厳命。そのかわりに、真九郎が学校から帰ってくると彼女は散歩を要求するが、それ以外はおとなしく五月雨荘の敷地内にいる。闇絵を真似て木に登ったり、環から借りたマンガを読んだり、ＴＶゲームをしたりしているらしい。真九郎があのくらい幼い頃は、たいてい外で遊んでいたもので、それを考えれば紫はおとなしい方なのだろう。

いや、そういうのとも違うか……。

風に舞う落ち葉を見ながら、真九郎は思う。

紫の様子は、まるで限られた空間でくつろぐことに慣れているかのようだった。紫が持参してきた服は全て男物で、女物は初対面のときに着ていたドレスだけ。その点からも紫の活発な気性がわかるのだが、静かな場所では、その静けさを楽しむような大人びた余裕が彼女にはある。それは持って生まれたものなのか、それとも後から身につけたものなのか。学校に行ってないという彼女の家庭環境、あるいは九鳳院家の教育方針に関係しているのかもしれない。

普通の子供と全然変わらないな、と実感することもある。

例えば食べ物。

期待していないのか、何を出されても紫は文句を言わず食べるが、たまに抗議する。

「真九郎、わたしはピーマンが嫌いだ」

「俺は好き嫌いをする子供が嫌いだ」

この件は、わからないくらい細かく刻むことでお互いに妥協。

例えば夜中のトイレ。

深夜、寝ている真九郎の顔を紫はペチペチと叩いて起こし、偉そうに命令する。

「トイレに付き合え」

五月雨荘の廊下は蛍光灯が数本あるだけで、昼間でも薄暗く、深夜になればもっと暗いので、子供が怖がるのも無理はない。

「違うぞ。別に怖いわけではない。それとは関係ない。全然関係ない。勘繰《かんぐ》るな」

必死に言い訳する紫に、真九郎は自分の上着を羽織《はお》らせ、トイレに連れて行った。そして彼女が用を足す間、廊下で待つ。寒い廊下で眠気を堪えながら、自分にも覚えのあることだなあと、真九郎は少し懐かしく感じたりもした。

まあ、紫との生活はそれなりに上手くやれているだろう。

問題は、彼女を狙う存在。

人をさらうのも殺すのも、手段はいくらでもある。油断はできない。

真九郎は校門を通り抜け、通学路を歩きながら空を見た。さっきよりも、雲の色が濁《にご》っているようだった。

「これは降るかな……」

「うむ。天気予報でも夕方から雨だったぞ」

聞き覚えのある幼い声。

真九郎が慌ててそちらへ振り向くと、そこには紫が立っていた。驚きで声も出ない真九郎の前で、紫は「ふむ、これが学校か」と好奇心を満面に表し、校舎を見上げている。いつものように、少年のようなジャンパーに半ズボン姿。一応は変装のつもりなのか、頭には野球帽を被《かぶ》っていた。

「……お、おまえ、どうやってここまで来た！」

一度深呼吸してから、真九郎はようやくそう言えた。

この星領学園の場所を、彼女に教えた覚えはないのだ。

その疑問に、紫は平然と答える。

「環に送ってもらった」

紫が言うには、学校に興味があるという話を環にしたところ、「じゃあ連れてったげる」と環がここまで連れてきたらしい。紫の護衛の件は環に説明していないし、本人は善意のつもりかもしれないが、何という迷惑か。

「おまえ、五月雨荘からは出るなってあれほど……」

「一人で出るな、とは言われたな。だから、同行者がいれば良いのだろ？」

「それは……」

「環は信用できる女だと思うが、違うのか？」

「いや、違わないけど……」

「真九郎、さっそく中を案内しろ。教室を見たい」

「……ダメに決まってるだろ」

真九郎は周囲に目をやったが、今のところ、こちらに注目している者はいなかった。時間が遅く、生徒の数が少ないのが幸いか。

「それで、環さんは？」

「映画に行くと言っていた。ぽるの映画、とかいうのを観るそうだ」

あのエロ女……。

環の趣味は、マンガ全般と、アダルト物を含むC級映画の鑑賞。部屋にはコミックスと、怪《あや》しげな輸入物のビデオ、そしてDVDが散乱しているのだ。あまりにも汚いので、真九郎は何度かその片付けを手伝ったこともある。目のやり場に困るような代物《しろもの》ばかりで、あまり思い出したくない記憶だった。

環は、自分の用事のついでに紫を連れて来たのだろう。迷惑以外の何ものでもないが、唯一《ゆいいつ》の救いは武藤環であるということ。人格には問題あれど、格闘家としての環の腕は尊敬に値《あたい》する。彼女が紫と同行したのなら、その安全度は真九郎以上。それでもやはり、いつまでもこんなところをウロウロしているのはよろしくない。

帰ったら文句言ってやる。しばらく米も貸さない。そう心に誓《ちか》いながら、真九郎は紫を急《せ》かして歩き出す。紫はなおも学校を見学したいと主張したが、真九郎が聞く耳を持たない様子なのを見て、渋々《しぶしぶ》ながらも従った。二人は無言で駅まで行き、無言で電車に乗る。座席が空いていたので腰を下ろすと、紫はすぐに後ろを向き、窓の外の景色を眺めていた。その横顔を見る限り、機嫌は直ったらしい。気持ちの切り替えが早いのは助かる。

「おまえ、もう学校に来たりするなよ？　俺の心労を増やすようなことは……」

「電車は便利だが、椅子の座り心地がイマイチだな」

真九郎の小言を聞き流し、景色を楽しむ紫。

反省の色が見えないので、もっと厳《きび》しいことを言うべきか真九郎が迷っていると、隣の車両から騒がしい声が聞こえてきた。通路越しに目を凝《こ》らすと、発生源はシルバーシートの近く。座席に腰かけている老婆に、若者三人が絡《から》んでいるところだった。電車に乗り、並んで座れる座席を探したが見つからず、シルバーシートにいる老婆を立たせればちょうど三人分の座席が空く、ということらしい。自分勝手な思考は、まさに現代の若者か。

若者たちの大声が車内に響く。

「バアちゃんさ、俺ら疲れてるわけよ！　座りたいわけよ！」

「早く立てよ、ババア！　てめえ、思いやりってもんがねーのか！」

「俺らキレやすい若者ってやつだからさあ、あんま鈍《にぶ》いと殺すよ、マジで」

老婆の顔は、すっかり青ざめていた。慌てて立とうとするが、足腰が弱いらしく、杖《つえ》を突きながらの動きはどうしても遅い。焦《じ》れた若者の一人が、老婆の服を摑《つか》んで引っ張った。床に尻《しり》餅《もち》をつく老婆を見て、若者たちはギャハハと笑い、側に落ちていた老婆の杖を蹴り飛ばす。そしてまた、ギャハハと笑った。

非難の目を向ける乗客もいるが、若者たちに睨まれるとすぐに視線を外す。へたに関われば損《そん》をするだけ。ケンカになれば両成敗《りょうせいばい》となり、前科がつく場合すらあるのだ。腹立たしいことでも、目をつぶる。損得勘定《そんとくかんじょう》のできる乗客たちは、倒れた老婆に手を貸そうとさえしない。

そんなものだ、と真九郎は思う。

正論は、心の中で完結する。正義は、現実には存在しない。

だから揉め事処理屋などがやっていけるのだ。

通学に使う電車であり、真九郎としては目立ちたくないが、これを見過ごすような教育は受けていない。何とか穏便《おんびん》に済まそう、と席を立った真九郎の視界を、小さな存在が横切った。若者たちに向かって駆け出していくのは、隣にいたはずの紫。真九郎が止める間もなく、紫は車内に落ちていた空き缶を拾うと、若者の一人を狙って投げる。それは的を外れ、空き缶は窓に当たったが、異変に気づいた若者たちは小さな犯人に目を向けた。

「……何だ、このガキは?」

三人の険悪な視線を浴びながらも、紫は怯《ひる》まない。

腰に手を当て、堂々と述べた。

「恥《はじ》を知れ!」

とてもよく響く、命令や叱責《しっせき》に適した声。そして、自分の意思を伝えるのに適した声。これもまた、九鳳院の血なのか。

鼻白《はなじろ》む若者たちに、紫は続ける。

「貴様ら、その歳まで何を学んできた！　集団で弱者を痛めつけるなど、人として下の下、最低の行為だぞ！」

彼女のまっすぐな意見に真九郎は感心したが、若者たちには届かなかったらしい。ガキが生意気にも説教してやがる、という顔。

「ギャーギャーうるせえガキだな」

「殴りてー。超殴りてー」

「おい、このガキの保護者はいるか！　出て来い！」

若者の怒声《どせい》が車内に響き、真九郎は現場に急行。

そして、事態を解決する最良の策を選択。

「俺が保護者です、すいませんでした！」

真九郎は紫の後頭部に手をやり、そのまま自分の頭と一緒に下げさせた。

「どうか勘弁《かんべん》してやってください。こいつ、まだ小さくて、物事がわかってないんです」

失礼な、と反論しそうになる紫の口を塞《ふさ》ぎ、真九郎は頭を下げ続ける。真九郎は、仕事以外ではなるべく暴力沙汰《ざた》に関わる気はなかった。プロは、仕事以外でその力を使うべきではないと思うのが理由の一つ。もう一つの理由は、精神的なもの。

「本当に、すいません。俺からきつく言い聞かせておきますから、勘弁してください」

愛想《あいそ》笑いを浮かべながら、真九郎はペコペコと頭を下げた。自分の両足が微《かす》かに震えているのがわかる。止められない。どうしても止められない。

「腰抜け」

震える足を見て軽蔑《けいべつ》するように笑い、若者の一人が真九郎の顔に痰《たん》を吐きつける。ヤニ臭い痰が顔に貼《は》りつき、それでも愛想笑いを消さない真九郎に、残りの二人も痰を吐きつけようとしたが、電車が速度を落としたのを感じてやめた。目的地の駅に着いたらしい。

「こいつ、すっげえヘタレ」

真九郎の頭を軽く小突《こづ》き、若者たちはギャハハと笑いながら電車を降りていった。その姿が見えなくなり、扉が閉まり、電車が動き出してから、真九郎はようやく紫から手を放す。

「おまえさ、あんまり無茶しないでくれよ。もう少し考えて……」

「正しいことを行うのに、何を考える必要がある！　あんな卑怯《ひきょう》者どもにへいこらしおって！　えーい腹立たしい！」

「そんな単純なもんじゃ……」

「それに、さっきのあれは何だ！」

「あれ？」

「おまえの、不細工《ぶさいく》な笑顔だ！」

紫に冷ややかな眼差しで見つめられ、真九郎は気圧《けお》されたように口を閉ざす。

彼女が言っているのは、愛想笑いのことか。

憮然《ぶぜん》とした表情で鼻から息を吐き、紫は目を細めた。

「おまえなりの処世術なのかもしれんが、わたしはそういうのは嫌いだ。相手の機嫌を取るために笑うなど、グノコッチョーである。いいか、真九郎？　楽しいから笑うのだ。嬉しいから笑うのだ。おまえの不細工な笑顔は、物事と真剣に向き合ってない証拠。逃げている証拠だ」

好きに言ってくれるな、と真九郎は苦笑する。

真九郎は昔から愛想笑いが得意な方であり、それで幾度《いくど》と無くトラブルを回避してきた。これは弱者の習性のようなもの。今でも得意だ。その理由は、あまり深く考えたくない。

正直な紫。正直過ぎて怖い。正直過ぎて迷惑。

でも、そんなに不愉快ではなかった。

これほど的確に指摘されたのは、幼なじみ以外では初めてなのに。

さっきの、無謀ですらある紫の行動が、何となく気に入ったからだろうか。

あんなこと、自分にはできない。

沈黙する真九郎に、紫は手を差し出した。

「使え」

小さな手の平の上には、見事な刺繍《ししゅう》が施《ほどこ》された白いハンカチ。痰で汚れた顔をこれで拭《ふ》け、ということだろう。高級品に見えるので躊躇《ちゅうちょ》していると、紫は焦れた様子でハンカチを真九郎の胸に押しつける。

「使用人が汚いと、わたしの品位まで疑われるではないか」

なるほど、と思いながら、真九郎は礼を言ってハンカチを受け取った。そして一つわかった。紫に何を言われてもあまり腹が立たないのは、裏がないからだ。余分な要素がない。彼女の言葉は、そのままの意味で使われている。一片のウソさえ混じってはいない。その率直《そっちょく》さが、心地良いのだ。

自分は愛想笑いを多用するくせに、他人には率直さを期待するわけか……。

その身勝手さにまた苦笑しながら顔を拭いていると、老婆から控《ひか》え目に礼を言われた。自分は何もしてないので礼なら紫に、と真九郎が言うと、老婆は皺《しわ》の深い顔に優しい笑みを浮かべ、紫の頭を撫でる。紫は、満更《まんざら》でもなさそうに笑っていた。

その二人の様子を見て、真九郎はようやく気づく。

自分は手を跳ね除けられたのに、環や酒屋の店主、そしてこの老婆が触れても紫が怒らない理由。老婆の笑顔が答えだ。環も店主も老婆も、とても自然に、優しい笑みを浮かべていた。

しかし、真九郎は紫と初対面のとき、愛想笑いを浮かべて接したのだ。その欺瞞《ぎまん》を、紫は嫌ったのだろう。自分が子供の立場でも、そんな奴には触れられたくないに違いない。

まったくもって、子供は正直ということだ。

紫と老婆は並んで座席に腰を下ろし、真九郎はその近くの吊り革《つかわ》に摑まった。

そして、自分の顔に手で触れる。

自分の笑顔は、そんなに不細工なのだろうか。偽物《にせもの》なのだろうか。

どうして自然に笑えないのか。ちゃんと笑えていると思うときも、あるのに。

笑えていても、そう意識した瞬間、ぎこちないものへと変化してしまうということか。

真九郎は思う。

自分には、何か欠けているのかもしれない。

全てを失ったと感じた、あの頃から。

第三章　崩月家

真九郎《しんくろう》は、目覚し時計を使ったことが一度もなかった。幼《おさな》い頃は母か姉が起こしてくれたし、その後は銀子《ぎんこ》に叩《たた》き起こされたし、その後も、必ず誰かが起こしてくれたから。誰かの声で目を覚ますのがどれだけ幸せなことか、一人暮らしを始めてすぐに実感した。誰かに自分の生活の一部を任せる安心感。それを失った後、機械で代用するのはあまり気が進まず、どうにか自力で起きられるように努力した。何度か学校に遅刻しそうになったことはあるが、そのうち慣れた。今では、だいたい決まった時間に自然と起きられる。その弊害《へいがい》があるとすれば、いつも起きる時間以外に誰かに起こされると、やや反応が遅れること。

今朝もそうだった。ドアをノックされる音ですぐに目を開けたが、意識の覚醒《かくせい》はそれについていかず、時計を見て朝六時と確認するも、真九郎はまだぼんやりとしていた。

「真九郎さん、まだ寝てますかー?」

陽気なその声で誰だかわかり、ああ夕乃《ゆうの》さんか、何の用だろう、と真九郎は欠伸《あくび》を漏《も》らす。取り敢《あ》えず布団《ふとん》から出ようとしたが、部屋に溜《た》まった冷気に身を縮《ちぢ》めた。冬の朝、しかもこの時間ではまだ寒くて当然。電気ストーブをつけるのが先かドアの鍵《かぎ》をあけるのが先か迷っていると、また夕乃の声。

「真九郎さん、まだ寝てますかー？」

「はい、今起きました」

「じゃあ入ります」

相変わらず朝から元気だなあ……。

まだ眠気の残る頭でそんなことを考えながら、真九郎はまた欠伸を漏らした。夕乃はこの部屋の合い鍵を持っており、たまに訪れることがある。食材を持ってきてくれたり、部屋の掃除をしてくれたりと、いろいろ世話を焼いてくれるのだ。そこまでしてくれなくてもいいのに、と真九郎は思うが、それでも彼女の来訪は嬉《うれ》しく、迷惑ではない。

「お邪魔します」

ドアを開いて現れた夕乃の手には、学生鞄《かばん》と、食材の詰まったスーパーのビニール袋。

当然「おはようございます、真九郎さん」という挨拶《あいさつ》が続くものと思っていた真九郎だが、夕乃は何故《なぜ》かドアの側《そば》で立ち止まり、無言だった。心なしか、彼女の顔は少し引きつっているようにも見える。

「……どうしたの、夕乃さん？」

彼女は答えない。

よく見れば、その視線は真九郎ではなく、その背後へと向けられていた。

つられて真九郎もそちらを見る。

一瞬、思考が停止した。

天使のような無垢《むく》な寝顔。布団から伸びた、小さく細い手足。全裸《ぜんら》で眠る紫《むらさき》。

真九郎は、それを隠すように夕乃の前で手を広げ、大きく振る。

「ゆ、夕乃さん、これはその……！」

「不潔」

「いや、違うんだって！　これは全然そんなんじゃ……」

「不潔」

「聞いてよ！　これは……」

「……朝から騒がしいぞ、真九郎」

真九郎の後ろで、事態の火種《ひだね》が目を覚ました。紫は布団にくるまったまま体を起こし、まだ眠そうに手で目をこすりながら真九郎を見て、次に夕乃を見た。

夕乃と紫、二人の視線がぶつかる。

二人は、ほぼ同時に口を開いた。

「真九郎、これは誰だ？」

「真九郎さん、こちらはどなた？」

二人に見つめられ、真九郎は言葉に詰まる。

漂う不穏《ふおん》な空気に怯《ひる》んでいるうちに、紫が先手を打った。

「わたしは、この部屋で真九郎とドーセーしている者だ」

「ど、同棲《どうせい》……！」

ああそんな、と狼狽《ろうばい》する夕乃に、真九郎は必死で訂正《ていせい》する。

「違う違う！　全然違うからね、夕乃さん！」

「違うのか？　環《たまき》から借りたマンガには、男女が同じ部屋で暮らすのはドーセーだと書いてあったぞ？」

「おまえは、居候《いそうろう》みたいなもんだろ！」

「イソーロー？」

首を傾《かし》げる紫をよそに、夕乃は静かに肩を震わせていた。

「……真九郎さんは、そういう小さい子がお好きなんですか？」

真九郎は弁解の言葉を探したが、焦《あせ》る頭は役に立たない。

夕乃はよろよろと壁に寄りかかり、悲痛な面持《おもも》ちで言った。

「まさか、まさかこんな間違いが起きるなんて……。だから、わたしは一人暮らしなんて反対だったんです。俗世間《ぞくせけん》の誤った風潮は若者の心を犯し、悪い友達をたくさん作り、深夜まで遊び歩くようになったり、ディスコで踊り明かすようになったり、髪の毛を金色に染めちゃったり、ロックンロールを始めてバイクで深夜の道路を暴走するようになっちゃうんです！」

「いや、あの……」

「真九郎さん、そこに座りなさい！」

夕乃に床を指差され、真九郎は口を閉じておとなしく正座した。崩月家《ほうづき》では昔から、説教を受けるときは正座と決まっているのだ。

両手を腰に当て、夕乃は真九郎を見下ろす。

「いいですか？　昔から男女七歳にして席を同じうせずと言って……」

こうなった夕乃に逆らう術《すべ》を真九郎は知らなかったが、紫はお構いなしに問いかける。

「それで、おまえは誰なのだ？」

「あなたから名乗りなさい」

年上相手に礼儀知らずの紫も問題だが、夕乃さんも大人げないなあ、と真九郎は思った。

二人は再び視線をぶつけ合い、同時に名乗る。

「わたしは、九鳳院《くほういん》紫だ」

「わたしは、崩月夕乃です」

「崩月？」

「九鳳院？」

二人の顔に浮かんだのは、同じ種類の驚き。真九郎だけが理由を理解できないなか、二人は真九郎に目を向けた。前よりさらに厳《きび》しい視線。

「説明しろ、真九郎」

「説明しなさい、真九郎さん」

真九郎には、それに頷《うなず》く以外の選択肢《し》は残されていなかった。

真九郎が二人それぞれに説明すると、事態は奇妙な変化を見せた。

夕乃も紫も、何故か黙り込んだのだ。お互いに牽制《けんせい》するように視線を合わせながらも、一言も発しない。それはまるで、予期せずして長年の宿敵に会ってしまったかのような反応。僅《わず》かな差異《さい》は、夕乃の方がしばらくして余裕を取り戻したのに対し、紫は逆に警戒心《けいかいしん》を強めたように見えること。

妙な緊張感の漂う室内の空気に、真九郎が居心地の悪さを感じていると、夕乃は額《ひたい》に手を当て、軽くため息を漏らした。

「……紅香《べにか》さんの企《たくら》みですか。困った人ですね。まあ、あの人のことですから、何もかも全部承知《しょうち》で、真九郎さんに預けたんでしょうけど」

本当に迷惑な人です、とぼやく夕乃。

「あの、夕乃さん、かなり怒ってる？」

「そう思います？」

「あ、まあ……」

「だとしたら、真九郎さんのするべきことは何でしょう？」

「……ウソをついてすいませんでした」

よろしい、と夕乃は頷き、紫に目を向ける。

「それにしても、《九鳳院》の方と会うのは初めてですね」

「わたしも、《崩月》の人間と会うのは初めてだ」

敵を睨《にら》みつけるように目を細め、紫が低い声で言う。威嚇《いかく》しているつもりらしい。

「真九郎、この女を部屋から追い出せ」

ビシッと部屋のドアを指差す紫。

「朝から不愉快《ふゆかい》だ。何でこんな奴《やつ》と……」

「紫、その前に一ついいか？」

「何だ？」

「服を着ろ」

「そんなのはあとでも良かろう。まずはその不愉快な女を……」

「服を着ろ」

真九郎が繰り返すと、紫は渋々《しぶしぶ》ながらも従った。部屋の寒さに気がついただけかもしれない。

紫が服を着ている間に、真九郎は夕乃と話を進める。

「どういうこと？」

「真九郎さんは、まだそのへんのことは知らないんですね。すみません。うちのお祖父《じい》ちゃん、いい加減だから……」

「おい、真九郎！　あまりその女に近づくな！　穢《けが》れが移るぞ！」

「おまえは早く着替えろ」

紫は「うー」と唸《うな》りながら、服と悪戦苦闘を続けていた。この少女は朝がかなり弱く、口ほどには手が動かないのだ。威勢《いせい》はいいが、床に腰を下ろしながらでないと靴下も履《は》けない。服のボタンをはめるのに手間取《てまど》っているのを見て、真九郎は手伝おうとしたが、それより先に夕乃が近づく。自分へと伸ばされた夕乃の手に紫はギョッとし、逃げようとするも、夕乃の手はそれを許さない。彼女には幼い妹がおり、子供の扱《あつか》いには慣れている。紫が抗議する前に手早くボタンをはめると、夕乃は朗《ほが》らかな笑みを浮かべた。

「はい、できましたよ」

「……あ、ありがとう」

「偉《えら》い。ちゃんとお礼が言えるんですね」

紫は真九郎の方をちらりと見てから、小声で言う。

「……うるさい奴がいるからな」

それが誰だか察したらしく、夕乃はクスリと笑った。真九郎に礼儀作法を教えたのは、主に夕乃なのだ。

「真九郎さん。今日は学校が終わったら、道場で待ってます」

「えっ、道場？」

「不健康な衝動は、運動で発散するのが一番ですから」

「いや、不健康って、俺は別に……」

「お返事は?」

「……はい、わかりました」

夕乃は笑顔だったが、真九郎は知っている。彼女はいつも静かに笑い、静かに怒るのだ。

道場に寄るので帰りが遅くなる、と真九郎は紫に告げようとしたが、夕乃はこう提案。

「紫ちゃんも、ご一緒にどうぞ。夕飯をごちそうします」

「いいの?」

はい、と夕乃は頷いたが、紫本人の意思はどうか。

真九郎が目を向けると、紫は未《いま》だに残る警戒心を視線に込め、夕乃に送っていた。

「正気か? わたしは表御三家の《九鳳院》だぞ?」

……表御三家?

それは、真九郎には聞き覚えのない単語。だが夕乃には通じているのか、彼女は穏《おだ》やかに微《ほほ》笑《え》んでいた。紫は、それを胡散臭《うさんくさ》そうに眺《なが》めていたが、やがて諦《あきら》めたように息を吐く。

「……良かろう。裏の連中の棲家《すみか》、どんなものか興味はある」

「では、お待ちしています」

微笑んだまま会話を終えた夕乃は、鞄の中からエプロンを取り出して身につけた。若奥さんでも通用しそうな姿で、部屋の掃除を開始。真九郎もよく掃除はする方だし、実はアパートの共用部分の掃除も担当していたりするくらいなのだが、細やかさでは彼女に敵《かな》わない。夕乃は窓を開け、まずは空気を入れ換え。

「さあ二人とも、お布団を畳《たた》んでください。良い子には、美味《おい》しい朝食が待ってますよ」

どうしてわたしがそんなことを、と紫は言いたそうだったが、真九郎が代わりに畳もうとすると、意地になって自分でやり始めた。夕乃に弱みを見せたくない、ということなのか。

その様子をにこやかに見ていた夕乃は、「あ、そうそう」と言い、紙袋を真九郎に渡した。

「これ、部屋の前に置いてありましたよ」

真九郎が中を覗《のぞ》いてみると、ビデオテープとメモ用紙が一枚。メモ用紙には環の礼の言葉が簡単に書かれており、いつも米などを借りているお返しのつもりらしい。がさつな人だが、律《りち》義《ぎ》なところもあるのだ。

まさかまた変なビデオじゃないだろうな、と思いながら手に取って見ると、案の定、タイトルは『幼い妖精たちの誘惑』。ご丁寧《ていねい》に黒いマジックインキで『裏モノ』と注意書き。

真九郎は、不穏なものを感じて振り返る。

夕乃がこちらを見ていた。

全《すべ》てを見透かすように、彼女は微笑んでいる。

真九郎は、思いつく限りの罵声《ばせい》を環に浴びせることにした。心の中で。

学校を終え、五月雨《さみだれ》荘に帰ってきた真九郎は、紫を連れて崩月家の屋敷へと向かった。電車の中では景色を楽しんでいた紫だが、屋敷が近づいてくるにつれて口数が減り、顔からも余裕が失《う》せていくのを見て、真九郎は心配になる。

「大丈夫か？　体調が悪いなら……」

「確認しておきたいことがある」

紫が真面目《まじめ》な口調なので、真九郎は黙って次の言葉を待った。

「わたしを守ると誓《ちか》えるか？」

「……今さら何言ってるんだよ。守るに決まってるだろ」

「《崩月》の人間が、例《たと》えばあの夕乃という女が、わたしに牙《きば》を剝《む》いてきてもか？」

「そんなこと……」

「紅真九郎《くれない》は、わたしの味方になるのか？」

夕乃たちが紫に危害を加えようとし、真九郎がそれと戦う。そんなの天地がひっくり返ってもあり得ない展開だと真九郎は思ったが、紫は、これから戦地にでも赴《おもむ》くかのような真剣な表情。

プロとして、真九郎も真剣に答えることにした。

「俺は、おまえの味方になる。誰からも、おまえを守ると誓う。これでいいか？」

紫は何も言わず、ただ真九郎の横顔をじっと見上げていたが、しばらくして僅かに緊張を解いた。

「あのさ、そんなに嫌なら、別に無理に行かなくても……」

「わたしは逃げない」

幼い声で、彼女は言い切る。

「嫌なことから逃げても、それが消えて無くなるわけではない。だから、受けて立つ」

一度言ってみたいセリフだ、と真九郎は思った。そんな度胸《どきょう》、自分にはないけれど。

二人は崩月家の門前に到着。崩月家は、都心から少し離れた住宅地の一角を占める古めかしい日本屋敷だ。戦前に建てられたそれはとても頑丈《がんじょう》な作りで、関東大震災の際にも、屋根の瓦《かわら》が落ちて割れた以外の被害は無かったほどだという。広い敷地を囲む高い塀《へい》、そして立派《りっぱ》な門構えは、ヤクザか政治家の家だと勘違《かんちが》いされやすいが、そんな生易《なまやさ》しいものでないことを真九郎はよく知っていた。

真九郎が門を押し開き、二人は中に入る。石畳《いしだたみ》を歩いて奥の母屋《おもや》に進み、インターフォンを押そうとしたところで、真九郎は手を止めた。いつも忘れがちだが、真九郎は合い鍵を持たされているのだ。

隣にいる紫を見ると、やはり表情が硬《かた》い。ここも大きな屋敷だが、さすがに九鳳院家とは比べ物にならないし、それなら何を緊張することがあるのか。来る道中にも何度か尋ねたが、紫は答えなかった。世間一般には、賢《かしこ》い子供は口数も多いと思われているようだが、それは違う。本当に賢い子供は、無闇《むやみ》に話さない。話してもいいことしか話さない。そして紫の賢さは、今さら疑いようもなかった。

夕乃さんも何か知ってるみたいなんだよなあ……。

無言の紫を横目に見つつ、真九郎は鍵をあけてドアを開く。

「お邪魔します」

大きな声ではないが、適度に響く声量を意識して挨拶。慣れているので簡単だった。

真九郎は靴を脱ぎ、玄関から上がる。五月雨荘と違って軋《きし》んだりはしない頑丈な床板を踏みながら、紫が靴を脱ぐのを待っていると、廊下の奥から軽やかな足音が響いてきた。それに反応して振り返った真九郎の足に、小さな人影がどしんとぶつかる。

「お、久しぶり」

足に抱きついている幼い少女を、真九郎は見下ろした。

「こんにちは、ちーちゃん」

崩月家の次女、今年で五歳になる散鶴《ちづる》は、真九郎の顔を見上げて恥《は》ずかしそうに笑い、それからペコリと頭を下げる。

「……いらっしゃいませ」

この家で最も幼い彼女は、人見知りが激しいのでほとんど外出しない。幼稚園でも友達を作らず、一人で遊んでいるらしい。彼女が心を開くのは、家族のみ。真九郎がそれに含まれているのは、彼女が生まれる前からこの屋敷に住んでいたからだろう。

久しぶりに真九郎と会えたのがよほど嬉しいのか、散鶴は足に抱きついたまま離れようとはしなかった。ブラブラと体を左右に揺らし、真九郎を見上げては恥ずかしそうに笑う。

「真九郎、何だこの子供は?」

ようやく靴を脱ぎ終えた紫が、自分よりも幼い少女を指差す。

「夕乃さんの妹の、散鶴ちゃんだよ。ちーちゃん、この子は九鳳院紫。仲良くしてあげて」

散鶴は真九郎の足に抱きついたまま、探るように紫の方を見た。

「……お兄ちゃんがそういうなら、なかよく、する」

「声が小さくてよく聞こえんぞ」

紫に堂々と不満を述べられ、散鶴は泣きそうな顔で真九郎の足の陰《かげ》に隠れる。恐る恐る紫の方を窺《うかが》い見るが、その大きな瞳《ひとみ》の迫力に怯《おび》えて、また隠れた。

このくらいの歳《とし》でも、性格にはもう大きな差が出ている。

その性格は多分、年月が経《た》っても心の中心にあり続けるのだろう、自分のように。

小さな二人を見下ろしながら、真九郎がそんなことを思っていると、廊下の奥から流れるような足運びで夕乃が姿を見せる。

「お二人とも、ようこそ」

「……どうしたの、それ?」

夕乃は、赤い袴《はかま》姿だった。

「似合いませんか?」

その場でクルリと一回転する夕乃。

元から和風の顔立ちをしている彼女なので、袴姿は似合い過ぎるほど似合っていた。

「実は最近、知り合いの神社でアルバイトをしてるんです、巫女《みこ》さんの」

夕乃は短く苦労話を披露《ひろう》。外国人の観光客に神道《しんとう》の説明をしたり、男の参拝客《さんぱい》からしつこく口説《くど》かれたりと、いろいろ忙しいらしい。そんな彼女の頑張りを神主《かんぬし》は気に入ったようで、ご褒美《ほうび》として袴セットを一式貰《もら》ったというわけだ。

夕乃さんのお陰で参拝客でも増えたのかな、と真九郎は推測。

「それで、真九郎さんこういうのお好きかと思いまして、さっそく着てみました」

どうでしょう、と微笑みながら問われては、真九郎も本音で答えるしかない。

「ステキだね」

「ムラムラします?」

「……多少は」

「ああ良かった。真九郎さんが正しい道に帰還《きかん》してくれて、わたし、とっても嬉しいです」

「あの、念のために言っておくけど、俺、ロリコンじゃないから」

「理屈では納得しました。でも、感情ではまだです」

女性心理は不可解だ。真九郎が思うに、女性の精神構造は、男とは別次元の設計で成り立っているような気がする。理解できるわけもない。それでも理解しようと努力するとしたら、その原動力は愛情か。自分には、それが欠けているのだろうか。

「真九郎」

紫が真九郎の服を引っ張り、頭の上に疑問符を浮かべて見上げてくる。

「ロリコンとは何のことだ？」

答えに詰まる真九郎を、散鶴もじっと見上げていた。

二人にあるのは、純粋な好奇心。

左右から無垢な視線を浴びせられ、真九郎は思考を放棄《ほうき》する。

「君たちは知らなくてもよろしい」

「どうして？」

「……どーして？」

左右からの質問に真九郎が手を焼いていると、夕乃が助け船を出した。

「ロリコンというのは、悪い人のことですよ。お姉ちゃんの言うことを聞かずに一人暮らしを始めたり、ロリコンといううのは、お姉ちゃんと学校で会ってもあまり話をしてくれなかったり、お姉ちゃんに電話してくれなかったり、お姉ちゃんを遊びに誘ってくれなかったり、お姉ちゃんに隠し事ばかりして寂しい思いをさせたりする、悪ーい人のことです」

「真九郎は、悪い奴ではなかろう」

紫のその意見に、散鶴も頷く。真九郎に対する人物評では、二人の考えは近いようだ。

夕乃も笑顔で頷いた。

「はい、わたしもそう思います。真九郎さんは、そういう人ではありません」

それを確認するように三人から見つめられ、真九郎は曖昧《あいまい》な笑みを浮かべる。

こういう場をカッコ良く切り抜けられるような男になりたい、と思う。

「……夕乃さん、道場に行こう」

崩月家を訪れた用件は、夕乃との稽古《けいこ》だ。真九郎は夕乃と一緒に道場に移動することにしたが、そこで紫が見学を希望。散鶴のような子供を見て警戒心はかなり薄れたようで、今度はいろいろ興味が湧《わ》いてきたらしい。

「おまえと夕乃のするケイコというのを、わたしにも見せろ」

「ダメ」

「なぜだ?」

「子供の見るものじゃない」

「……エッチなことなのか?」

「全然違うよ！　いいから、おまえは向こうでおとなしく待ってろ!」

散鶴に頼んで、紫を奥の居間に案内してもらう。渋々ながらも、紫はそれについて行った。自分より小さい散鶴に恐れをなしたとは思われたくないのか、大股《おおまた》で歩く姿はやたらと偉そう。

それを見送る真九郎の隣で、夕乃は口に手を当て、クスクス笑っていた。

「なんだか今日の稽古は、ドキドキしちゃいますね」

「早く道場に行こう、夕乃さん」

「道場で何するんです?」

「稽古に決まってるでしょ！」

「はい、そうでした」

まだ笑っている夕乃の背中を押し、真九郎は道場に向かった。


機嫌が良さそうに見えた夕乃だが、稽古には一切手心《てごころ》を加えなかった。これは崩月家の人間全てに当てはまる傾向で、いざ戦いとなると情を挟《はさ》まない。

時間にして一時間にも満たない間に、真九郎は百回以上も殴られ、蹴《け》られ、投げ飛ばされ、精根《せいこん》尽き果てる一歩手前まで叩きのめされた。

「はい、今日はこれまで」

全身汗《あせ》まみれの真九郎とは対照的に涼しい顔で、夕乃は稽古の終了を告げた。

道場の真ん中で正座する彼女の前まで、真九郎は床を這《は》って移動。立ち上がる気力すらない。どうにか正座をし、倒れそうになりながらも頭を下げる。

「……ありがとうございました」

「いいえ」

相変わらず綺麗《きれい》な正座だなあ、と夕乃の姿に見とれてから、真九郎は床にゴロンと寝転んだ。床板の下に分厚い鉄板が敷《し》かれ、壁は強化コンクリートで覆《おお》われたここは、道場でありながら、強固な檻《おり》のようにも見える空間だ。高い天井から降り注ぐ蛍光灯の光を浴びながら、呼吸を整える。全身が痛む。特に右腕が酷《ひど》い。だが、心地良い疲労だった。体力をほぼ使い切ったこの感覚は、快感でさえある。

真九郎の学ぶ格闘技は便宜《べんぎ》上、崩月流と呼ばれている。だがそれは、いわゆる武術とは一線を画《かく》するものだった。武術とは、基本的には誰でも学べるもの。個人差はあれど、ある程度は誰でも再現できるもの。崩月流には、そうした普遍性がない。前提としている条件が、あまりにも厳しすぎるのだ。紙製の機体にジェットエンジンを載せても、空は飛べない。粉々になるだけ。それと同じ理屈。

まあ、こいつは、我が家に伝わるケンカ殺法《さっぽう》みてえなもんだな……。

真九郎の師匠《ししょう》である崩月法泉《ほうせん》は、崩月流をそう表現していた。

夕乃が生まれる前には他にも弟子《でし》が何人かいたらしく、道場もその頃に作られたそうだが、今では真九郎一人しかいない。この広い道場を独占し、法泉や夕乃から付きっきりで学べた自分は恵まれている、と真九郎は思う。

未だ呼吸が正常に戻らない真九郎の顔を、夕乃がタオルでそっと拭《ふ》いてくれた。情けないからやめてほしいというのが真九郎の本音だが、今はそれを口にする余力さえない。

冷たいタオルと、彼女の優しい手つきの気持ち良さに、真九郎は目を閉じてしまう。

最初の頃を思い出す。

小学二年生のとき、真九郎は唐突《とうとつ》に家族を失った。大好きな家族を全員失った。真九郎は死のうと思った。そうすれば家族に会えると思ったから。でも死ねなかった。あまりにも弱い自分は、家族を失い、もう生きていけそうにないのに、死ぬ勇気がなかったのだ。一人で生きるのは怖い。一人で死ぬのも怖い。生きる勇気も死ぬ勇気もない自分。銀子の家に引き取られた真九郎は、ただ虚《うつ》ろに毎日を過ごした。その間にどんな出来事があったのか、まるで記憶にない。どうでもいい期間。銀子も、そして銀子の両親も、真九郎を気遣《きづか》ってとても優しくしてくれたが、それさえ当時の真九郎にとってはどうでもいいことだった。寂しくて、悲しくて、死にたくて、死にたくなくて、一人になりたくて、誰かにいて欲しかった。頭の中はグチャグチャだった。

そして事件が起きた。銀子に無理やり連れ出され、近所の児童館に行ったときのこと。家に閉じこもりがちだった真九郎を銀子は心配し、同じ年頃の子供がたくさんいる児童館ならどうかと考えたのだろうが、真九郎は何も感じなかった。銀子が持ってきてくれたマンガやゲームにも目を向けず、誰かに話しかけられても答えず、真九郎は膝《ひざ》を抱え、部屋の隅《すみ》でぼんやりとしていた。それでも銀子は側《そば》にいてくれたが、真九郎は一言もしゃべらなかった。何もかもがどうでもよかった。銀子がため息を吐《つ》き、もう帰ろうか、と言って真九郎の手を掴《つか》んだとき、周りが急に騒がしくなった。大人たちの叫び、子供たちの悲鳴、そして銃声。突然、体の大きな外国人たちが何人も土足《どそく》で室内に上がりこみ、その手にはテレビでしか見たことがない機関銃が握られていた。わけもわからないうちに、子供たちは全員外に連れ出され、トラックの荷台に乗せられた。真九郎と銀子も乗せられた。数人の男たちが荷台に同乗し、口を開いたら殺す、と片言《かたこと》の日本語で脅《おど》し、それが通じなかったらしい子供が騒ぐと、銃の引き金《がね》を引いた。ガガガ、と連続した銃声が響き、子供の頭がトマトのように破裂し、やめてーっ、と叫んだ子供の頭も破裂し、その一部が真九郎の顔にまで飛び散った。隣にいる銀子が悲鳴を漏らしそうになるのを見て、真九郎は素早く彼女の口を塞《ふさ》いだ。この出来事に興奮《こうふん》し、久しぶりに思考が働き、体も動いたのだ。荷台には幌《ほろ》がかけられ、外からは見えないようになっており、このまま何処《どこ》かへ運ばれるようだった。子供の死体は外へ放り捨てられ、残った子供たちが怯《おび》えながら口を閉ざすなかで、真九郎は考えた。この連中は外国人。白昼堂々の集団誘拐《ゆうかい》。そんなことあり得ないという日本の常識を、外国の犯罪者たちは簡単に覆《くつがえ》す。前にニュースで見たことがある。海外の人身売買組織が日本に上陸し、既《すで》に地方の山村などで数十件の誘拐事件を起こしているると。商品の強制的な補充だ。警察も動いてはいるが、裏に海外の有力なマフィアが複数関与《かんよ》し、それに政治的なものが絡《から》まって、捜査は進展していないらしい。こいつらがそうなのか、という真九郎の考えは正しかった。トラックの荷台から下ろされた頃にはもう日が暮れかけていたが、軽く視線を動かせば船が見え、そこが港だとわかった。子供たちは一列に並ばされて歩き、港に停泊していた一隻《せき》の大きな貨物船に乗せられた。辺《あた》りには日本人も多くいたが、全員が犯人の仲間らしく、子供たちを見る目は冷たかった。感情のない、ただの商品を見る目。

暗い船倉《せんそう》に閉じ込められた子供たちは、当然のごとく泣き出した。真九郎以外は、みんな泣いていた。普段はあんなに強気の銀子でさえ、泣いていた。ねえどうしよう真九郎。あたしたちどうなるのかな真九郎。真九郎は教えてあげた。売られるんだよ銀子ちゃん。僕たちはみんな外国に連れて行かれて、そこで売られるんだよ。銀子は真九郎に抱きつき、そんなのウソ、絶対ウソだよ、と言いながら泣いた。真九郎は泣かなかった。泣く必要はない。だって、こんな幸運が訪れたのだ。悲しくはない。ちょっと怖いけれど、でも、嬉しさの方が大きい。

死ねる。このままいけば、自分は死ねる。

売られるのは、きっと健康な子供。美しい子供。賢い子供。自分はどれにも当てはまらない。それどころか、体の弱い自分は、心の弱い自分は、出航した船が次の港に着く前に死んでしまう可能性が高い。自殺は怖くてできないけれど、このどうしようもない状況が、絶対逃げられない状況が、自分を殺す。ああ、やっと死ねる。これで会える。お父さんに、お母さんに、お姉ちゃんに、また会える。嬉しい。

チャンスは意外と早くきた。船倉の扉が開き、犯人たちが中に入ってきたのだ。男の子を蹴《け》飛《と》ばし、女の子だけを選んで立たせていく。ここで男女を選別し、それぞれ別の場所に閉じ込めるのか。あるいは、犯人たちの妙にギラついた目からして、女の子たちにだけ特別の用があるのか。銀子も犯人に腕を掴まれ、強引に立たされた。品定めをするように服をめくられた銀子は、犯人の顔を平手打ち。やっぱり銀子ちゃんは強いな、と真九郎は思った。犯人が、何か外国の言葉で銀子を罵《のの》り、彼女の顔に銃口を向けるのを見て、真九郎はその前に立ち塞がった。幼なじみを助ける。そして死ねる。最高だ。何も文句はない。背後で銀子が何か叫んでいたが聞かず、真九郎は銃口から死が吐き出されるのを待った。

そこに忽然《こつぜん》と、一人の女が現れた。

トレンチコートを羽織《はお》った若い女は、日本人のようだったが、あまりにも貫禄《かんろく》があり過ぎた。まるで全てを仕切るボスのような足取りで、船倉の中へと踏み入る。女が口に銜《くわ》えたタバコからゆったりと紫煙《しえん》を吐き出したところで、しばし呆然《ぼうぜん》と見つめていた犯人たちは、ようやく罵声とともに銃口を向けた。そこからは、圧倒的だった。犯人たちの暴力を、女はそれ以上の暴力で叩き伏せた。それはまるで、暴力の竜巻《たつまき》。その凄惨《せいさん》な光景を目《ま》の当たりにして、周りの子供たちは怯え、銀子も真九郎の背中に隠れるようにして見ていたが、真九郎だけは違っていた。

これだ、と思った。

この強さだ、と思った。

死の衝動など消し飛ばすような感動。自分もこうなれば、こんなふうに強くなれば、もしかしたら、これからも生きられるかもしれない。家族がいないこの世界でも、生きられるかもしれない。

ほんの十数秒で場は静まり、女に遅れて入って来た数人の男たちが子供を助け出すなか、真九郎は女の方に歩み寄った。このときが、紅真九郎の人生の分岐点《ぶんき》。ダメだよ真九郎。その人は怖い。近づいちゃダメ。その人に関《かか》わったら大変なことになる。銀子のそんな言葉を無視して、真九郎は女の前で言った。

僕を、あなたの弟子にしてください。

女はタバコの灰を床に落とし、怪訝《けげん》そうに真九郎を見下ろした。

どうして？

強くなりたいんです。

どうして？

生きるためです。

真九郎の何が女を動かしたのかはわからないが、女はしばらく真九郎の顔を見つめ、それから自分のあとについてくるように言った。銀子が止めるのも聞かず、真九郎はそれに従った。

新たなタバコを銜えながら、女は尋ねた。

おまえ、名は？

紅真九郎。

奇縁《きえん》だな。わたしの名と同じ字が一つ。

女は少し笑ってから、自分は柔沢《じゅうざわ》紅香だと名乗り、続けて言った。

わたしは、誰かに学んで強くなったわけじゃない。だから、誰にも教えられない。

そして真九郎は、崩月の屋敷に連れてこられたのだ。

屋敷の主《あるじ》に、紅香は言った。

崩月の旦那《だんな》。このガキ、ちょっと面白《おもしろ》いんで、試してみてください。

興奮と緊張に包まれた真九郎を、崩月法泉が見下ろし、その傍《かたわ》らには真九郎と歳の近い少女、夕乃がいて、真九郎のことをじっと見つめていた。

そこから今に至《いた》る八年間。それは、真九郎にとって最も充実した期間。内弟子として屋敷に住まうことを許された真九郎は、法泉の指示に従い、その全てを崩月流の修得へと捧《ささ》げた。体中の骨で、一度も折れてない箇所はない。何度も折られ、砕《くだ》かれ、叩き潰《つぶ》され、内臓の位置さえ変わるような修行をした。常軌《じょうき》を逸《いっ》した肉体改造。肉も骨も、崩月の力を使うのに適したものへと変えていったのだ。

銀子は怒った。真九郎の考えがおかしいと怒った。そんなの理解できないと怒った。何度も何度も銀子は真九郎を説得しようとしたが、真九郎は決して耳を貸さなかった。

強くなりたかったのだ、どうしても。

その必要があったのだ、どうしても。

家族を失った自分には、生きるためのたしかな力が必要だったのだ。

だから頑張った。努力した。でも、それは、結局……。

「真九郎さん？」

夕乃の優しい声に、真九郎は目を開ける。体力が三割は回復していた。この回復力も、修行の賜物《たまもの》だ。

床に手をつき、体を起こした真九郎に、夕乃は言った。

「大分体に馴染《なじ》んできましたね」

「……まあ、何とか」

右腕がまだ痛む。血管を通して、全身に広がっていくような痛みだ。異物を埋め込まれた体としては、正常な反応だろう。これでも当初に比べれば、かなり楽になった方なのだ。埋め込まれた最初の夜は、死にそうなほどの痛みに襲《おそ》われた。そのとき、真九郎の側に付き添ってくれたのは夕乃だった。彼女は一睡《いっすい》もせず、真九郎の手を握りながら、声をかけ続けてくれた。あの夜を乗り越えられたのは夕乃のお陰だと、真九郎は思う。

「まだ、実戦で使える段階ではないでしょう。今のままでは、どれだけ肉体を傷《いた》めるかわかりません。最悪の場合、寿命《じゅみょう》を縮めてしまうかもしれない。ですから、お祖父ちゃんの許しがあるまでは使用を禁じます」

「別に、そんなに長生きしたいわけでもないけどね」

もし紅香に出会わなければ、銀子を守り、散っていた命だ。

生きることを真九郎は選んだが、それは正解だったのか。成功だったのか。

「そんなことを言ってはいけません」

夕乃は、弟をたしなめる姉のような顔になる。

「人間の体は脆《もろ》いのです。簡単に壊れます。でも、大事にすれば一生使えます。だから、大事にしてください。わたしは、これからもずっと、あなたと一緒に生きたいと思っていますよ」

心配してくれることに感謝しつつも、真九郎は苦笑した。

「なんか、それ、プロポーズみたいだね」

夕乃は僅かに頬《ほお》を赤くし、こほん、と一つ咳払《せきばら》い。

「そ、そういうことは、やはり殿方《とのがた》の方から言っていただかないと……」

「えっ?」

「何でもありません」

誤魔化《ごまか》すように、夕乃はまた咳払い。

「とにかく、日々精進《しょうじん》し、邪念に惑《まど》わされることのないようにしてください」

「はい」

「いかがわしいビデオは、全て捨てるように」

「……はい」

「とはいえ、真九郎さんもお年頃。そういうことに興味を抱いてしまうのは仕方がないことです。ああ今日も夕乃さんは可愛《かわい》いな。下着は何色だろう。ときには、そんなことを考えてしまうこともあるでしょう」

「別にそういうのは……」

「あるはずです」

「いや……」

「あります」

断定された。そうでなきゃダメですって顔だった。

「……あー、はい、あるかも」

「いけませんよ、もう、真九郎さんたら……」

ちょっと嬉しそうに怒る夕乃。

何なんだよ、と真九郎は内心で愚痴《ぐち》をこぼすが、もちろん口には出さない。

昔から、どうも彼女には逆らえないのだ。

「前に、保健の先生から聞いたことがあります。殿方のそういう衝動を抑圧するのは、体に良くないそうですね。ですから、もし、どーしても我慢《がまん》できなくなったら、わたしに言ってください」

「えっ?」

動揺する真九郎に、夕乃は明快に説明。

「その邪念が消え去るまで、徹底的に、しごいて差し上げます。嬉しいですか?」

「……光栄です」

弟子としては、笑顔で頷くしかなかった。


庭に出て井戸水を汲《く》み上げ、その殺人的な冷たさに身を震わせながら、真九郎は汗を洗い流した。タオルで体を拭いて縁側《えんがわ》に上がり、廊下を進む。そして居間に向かう途中で、真九郎は足を止めた。かつての真九郎の部屋の前。扉を開いてみると、自分の使っていた勉強机がまだ残っていた。埃《ほこり》は積もっておらず、綺麗に掃除されているようだ。五月雨荘の5号室よりもずっと広く、清潔で明るい部屋。

何度も師匠から言われている。いつでも、ここに戻ってきてよいと。

……それは無理だ。

思い出が甦《よみがえ》る前に、真九郎は扉を閉めた。

廊下を歩いて居間に行き、紫の姿を捜すと、意外にもおとなしくしているようだった。ストローでジュースを飲みながら、テレビの前でアニメを観《み》ている。紫から微妙な距離を開け、散鶴も同じようにアニメを観ていたが、真九郎を見つけるとすぐに駆け寄ってきた。小さな体を受け止め、真九郎は彼女を抱き上げる。散鶴のおしめを替えたこともある真九郎にとって、彼女は妹も同然。

「ふん、ガキだな」

その光景を横目で見た紫は、つまらなそうにストローを銜える。

何を拗《す》ねてるんだか、と真九郎が呆《あき》れていると、台所から、夕乃と散鶴の母である冥理《めいり》が姿を見せた。足りない生活用品はないか尋ねられ、小遣《こづか》いまでくれそうになったので、真九郎は慌《あわ》てて断る。何でも手伝いますと真九郎は申し出たが、殿方はお待ちくださいと言われてしまった。散鶴も手伝いを希望したので、真九郎は彼女を床に下ろす。母のあとを追って散鶴が台所の方へと消えるのを見届け、紫に目を向けると、彼女は何やら恨《うら》めしそうな顔。

「ケイコとやらは、楽しかったか？」

「まあ、それなりに」

「あまりに長いので、わたしの存在は、もう忘れられたのかと思っていたぞ」

ストローを銜え、ジュースをブクブクと泡立《あわだ》てる紫。

別れて一時間も経っていないが、真九郎に放っておかれたことが不満らしい。

「……悪かったよ」

「おまえ、ちゃんと誓いは覚えているだろうな?」

「何があっても、誰からも、俺はおまえを守る。でもここは、みんないい人ばかりだろ?」

「さて、まだわからんぞ」

すっかり気を抜いているように見えながらも、紫はまだ警戒心を残しているのか。

何が彼女を、ここまで警戒させるのか。

いい加減に理由を教えて欲しいところだったが、ほどなくして師匠が帰宅。真九郎は疑問を保留にし、師匠に挨拶することにした。

真九郎の師匠、崩月法泉は、齢《よわい》七十を超える老人である。その浴衣《ゆかた》姿はまるで昭和《しょうわ》初期の文豪のようで、荒事《あらごと》とは無縁《むえん》にしか見えない。しかし、あの柔沢紅香が「絶対タイマン勝負したくない相手」と断言し、一目置くほどの人物だ。

「……おまえが《崩月》の当主か?」

法泉と対面した紫は、警戒心を隠そうともせず、睨みつけるようにしてそう言った。もしものときは盾《たて》にする、という理由で、真九郎は彼女の側に控《ひか》えさせられている。

紫のそんな態度を見ても、法泉は自分の孫に対するように微笑んだ。崩月家の人間は、基本的にとても穏やかな気性の持ち主ばかり。強者ほど感情を制御《せいぎょ》する術《すべ》に長《た》けていることを、真九郎はこの屋敷で生活しながら知った。

「お嬢ちゃん、焼きイモ食うかい？」

法泉は、碁会所《ごかいしょ》の帰り道で買ったらしい焼きイモを紙袋から取り出し、手ごろな大きさの一つを紫の前で折って見せる。山吹色《やまぶきいろ》の中身から温かな湯気が昇り、ほのかに甘い香りが漂った。まだ食欲優先の部分が多い紫は、初めて見る焼きイモに興味を引かれたらしく、法泉に渡されるとすぐに口に入れようとしたが、そこで思い留まり、真九郎に渡した。

「毒見しろ」

何て用心深さだ、と呆れながら真九郎が一口齧《かじ》って見せ、どうやら大丈夫そうだとわかると、紫も食べ始める。もぐもぐと頰張《ほおば》り、「おお」と感嘆《かんたん》を漏らしながら焼きイモを眺め、また一口。かなり気に入ったようだった。

食べる手を止め、紫は法泉に礼を言う。

「美味《うま》いな。ありがとう」

「なんのなんの」

法泉は大らかに笑い、真九郎にも焼きイモを渡そうとしたが、そこで夕乃に見つかった。

「ダメじゃない、お祖父ちゃん。夕食前よ？」

法泉は「ああ、すまんすまん」と頭を掻《か》き、「で、おまえ、何で袴姿なんだ?」「いいでしょ、別に」「真九郎の趣味か」「いいでしょ、別に」などという会話を夕乃としてから、焼きイモを抱えて台所に消える。

夕乃は、真九郎の顔をちらっと見ると、

「これ、似合ってますよね?」

「うん」

「ムラムラしますよね?」

「……うん、まあ」

「じゃあ、まだ着てます」

と言ってニッコリ微笑み、台所に引っ込んだ。

よくわからないが、夕乃の機嫌が良いみたいだからいいか、と真九郎が思っていると、今度は台所から散鶴が現れた。小さな手で大皿を運ぶのを見て、手伝うために真九郎は立とうとしたが、紫に服を引っ張られる。

「はわえるわ」

口一杯に焼きイモを頬張りながらなので聞き取りにくいが、「離れるな」と言ってるつもりらしい。困った様子の真九郎を見かねたのか、散鶴が紫に一言。

「……わがまま」

紫はむっとして反論しようとするも、口に詰めこんだ焼きイモがそれを邪魔し、飲み込もうと努力しているうちに散鶴はさっさと台所に戻って行った。ようやく焼きイモを飲み込んだ紫は、笑いたそうな真九郎をキッと睨んでから、憤然《ふんぜん》として言う。

「生意気なガキだ」

おまえがな、と真九郎は声に出さずに訂正し、仕方なく彼女の側に留まることにした。


大きな黒檀《こくたん》のテーブルを囲み、夕食は和《なご》やかに進んだ。刺身《さしみ》と焼き魚、それに豚汁《とんじる》や肉じゃがなどの和食を中心とした内容で、その慣れ親しんだ味を真九郎は楽しみ、隣にいる紫も箸《はし》はよく動いていた。今は海外に出張中である夕乃と散鶴の父の話や、たわいのない世間話をしながら夕食は終わり、冥理と夕乃が後片付けを始める。

「紫ちゃん、ちーちゃんと一緒にお風呂に入ってきたら?」

この後のことを考えて、夕乃がそう提案。紫は渋ったが、真九郎が「崩月家の風呂はすごいぞ」と言うと、少し興味を示す。「何がすごいのだ?」「全部、木でできてる」「ほう、木でできた風呂か」という二人の会話を聞き、夕乃が「今日は、ゆず湯ですよ」と補足《ほそく》。

「かんきつ類を浮かべた、木でできた風呂か……」

好奇心に負けたのか、紫はやがて頷いた。また夕乃に誤解されると困るので、風呂上がりには必ずバスタオルを巻くよう、真九郎は紫に指示。紫は、「ま、良かろう」と承諾《しょうだく》。そして、散鶴と共に風呂場へ。

子供たちが消えたところで、テーブルの上には夕乃が淹《い》れたお茶と、冷蔵庫で冷やされた焼きイモが用意された。

「紅香のやつも、面倒《めんどう》なことを頼みやがったもんだな」

焼きイモを齧りながら、法泉が言う。

「真九郎をうちの人間と承知で九鳳院の子を預けるところが、らしくはある。あいつは無頓着《むとんちゃく》というか無節操《むせっそう》というか、そのあたりの事情を屁《へ》とも思ってやがらねえ……」

気になっていたことを真九郎は尋ねたかったが、まずは師匠の発言が済むのを待つ。夕乃や冥理、そして散鶴には砕けた態度で接する真九郎も、さすがに師匠である法泉には礼儀を守る。そんなの水臭いです、と夕乃にはよく叱《しか》られるが、けじめのようなもの。自分に様々なことを教え、肉体の一部さえ与えてくれたこの老人を、真九郎は尊敬していた。

真九郎の心情を察し、夕乃が代わりに口を開く。

「お祖父ちゃん、例のこと、そろそろ真九郎さんにも教えてあげたら？」

「……まあ、いい機会か」

何かを思案するように目を閉じ、法泉はお茶を飲んだ。真九郎もお茶を飲んでいると、夕乃が丁寧に皮を剝いてから、焼きイモを渡してくれた。そのくらい自分でできるのになあ、と思いながらも、真九郎は礼を言って受け取る。甘党の法泉が選んだ焼きイモは冷えることでより甘味が増しており、それを味わいつつ師匠の言葉を待った。

法泉は目を開けると、顎《あご》を摩《さす》りながら言う。

「その話の前に、おめえに訊《き》いときてえことがある。真九郎、正直に答えろ」

「はい」

緊張して身構える弟子を見据《みす》え、師匠は言った。

「もう済ませたのか？」

「何をですか？」

「せっかく一人暮らしを始めたんだ。夕乃とは、もう済ませたのか？」

真九郎の隣で、夕乃が激しくむせていた。お茶が気管に入ったらしい。真九郎が手で背中を摩ると、夕乃はそれに礼を言ってから、祖父に猛抗議。

「お、お祖父ちゃん！　いきなり何を破廉恥《はれんち》なこと言っちゃってるんですか！」

「破廉恥ってなあ、おまえ、真九郎の筆下ろしのことだぞ？」

「不潔です！　下品です！」

「頭固いのう。俺が真九郎と同じ歳の頃なんて、そりゃあもう……」

「真九郎さんは、そんな人じゃありません！」

「何だ、まだしてねえのか？　真九郎、師匠の孫娘だからって、別に遠慮《えんりよ》するこたあねえんだぞ？　俺はそのへん、理解あるつもりだしな。夕乃のやつ、これでもよく恋文を貰ってくるし、あんまモタモタしてると他の誰かのもんに……」

「なりません！　そんな気は全然ないです！」

「おまえ、そんな貞操《ていそう》観念ガチガチで、嫁に行き遅れたらどうするよ?」

「心配いりません！　ちゃんと、しかるべき人がもらってくれます！　ね、真九郎さん?」

何で俺に確認するんだろう、と思いながら、真九郎は「はあ……」と曖昧な返事。

老いてなお盛んな法泉は、孫娘と真九郎が親交を深めることを多いに奨励《しょうれい》しており、その方面ではやたらと寛容。真九郎が崩月家を出る際、五月雨荘を勧《すす》め、様々な便宜《べんぎ》をはかってくれたのは法泉だが、真九郎が一人暮らしを希望した理由は、何やら誤解されている節《ふし》があった。その誤解をときたくとも、本当の理由は口にできないので、真九郎としてはどうしても曖昧な態度になってしまう。

法泉と夕乃、どちらにも加勢できずに真九郎が傍観《ぼうかん》していると、廊下から冥理の声。

「お父さん、日村《ひむら》さんからお電話ですよ」

「おう、そうかそうか」

法泉は軽い足取りで廊下に向かい、電話で少し話してから、ちょっと出てくると言って玄関へ。夕乃が教えてくれたところによると、最近碁会所で知り合ったお婆さんと親しくなり、交際中であるらしい。まだ話の途中だったのだが、色恋沙汰《ざた》を優先するところが師匠らしいなあ、と真九郎は思った。

「真九郎さんは、ああなってはダメですよ」

祖父の身勝手さを呆れるように息を吐き、夕乃はお茶を淹れ直す。

「殿方の愛は、それ全て家族に向けられるべきもの。浮気なんてもってのほかです」

基本的には祖父を尊敬している夕乃だが、若い頃から浮気癖《ぐせ》がある点だけは軽蔑《けいべつ》しているらしい。亡くなった法泉の妻も、夫のそういう部分には苦労していたそうなので、それを見て育った孫の夕乃としては当然の心境なのかもしれない。

「真九郎さん、わかりましたか？」

「はい」

よろしい、と夕乃は頷き、お茶を真九郎の前に置いた。

「えー、では僭越《せんえつ》ながら、わたしがご説明しましょう。たいして複雑な話でもありませんが、何か質問があるときは、ちゃんと手を挙げるように」

「手を挙げるんですか？」

「夕乃先生、と呼んでください」

ニッコリ微笑み、夕乃は語り出す。

「まずは、裏十三家について」

裏十三家とは、近現代まで裏世界で勢力を持っていた十三の家系のこと。

《歪空《ゆがみそら》》《堕花《おちばな》》《斬島《きりしま》》《円堂《えんどう》》《崩月》《虚村《うつろむら》》《豪我《ごうが》》《師水《しみず》》《戒園《かいえん》》《御巫《みかなぎ》》《病葉《わくらば》》《亞城《あじょう》》《星噛《ほしがみ》》。今ではその半数近くが廃業、あるいは断絶しているが、その勇名・悪名・凶名は未だに裏世界で影響力を残しているという。

「では次に、表御三家について」

表御三家とは、表世界で絶大な権力を握る三つの家系のこと。

《九鳳院》《麒麟塚《きりんづか》》《皇牙宮《こうがのみや》》。

いずれも財閥《ざいばつ》、そして名家中の名家なので、真九郎も名前だけは知っていた。

「俗権力を代表する表御三家と、闇《やみ》権力を代表する裏十三家。表の英雄と、裏の蛮雄《ばんゆう》。この十六家が上手《うま》くバランスを取り、国を支えていた時代もあったとか。ずっと昔の話ですね。今では、表は栄華《えいが》を極《きわ》めたのに対し、裏は衰退《すいたい》の一途《いっと》なわけですし。中には、《円堂》のように表の権力と融和《ゆうわ》した家系もありますけど……」

夕乃がお茶を飲んで一息つくのを見て、真九郎もいくらか冷めたお茶を飲み干す。

「表御三家と裏十三家ね……」

焼きイモの残りを口に入れると、夕乃が新たなお茶を淹れてくれたので、礼を言ってまた飲む。そうして落ち着いてから、真九郎は言った。

「……それって、本当の話？」

夕乃は答えない。澄《す》ました顔で、お茶を飲んでいる。

真九郎は少し考え、手を挙げた。

「夕乃先生、質問があります」

「はい、出席番号8番、紅真九郎くん」

出席番号まであるのか、と思いながら真九郎は質問。

「今の話、本当なんですか？」

「わたし、真九郎さんにウソを教えたことなんて一度もありませんよ」

それはそうだ。彼女はいつでも誠心誠意、自分に接してくれる人。欺《あざむ》かれたことはない。

それでも正直、あまりピンとこない話だった。

崩月家が普通の家系でないことは十分に承知しているし、代々裏世界に関わっていたことも以前に聞いている。だが、かつてはそんな大きな勢力の一部を担《にな》っていたことまでは想像がつかなかった。九鳳院、麒麟塚、皇牙宮という名の知れた財閥が表御三家と呼ばれているということも初耳。

御伽噺《おとぎばなし》じみてるよな……。

真九郎がそんなことを思っていると、夕乃は話を続ける。

「わたしには生憎《あいにく》と備わってませんが、霊視能力のある人によると、この世には至る所に霊がはびこってるそうですね。死霊とか悪霊とか、いろんなのが。わたしにはそれは見えません。でも、何の支障もなく生活できます。今の知識も、似たようなものです。知らなくても平気ですが、知っていれば少しだけ役に立つかもしれない、という程度のもの。重要度で言えば、学校の授業の方がずっと上です。まあ、頭の隅にでも置いといてください。ただ、これだけは忘れないで、真九郎さん。あなたは我が家の、つまりは《崩月》の人間。あなたは既に、裏十三家に組みこまれている」

他人事《ひとごと》ではない、ということ。この崩月家で長く寝食をともにし、法泉の力の一部を受け継いだ真九郎は、関係者であるのは間違いない。

「そして、あの紫ちゃんは表御三家に組みこまれている。しかも、表御三家の中でも突出した力を持つ、《九鳳院》の娘。彼女が我が家を警戒しているのは、それが理由です。表御三家では、表を清流、裏を濁流《だくりゅう》と称し、接触を禁じているらしいですから。要するにバイキン扱いなんです」

穢れがどうのこうのと言っていた紫の態度は、そういう意味か。

彼女は九鳳院家で、そう教えられたのだろう。

だから崩月家の人間である夕乃を警戒し、真九郎にも自分を守るよう言いつけた。

「わたしも詳《くわ》しくは知らないんですが、いろいろ因縁《いんねん》があるみたいですよ。我が家はこんな家風ですから、お風呂だって貸しちゃいますけど」

夕乃の話を聞きながら、真九郎は考える。

裏と表、それはまさに自分と紫のようだと。自分はこれからも揉《も》め事処理屋を続け、世間的な成功とは無縁の人生を歩む。紫は、九鳳院家の人間として表の世界を、輝かしい人生を歩むのだろう。羨《うらや》ましい、とは思わない。大変だな、とは思う。

周囲からの期待と重圧はどれほどのものか。真九郎には、とても耐えられそうにない。

真九郎は夕乃の湯呑《ゆの》み茶碗《ぢゃわん》が空《から》なのに気づき、お茶を淹れ直そうとしたが、彼女の表情がいつになく暗いのを見て手を止める。

「夕乃さん、どうかした？」

「……よーく考えたら、我が家が紫ちゃんに嫌われるのも当然かなって」

「そんなこと……」

「真九郎さん、我が家は人殺しの家系です」

真九郎は、部屋の中が急に薄暗くなったように感じた。もちろん気のせいだ。天井の蛍光灯に異常はない。夕乃の言葉が真実だと知る真九郎の感覚が、沈んできているだけ。暗くて暗くて、ただ暗い場所へ。学んだ真九郎はよく理解している。崩月家が伝えるのは、人を殺すための力と技《わざ》。それを用いて、崩月家はどれだけの人間を殺してきたのか。法泉の代で裏世界から引退はしたが、その力と技は絶えていないし、夕乃と散鶴の後の代まで伝えられていくだろう。人殺しの力と技を伝えていく。家系が、それを伝えるシステムと化しているのだ。

いつもより感情の薄い声で、夕乃は言葉を続ける。

「血に穢れが宿るなら、わたしの血は穢れています。それはもう酷いものでしょう。さっきの霊視能力の話ですが、わたし、そういう力が無くて本当に良かったと思っています。もしもそんなものがあったら、我が家の穢れを目の当たりにして生きていかなければなりません」

どう声をかけたら良いかわからず、真九郎が俯《うつむ》いていると、その顔を覗きこむようにして夕乃は言った。

「……怖いですか？」

彼女はそう言ったが、本当に言いたかった言葉が何か、真九郎は察することができた。

後悔してますか？

彼女はきっと、そう言いたかったのだ。

この崩月家に関わったことを、真九郎が後悔しているのではないかと、自分と出会ったことさえ後悔しているのではないかと、夕乃はそんな心配をしている。

そんなはずがないのに。

裏十三家も表御三家も、全然怖くはない。人殺しの力と技も、怖くはない。

真九郎が本当に怖いのは、そんなものではない。

真九郎は顔を上げる。

「俺、夕乃さんのこと好きだよ。崩月家の人たちのことは、みんな大好きだ」

身寄りのない自分を引き取り、家族の一員として、優しく厳しく接してくれた。どれだけ感謝しても足りないほど、この家の人たちには感謝している。

だからこそ、言えないことがあった。言ってはいけないことがあった。

……ああ、早く五月雨荘に帰りたい。

あまり長く、ここにはいたくない。

早く、この家の人たちから遠ざかりたい。

内心の混乱を顔には出さぬよう真九郎が努力していると、夕乃が控え目な口調で言った。

「あのー、真九郎さん。一つお願いがあるのですが……」

「ん、何？」

「もう一度言ってもらえません、今の言葉？」

「えっ、今のって？」

「真九郎さんが、わたしのことを、その……」

夕乃は頬を赤らめ、両手の人差し指を突つき合わせながら、ゴニョゴニョと口籠《くちご》もる。夕乃さんにしては発音が不明瞭《ふめいりょう》だ、などと真九郎が思っていると、廊下の方から軽やかな足音。真九郎がそちらを向くと、体にバスタオルを巻いた散鶴が腕の中に飛び込んできた。真九郎は彼女を柔らかく受け止め、まだ少し濡《ぬ》れている頭を撫《な》でる。

「いいとこだったのにぃ……」

悔《くや》しそうにため息を吐き、夕乃は小声で呟いた。

「やれやれ、落ち着きのない奴だ」

散鶴の後に続いて、こちらは悠々《ゆうゆう》と廊下から現れる紫。真九郎の指示通り、体にはバスタオルを巻いており、風呂上がりの火照《ほて》った顔は上機嫌だった。総ヒノキ作りの風呂も、ゆず湯も、どちらもお気に召したらしい。

真九郎に抱きついたままの散鶴を見て、紫はバカにするように鼻で笑う。

「ふん、ガキめ」

わたしはそんな幼稚なことはしない、という態度で、紫は使用人に命令。

「おい、真九郎。そろそろ帰るぞ。着替えを用意しろ」

「あ……」

そこで初めて着替えを忘れたことに真九郎は気づいたが、夕乃が「ちょっと待っていてください」と言い、奥の部屋に消える。

その間に、紫は冥理からもらった冷たい麦茶を飲んでいた。

「紫、崩月家のご感想は？」

「恐れるに足らんな。百聞《ひゃくぶん》は一見《いっけん》にしかず、というやつだ。書物や人から聞いた話だけでは、真実はわからんものだ」

「そうか」

真九郎が頭を撫でてやると、紫は珍《めずら》しく嫌がらない。大きな欠伸を漏らしているところからして、眠気に襲われ、それどころではないのだろう。彼女より幼い散鶴などは、既にウトウトし始めている。時計を見ると、普段なら寝ている時刻。夕乃が戻ってきたところで二人の着替えを任せ、真九郎は冥理に挨拶してから、帰ることにした。下着などを借りて着替えを済ませた紫を背負うと、それに合わせたように彼女はすぐ眠ってしまう。

「真九郎さん、これも」

夕乃は、真九郎に紙袋を渡した。中身は数着の子供用パジャマ。

「わたしが昔、使っていたやつです。紫ちゃんにあげてください」

「ありがとう、夕乃さん」

「今度訪ねたときに彼女が裸《はだか》だったら、わたし、本気で怒りますからね？」

「……必ず着させます」

真九郎の背中で眠る紫に視線を移し、夕乃はクスッと笑った。

「そうしていると、真九郎さん、お兄さんみたい」

「そうかな……」

真九郎の内心は、少し複雑。

姉や兄とは、頼れる存在だ。自分の何処にそんな要素があるのか。

門の前でもう一度夕乃に礼を言ってから、真九郎は夜道を歩き出した。子供特有の体温の高さを背中に感じつつ、まばらな街灯の明かりが示す道を、ゆっくりと進む。

表御三家と裏十三家か……。

真九郎には初耳のそれを、紫は知っているのだろう。この子はお喋《しゃべ》りのようで、肝心《かんじん》なことは喋らない。自分が誰に、どうして狙《ねら》われているのかも。

その分別《ふんべつ》は、必要に応じて身につけたものなのだろうか。

この子は、どんな人生を歩んできたのだろうか。

表御三家の一つ、《九鳳院》の人間としての重圧を、この子は感じたりするのだろうか。

それがどれほど過酷《かこく》なものであっても、この子は逃げたりしないような気がする。

この小さな体で、受けて立つはずだ。

身を切るように冷たい風が前方から吹きつけ、真九郎は背中の紫に風が当たらぬよう注意しながら歩く。周囲の警戒も怠《おこた》らない。この辺は住宅地で、他にも通行人はいるが、万が一ということもある。

いざとなれば逃げられるように準備。逃げるのは、何も悪いことではない。

負けるか逃げるかしか選択肢がなければ、逃げるしかないのだ。

その判断は間違いじゃない。真九郎はそうしてきた。これからもそうする。

でも……。

真九郎は首だけで後ろを振り返り、背中で静かな寝息を漏らす紫を見た。あらゆる呪縛《じゅばく》から解放されているような、幼い顔。それともこれは、幼くして全てを受け入れた者の顔か。

真九郎は思う。

逃げる自分は間違ってない。でも、もしも逃げない者がいたら、負けるとわかってその選択肢を選ぶ者がいたら、その者は間違っているのだろうか。

「……ん……」

紫が何か寝言を呟き、真九郎の背中に柔らかい頬をこすりつけた。

それを見ていると自然に、本当に自然に、真九郎の顔に笑みが浮かぶ。

難しいことはあとでもいい。

表御三家も裏十三家も紅香の思惑《おもわく》も関係なく、自分はこの子を守ろう。

やたら生意気で、でも寝顔だけは天使のような、この子を。

背中の温かさを心地良く感じながら、真九郎は五月雨荘へと急いだ。

早く帰ろう。

この子が、風邪を引いてしまわないように。

第四章　初めてのチュー

真九郎《しんくろう》が暴力団という存在を知ったのは、まだ幼稚園の頃のこと。

当時、銀子《ぎんこ》の家は様々なところに借金を重ねていて、その取り立てに柄の悪い男たちが度々《たびたび》やって来ていたのだ。借金は銀子の両親が作ったものではなく、銀子の母方の祖父が友人の保証人になった末に背負ったものなのだが、そんな事情を知ったのは後のことで、幼《おさな》い真九郎の目には男たちがただ恐ろしい存在として映った。遊びに誘おうと銀子の家の前まで行ったはいいが、男たちの罵声《ばせい》に怯《おび》えて引き返したことが数回。男たちは家の中にまで上がり込み、真九郎と銀子が遊んでいたオモチャをバットで叩《たた》き壊していったこともあった。真九郎の父は大の野球好きで、真九郎もビニール製のバットを持っていたが、まさかバットが凶器になるなど当時は思いも寄らず、そのときはあまりのショックから小便を漏《も》らしてしまった。銀子に慰《なぐさ》めてもらったのは明らかな恥《はじ》で、今でもたまにからかわれる。

警察は何もしてくれなかった。そのことも、真九郎はよく覚えている。世の中には暴力団というものがあり、それは社会的にも存在を認められているのだと真九郎に教えたのは、銀子だった。

「必要悪、とかいうんだって。ま、世界なんてそんなものよね」

当時から大人びていた銀子は、冷たい口調でそう言っていた。

記憶は風化しても、大事なものは必ず残る。

ラーメン屋が繁盛《はんじょう》するのに伴《ともな》って、借金問題は解決したが、暴力団を嫌う銀子の考えは変わっていない。それは真九郎も同じ。上手《うま》く利用する手もあると紅香《べにか》から教わり、実際に何度か利用したこともあるが、根本的な嫌悪感は消えていなかった。自分とは決して相容《あいい》れない存在だと思う。

「……さてと」

嫌な記憶を振り切るように息を吐き出し、真九郎は目の前の現実に取り組むことにした。

極宝会《きょくほうかい》。国内最大組織の流れを汲《く》む暴力団の一派で、構成員は二百人足らず。八階建てのビルの入り口にあるプレートには、八階部分に「極宝会事務所」としっかり明記されていた。下の階は全《すべ》て金融会社だが、これも実体は極宝会の系列。つまり、ビル一軒丸ごとがヤクザの城。海外ならこの種の組織は地下に潜るのが普通で、表に堂々と看板を出しても法に触れないのは、この国くらいのものだろう。繁華街《はんかがい》の一角という地理条件から人通りは多いが、誰もが足早に素通りして行く。組事務所から飛んできた弾丸が通行人に命中して即死した、などという事例は枚挙《まいきょ》に暇《いとま》がないのだ。おそらくは警察官の身の安全を考慮《こうりょ》して、この辺《あた》りに派出所は見当たらず、一番近い場所でも二キロは先。銃声が聞こえ、通行人が善意で通報しても、警察官が駆けつけた頃には全て隠蔽《いんぺい》された後だろう。未解決事件は年々増加。警察官の成《な》り手は減り、質も低下して汚職が蔓延《まんえん》しているのが現状。

それでも戦争から遠ざかって数十年というこの国は、世界基準では平和と認定される場所だ。何かが狂ってると真九郎は思うのだが、それを指摘できるほどの知能はなく、ただ適応して生きるしかなかった。

真九郎はポケットからメモ用紙を取り出し、名前を再確認する。

久能正《くのうただし》。極宝会の若頭《わかがしら》。

真九郎は今日、その人物との交渉《こうしょう》のためにこの事務所を訪れようとしていた。

今朝早く、部屋に一本の電話が入ったのだ。相手は、花村《はなむら》幼稚園の園長。花村幼稚園は、かつて真九郎と銀子の通っていた幼稚園である。電話の内容は仕事の依頼、というよりも園長に泣きつかれた。最近、悪質な地上げ業者に目をつけられ、幼稚園に度々嫌がらせをされるようになったという話。園児にも危害を加えられそうになり、警察に相談したが「実際に危害を加えられてから来てくれ」と追い返された話。そして数日前、何者かが園長の自宅に侵入し、土地の権利書を盗んで行った話。盗んだのは地上げ業者だと想像はついたが、園長はそれを警察に届け出ることはできなかった。土地の権利書が盗まれた際、犯人が部屋に残していった数枚の写真。それには、園長の娘夫婦や幼い孫たちが写っていた。園長は、それが無言の脅迫《きょうはく》だと察した。もし警察沙汰《ざた》にすれば、犯人は娘夫婦と幼い孫たちに危害を加えるつもりなのだと。

もはや閉園せざるを得なかった園長だが、そこで思い出したのだ。かつて卒園した子供たちの中に、揉《も》め事処理屋を営《いとな》む者がいることを。真九郎は営業の一貫として、自分が揉め事処理屋を始めたことを旧知の者に報《しら》せていた。園長はふくよかな女性で、自分と銀子にも優しく接してくれた人物。今では腰を悪くし、杖《つえ》が無ければ歩けないほどらしいが、それでも生来の子供好きである彼女は以前と変わらず園児たちに接しているという。

幼い頃に自分が見上げていた女性が、年老いて、泣きながら自分に助けを求めている。

真九郎は迷った。紫《むらさき》の護衛《ごえい》を引き受けた以上、それに専念すべきだろう。しかし、今のところ何も問題は起きておらず、トラブルの大基《おおもと》は既《すで》に紅香が解決してしまったのかもしれない、と思えるほど毎日が平穏《へいおん》。余力はある。夕乃《ゆうの》からもらったパジャマを着て呑気《のんき》に寝ている紫を横目に見ながら、真九郎は思案し、園長からの依頼を引き受けることにした。すぐに銀子に連絡を取り、地上げ業者の元締《もとじ》めがどこかを調べてから、放課後に行動開始。

そして今、こうして極宝会の事務所前にいるわけである。依頼を引き受けたことに後悔はないし、暴力団を相手にすることにも不安はないが、ただ一点だけ、誤算があった。

真九郎は、自分の隣に目をやる。斜《なな》め下だ。

「ここが暴力団とかいう者どものアジトか」

遊園地のアトラクションにでも入るかのようにウキウキした様子で、紫がそう言った。

仕事に子供を同行させるなど、プロの常識に反する。ならばどうしてアパートに置いてこなかったのかというと、彼女に言い負かされてしまったからだ。

仕事に出かける、帰りは多分遅くなる、とそれだけを告げて出て行こうとした真九郎に、紫は自分も連れていけと主張。もちろん真九郎は拒否した。最近の暴力団は、海外のマフィアと変わらぬ武装と凶悪さを持ち始めている。紫のような子供を連れて行くなど言語道断《ごんごどうだん》。しかし、紫は胸の前で腕を組むと、挑発するようにこう言った。

「ほほう、おまえの学んだ崩月《ほうづき》流とやらは、子供一人もヤクザから守ることができんような、そんな情けないものなのか？」

「それは……」

「いざとなれば、必殺技《わざ》の一つでも使えば良かろう」

「いや、そういうのは特に……」

「……何だ、しょぼいな」

「しょぼくないよ！　崩月流ってのは、そりゃあスゴイもんで……！」

「ヤクザごときには負けんか？」

「ああ」

「なら安心だな。早く行こう」

「……」

危険ならおまえが守ればいい、という強引にして単純な言い分に、真九郎は反論できなかったのだ。ここで引いては、崩月家の力を否定することになるような気がしたから。それでもやはり、紫を無視して出て行くのが常識。だが、さあ行くぞ用意しろ真九郎、と靴を履《は》いて外に駆け出した紫を追っているうちに、何とかしてみるか、と真九郎は思えてきた。無邪気に突き進む紫を見ていると、自分の迷いや悩みがバカらしく感じられたのだ。そんなもの、一時の錯《さっ》覚《かく》に過ぎないとわかっているのに。

自分は破滅主義者かもしれないと、たまに思う。

家族が消えてなくなったあの頃から、自然とそうなってしまったのか。

けれど、それに他人を巻き込むつもりはない。何があろうと、紫だけは守り切ろう。

「紫、約束しろ。余計なことはしゃべるな。これは仕事なんだ」

「うむ」

宣誓《せんせい》するように、紫は片手を上げる。まるで緊張感なし。

ヤクザが何なのか一応説明したのに、この余裕。

自分の子供の頃とは大違いだな、と思いながら、真九郎は紫を連れてエレベーターに乗った。


交渉は、思いのほかスムーズに進んだ。

ただの素人《しろうと》が乗り込んで来ても相手にされないが、揉め事処理屋となれば少しは違ってくる。お互い裏の業界のプロ。真九郎の若さ、そして子供連れという非常識ぶりに最初こそ胡散《うさん》臭《くさ》そうに見られたが、銀子に集めてもらった資料を提示すると態度が変わり、奥の応接間に通された。そして現れたのは、若頭の久能正。花村幼稚園の地上げを指揮している男。やり手の弁護士のような外見だったが、その目には暴力の世界で生きる者特有の狡猾《こうかつ》な光が宿っていた。

向かい合うように置かれたソファに腰を下ろし、お互いに簡単な挨拶《あいさつ》を交わしてから交渉開始。久能は、紫の存在を完全に無視。紫は、「またそれか」という顔で真九郎の愛想《あいそ》笑いを見ていたが、口は開かず、隣でおとなしく座っていた。

園長の自宅から土地の権利書を盗んだ件について、犯人に繋《つな》がる証拠を既に摑《つか》んでいる。真九郎は、まずそう切り出した。もちろんウソ。こんな短時間では、さすがにそこまで調べられるわけもない。普通なら相手も信じないが、極宝会と地上げ業者の関係を詳細《しょうさい》に記した資料はたしかなものばかり。幹部しか知らない内部資料まであっては、真九郎の言葉に信憑性《しんぴょうせい》を感じざるを得なかっただろう。

花村幼稚園の園長からの依頼だと話すと、銀子は格安でそれだけの情報を提供してくれたのだ。彼女は意外と人情家であり、何より暴力団が大嫌い。

園長は、できるだけ穏便《おんびん》に済ませたいと思っている。だから、土地の権利書を返し、以後、花村幼稚園から手を引いてくれたらこの件は忘れると、真九郎は言った。一般市民には不可能な取引。暴力団は負けを認めない。メンツを保つためなら何でもする。勝つまで戦い続ける。一般市民では、到底《とうてい》対処しきれない。それを恐れないのは、同じく裏の業界の人間のみ。

隣の紫を見ると、出されたジュースには口もつけず、久能のことをじっと観察しているようだった。初めて見るヤクザが珍《めずら》しいのだろうか。

久能は資料を手に黙っていたが、しばらくして、その取引を受けると言った。部下に命じて封筒を持ってこさせると、土地の権利書だと言って真九郎に渡し、あの幼稚園からは手を引くと久能は明言。荒事《あらごと》抜きに片付けてこそ一流。自分はまだ三流だけれど、たまにはこんなふうに上手くいくこともある。

真九郎は内心でホッと息を吐いたが、そこで、

「こいつはウソをついているぞ」

隣にいた紫が、いきなりそう言った。

紫は右手を伸ばし、久能の顔を指差す。

「こいつはウソをついている」

「おまえ……」

突然何を、と真九郎は言いかけたが、紫が真顔《まがお》なのを見て言葉を呑《の》み込んだ。

指を差された久能は、驚いたように片眉《まゆ》を上げる。

「お嬢ちゃん、どうしてオジサンがウソをついてると思うのかな？」

「どうして？」

ふん、と紫は鼻で笑う。

「ウソをつく者は、ウソをつく顔をし、ウソをつく声を出し、ウソをつくものだ。わかるに決まってるだろ」

紫は椅子《いす》から身を乗り出し、罪人を裁くように断言。

「おまえは、ウソつきだ」

真九郎は迷う。終わったはずの交渉に、波風を立てる紫。しかし彼女の言葉には、揺るぎない確信が込められていると感じた。

久能の様子を窺《うかが》うと、彼は悩むように黙っていたが、しばらくして笑みを浮かべる。

「……こいつは参ったな」

紫は胸の前で腕を組み、得意げに言った。

「この世には、ウソと真実がある。たった二種類だ。わたしは七歳だが、七年も生きていれば、その区別くらいできる」

「なるほど。これはオジサン、一本取られた」

久能がハハハと笑い、口にタバコを銜《くわ》えて懐《ふところ》に手を入れたのを見た瞬間、真九郎は紫を抱きかかえて床に伏せた。銃声。懐から抜いた拳銃を、久能は無表情で連射。確実に仕留《しと》めるため、そしてガキに虚偽《きょぎ》を見抜かれた腹いせに、引き金を引き続ける。

銃声に気づいた部下たちが応接間に入ると、そこには子供を胸に抱いた客人が床に倒れ、その背中には十数個の穴が開いていた。久能は撃ち尽くした拳銃を床に捨て、宝石をちりばめたライターでタバコに火をつけると、部下に命じる。

「片付けろ」

慣れているのだろう。いつものことなのだろう。部下たちは何の感慨《かんがい》も込めずに真九郎と紫に近寄ったが、紫の目が開いたのを見て驚く。

「久能さん、ガキの方がまだ……」

男が全てを言うより早く、突然立ち上がった真九郎の裏拳《うらけん》がその顎《あご》を打ち抜いた。衝撃で男の首が曲がり、白目を剝《む》いて崩《くず》れ落ちる前に真九郎は跳躍《ちょうやく》。疾風《しっぷう》のように振り抜かれた右足の蹴《け》りが、並んで立っていた男二人の鼻を削《そ》ぎ落とす。着地と同時に、真九郎は別の男の喉《のど》を貫《ぬき》手《て》で潰《つぶ》し、最後の一人の股間《こかん》も蹴り潰した。そこでようやく、最初に裏拳を喰《く》らった男が床に倒れる。

一人は気絶し、残り四人は床の上で痛みにもがいているのを確認してから、真九郎はソファに座る久能にゆっくりと顔を向けた。

「いい性格してますね、久能さん」

紫を殺そうとした久能に、真九郎は本気で頭に来ていた。自分に銃を向けるなら、まだいい。だが久能は、紫の方に銃を向けた。そして躊躇《ちゅうちょ》なく撃った。弾は全て真九郎が背中で防いだものの、もし一発でも紫に当たっていたら、真九郎は自分の感情を果たして抑えられたかどうかわからない。少なくとも、この場にいる全員を今以上に破壊していただろう。

予想外の事態に、久能はソファの肘《ひじ》掛けを摑みながら震え出し、銜えていたタバコが落ちる。

「て、てめえ、戦闘屋だったのか……！」

「だったら皆殺しにしてます。俺は、あくまで揉め事処理屋ですよ」

真九郎が近寄ろうとすると、久能はソファから転がり落ちるようにして後退。力の信奉者《しんぽうしゃ》は、自分以上の力には屈する以外の術《すべ》を持たない。

自分の足が震えているのを気づかれぬよう注意しつつ、真九郎は封筒を振って見せる。

「これ、本物ですか?」

久能は悔《くや》しげに歯軋《はぎし》りしながらも、「偽物《にせもの》だ」と白状。真贋《しんがん》を見抜く技術が真九郎にはないと思い、取り敢《あ》えず偽物を掴ませて帰してから、園長を殺害するつもりだったらしい。依頼主が死んだ後も仕事を遂行《すいこう》する者は、裏の業界には少ない。要するに自分は舐《な》められたわけだな、と真九郎は納得。仕事を始めてまだ一年にも満たない自分は、この業界において愚鈍《ぐどん》な新《しん》参者《ざんもの》だということ。

「今この事務所にいる全員が病院送りにされるのと、ここで素直に交渉を終えるのと、どっちにします?」

目の前で部下たちを一蹴《いっしゅう》された久能からは、既に戦意が失《う》せていた。異変に気づき、さらなる部下たちが応接間になだれ込んで来たが、真九郎に向かおうとするのを久能は止め、本物の権利書を持って来いと命じる。このまま争っても怪我《けが》人が増えるだけ、という冷静な読みは、さすがに組織の若頭か。久能は部下から封筒を受け取ると、それを真九郎に叩きつけるようにして渡し、早く消えてくれと出口を示した。

足の震えに気づかれて逆襲《ぎゃくしゅう》でもされたら面倒《めんどう》なので、長居は無用。

「帰ろう」

床に座り込んでいた紫に真九郎が手を伸ばすと、彼女はそれに飛びつく。真九郎は紫を抱き上げ、殺気を放つ周りの男たちを目で牽制《けんせい》しながら、事務所を出た。エレベーターで一階に下り、ビルを出て大通りまで歩き、人通りが増えてきたのを見てからようやく緊張を解く。危うく大失敗するところだった。何とかなったのは、紫のお陰《かげ》だ。

「紫?」

真九郎は礼を言おうと思い、紫を見たが、彼女の眼差《まなざ》しは伏せられていた。その小さな手は真九郎の服を掴み、唇《くちびる》は引き結ばれている。言動が賢《かしこ》くとも、紫はまだ七歳の子供。おそらくは生まれて初めて遭遇《そうぐう》した暴力沙汰。自分に向けられた殺意をどう処理したらいいのか、混乱しているようだった。

泣き喚《わめ》いたりしないだけ彼女は大人だ、と真九郎は思う。

やはり、連れてくるべきではなかった。

軽はずみな判断は自分のミスであり、恥《は》ずべきもの。

「ごめんな、怖い思いさせて」

真九郎がそう詫《わ》びると、紫は一度真九郎の顔を見てから、その首にしがみついた。泣くのかなと思ったが、彼女はそれを堪《こら》え、でも僅《わず》かに涙声で言う。

「……いや、悪いのは、わたしだ」

鼻水を啜《すす》り上げた紫は、そこで真九郎の背中の状態に気づく。

「真九郎!」

小さな手で真九郎の顔を掴み、紫は慌《あわ》てた様子で言った。

「い、急げ！　血が出てるぞ！　病院だ！」

「ああ、あとでな……」

「バカもの！」

彼女の真剣な表情と声を正面から受け、真九郎は呆気《あっけ》に取られる。

「いいから、わたしの言うことを聞け、真九郎！　病院だ！」

言葉は命令なのに、それは懇願《こんがん》しているように聞こえた。

死なないでくれ、と。

服を掴む紫の手が少し震えているのを見て、真九郎の口元が微かに緩《ゆる》んだ。

この子にこんなに心配されることが、ちょっとだけ、嬉《うれ》しかった。


山浦《やまうら》医院は、下町にある小さな病院だ。建物は古いが、評判は良く、地元のお年寄りから子供まで、通ってくる患者は意外と多い。院長であり、ここで唯一《ゆいいつ》の医者でもある山浦銅太《どうた》は五十代後半の男。開業する前は、海外の戦地で軍の兵士やゲリラを相手に腕を磨《みが》いてきた人物だ。医者の前に患者は等しく平等という信念を持ち、誰であろうと差別はしない。子供の盲腸《もうちょう》を治し、切断されたヤクザの腕を繋ぎ、テロリストの体内から爆弾を摘出《てきしゅつ》する。医者は誰からも望まれる最高の職業だ、と語る山浦に、真九郎も同感だった。彼らの仕事は、人を救う。

「珍しいな、おまえが銃弾を喰らうなんて」

診察台に寝た真九郎の背中を見て、山浦は頭を掻《か》きながらそう言った。山浦の頭には髪の毛が一本もなく、かわりに戦地にいた名残《なごり》として銃創《じゅうそう》がある。それでも子供の患者から怖がられないのは、その雰囲気《ふんいき》がひたすらに穏《おだ》やかなためだろう。

「ひい、ふう、みい……おいおい、何発喰らってんだ。体、鈍《にぶ》ってんじゃないのか」

「いろいろありまして」

おとなしく診察を受けながら、真九郎が答える。

拳銃を持つ者を相手にするのは、初めてではない。自分一人なら、どうとでも回避する術はあった。しかし、あの状況では真九郎が全て受けるしかなかったのだ。紫に、一発でも当てるわけにはいかない。幸いにして弾は背筋《はいきん》で食い止められ、内臓まで達したものは皆無《かいむ》。痛覚《つうかく》を和《やわ》らげる方法は学んでいるので、紫の前では一応の平静を装えた。だがそれも、紫を待合室に座らせ、診察室に入った途端《とたん》に集中力が切れてしまい、真九郎は倒れ込むようにして診察台に寝ることになった。

ボディガードは大変だなあと、真九郎はしみじみ思う。

真九郎の背中から、山浦はピンセットで弾を摘出。血と体液の糸を引く弾を慣れた手つきで処理して行くさまは、まさしく戦地での経験が活《い》かされていた。ピンセットが傷口に触れるたびに激痛が走ったが、真九郎は歯を食いしばってそれを堪える。麻酔を使わないのは、真九郎の希望。麻酔を使えばしばらく感覚が鈍り、それでは紫の護衛に支障が出てしまう。怪我をしたのは自分の責任。この痛みは自業自得。

「相変わらず、たまげた頑丈《がんじょう》さだな。何食ったらこんな体になる?」

「鍛《きた》えれば、誰でもなりますよ」

山浦があまり詮索《せんさく》してこないのは、言うほど驚いてはいないからだろう。異常な肉体など、戦地で見飽きているのだ。両目と顎と両手足を失っても、なお戦う意思を示した者。頭が半分吹き飛びながらも、半日歩いて野戦病院まで辿《たど》り着いた者。腹に大穴が開きながらも、部下たちを前に演説して感動させた者。戦争という極限状況で若き日を過ごした山浦だからこそ、裏の業界に関《かか》わる者たちを見ても眉一つ動かさずに治療できるのだ。

「まあ、せいぜい死なねえように気をつけろ」

「そうします」

山浦に傷口の消毒をされていると、真九郎は妙に陽気な声で名前を呼ばれた。

「おーい、真九郎くーん」

待合室の方から現れたのは、ここの看護師で、山浦の愛人でもある東西南《とうざいみなみ》。わざとサイズが小さ目のナース服を着用し、自《みずか》らのスタイルの良さを強調する、看護師らしからぬ色気に溢《あふ》れた女性だ。患者のお爺《じい》さんに胸や尻《しり》を触られても、「冥土《めいど》の土産《みやげ》にどーぞ」と笑って許し、ヤクザに口説《くど》かれても、「ごめーん、趣味じゃないの」と切って捨てる性格。医療に従事する人間にはとても見えないが、老若男女《ろうにゃくなんにょ》を問わず、患者からは意外と人気があるらしい。

「あのちっちゃい子さあ、君の何? これ?」

小指を立て、南はニンマリと嫌らしい笑みを浮かべる。

「……環《たまき》さんと同じ発想はやめてください」

南は環の中学の先輩で、そのツテで真九郎はここを紹介されたのだった。

「だってさあ、あの子の様子、まるで恋人を待つ女って感じ? 愛《いと》しい人の安否《あんぴ》を祈ってますって顔してるし」

紫は、意外なほどおとなしくしているらしい。

南がジュースを持って行き、話しかけたそうだが、

「真九郎が苦しんでいるときに、そんなものは飲めない」

と、突っ返されたという。南はお菓子も渡そうとしたが、それも断られ、紫のあまりに真剣な様子に、ちょっと感動しているようだった。

「ちっちゃくても、女は女ってことかねえ」

紫に渡すはずだったお菓子を、バリバリと食べ始める南。

彼女を見ていると、類《るい》は友を呼ぶんだなあと、真九郎は思う。

自分の交友関係を鑑《かんが》みると、あまりそうではないような気もするのだが。

「よし、これで仕上げだ」

傷口の消毒を終えた山浦が、真九郎の背中に素早く包帯を巻いていく。その手つきを見て「先生すごーい」と言いながら、まだお菓子を食べている南。

あんたも仕事しろよ、と内心で抗議し、真九郎は診察台から体を起こした。しばらくは安静

にするよう山浦から言い渡され、礼を言って待合室へ。扉を開くと、静かな待合室のソファの上で、紫が体を丸めて眠り込んでいた。待ち疲れたのだろう。待合室にはマンガやテレビもあるが、それにも手をつけた形跡はない。

彼女はただ、じっと待っていたのだ、真九郎を。

起こそうか迷ったが、真九郎はそのまま紫を抱き上げて帰ることにする。

外に出ると、とっくに日は落ちており、夜の冷たい空気が傷口に染《し》みるようだった。

「そこのプレイボーイ、待ちたまえよ」

南が毛布を持って現れ、それを紫の体にかける。紫の寝顔を見て微笑《ほほえ》み、その頬《ほお》を指で突つきながら南は言った。

「わたしみたいに、見た目も中身も伴った美人てのは、そうはいないもんなんだよねえ」

「はあ、そうですか……」

「でもこの子は、わたし以上になるかも」

「えっ?」

「十年後をお楽しみにってこと。大事にしてやんなよ、プレイボーイ」

真九郎の肩を叩き、健闘を祈るぜ、と敬礼する南。

毛布には感謝しつつも、何か勘違《かんちが》いしているなあ、と真九郎は思う。

歩き出した真九郎は、胸に抱いた紫から、呟くような寝言を聞いた気がした。街の雑踏《ざっとう》に掻き消されてすぐに消えてしまったが、それはこう聞こえた。

……ごめんなさい……。

五月雨荘《さみだれ》に着き、部屋に入って電気をつけたところで紫は目を覚ましたが、様子がおかしかった。真九郎から距離を取り、項垂《うなだ》れるように視線を伏せ、部屋の隅《すみ》に腰を下ろしたのだ。

「紫、悪いけど、今日は風呂無しでもいいか？　この時間だと、銭湯《せんとう》は閉まってるんだ」

返事がない。事務所での件が、まだ尾を引いているのか。

しばらくそっとしておこうと思い、真九郎が南から借りた毛布を畳《たた》んでいると、紫はやっと口を開いた。

「……怒っているか？」

「何を？」

「わたしが、おまえの言い付けを守らなかったせいで、おまえが、怪我をして……」

真九郎の怪我のことで、紫は責任を感じているようだった。しおらしく見えるのは、真九郎が自分を責めるのではないかと思い、それに耐える準備をしているつもりなのだろう。

真九郎は、何だか可笑《おか》しくなってしまった。

考え過ぎだ。責められるべきなのは、真九郎であって紫ではない。

真九郎は紫の側《そば》に行き、顔を寄せる。

「怒るわけないだろ。おまえには、むしろ感謝してる。ありがとう」

「で、でも、おまえはわたしを庇《かば》って怪我を……」

「紫、こっちを見ろ」

恐る恐るというふうに顔を上げ、真九郎を見る紫。

「俺がウソをついてると思うか?」

彼女は、ウソを見抜けると言っていた。それは本当のことだろう。だから真九郎の愛想笑いを誰より嫌い、事務所では久能の虚偽も看破《かんぱ》したのだ。

紫の大きな瞳《ひとみ》に、真九郎の顔が映る。

「どうだ、俺はウソをついてるか? 本当は怒ってるのに、無理してるだけか?」

しばらく待つと、紫は首を横に振った。

「だろ? 俺は、全然怒ってない」

そう言って笑った真九郎を、紫は真剣な表情で見つめていた。

まだ納得いってないのかなと思い、真九郎は紫の脇《わき》の下に手を入れ、持ち上げる。なんて軽さ。ここ数日で何回か経験したことだが、子供というのは本当に軽くて小さいものだと、改めて実感する。こんな子に、拳銃をぶっ放す奴《やつ》がいる。それは単純に人の悪意だけでは説明できない、この世界自体の歪《ゆが》み。

「おまえが無事で良かったよ」

真九郎は紫を抱きしめ、背中を軽く叩いた。わざと子供扱《あつか》いすることで紫を少し怒らせ、いつもの調子に戻してやろうと思ったのだ。しかし、彼女はおとなしくされるがままになり、それどころか真九郎の肩に頭を乗せ、フフッと微笑む。

まるで、宝物でも見つけたかのように。

「真九郎の笑った顔は、とてもいいな」

「えっ？」

真九郎は、片手で自分の顔を触った。知らぬ間に笑っていたのか。

「ありがとう、真九郎」

「何が？」

「悪い奴らを、やっつけてくれた」

「いや、あんなのは……」

「真九郎は、強い」

俺が強い？

そんなことを誰かから言われるのは、初めてだった。

「強い」とは、紅真九郎《くれないしんくろう》からもっとも縁遠《えんどお》いもの。

自分は強くない。強いわけがない。

そう訂正《ていせい》したくなる真九郎に、紫は目を閉じながら言う。

「真九郎は、強いし、温かい……」

全てを委《ゆだ》ねるように紫は体の力を抜き、しかし、その小さな手だけはしっかりと真九郎の服を掴んでいた。

……眠いのかな？

彼女があまりに無防備なので、真九郎はそう思った。

それとも、風邪でも引いたのか。

念のため熱を測ろうと、真九郎は紫の額《ひたい》に手を当てる。紫は少し頬を赤くし、くすぐったそうに笑った。熱はない。だが、この反応はなんだろう。何か変だ。

試しに頭を撫《な》でると、紫は嬉しそうに鼻を鳴らし、頬を胸に擦《こす》りつけてくる。その柔らかな頬を触っても、小さな耳を軽く引っ張っても、やはり嬉しそうだった。

理由はさっぱり不明だが、紫は上機嫌らしい。

時計に目をやると、普段ならとっくに夕飯を済ませている時間。真九郎だけなら一食抜いても問題ないが、紫がいてはそうもいかない。夕飯の支度《したく》のため、真九郎は紫を床に下ろす。紫は名残惜《お》しそうだったが、真九郎が「お腹空《なかす》いたろ？」と訊《き》くと、素直に「うん」と頷《うなず》いた。

「ちょっと待ってろ」

エプロンを着け、台所に向かう真九郎。

その背中に、紫は声をかける。

「なあ、真九郎」

「ん？」

「おまえ、恋人はいるか？」

「いないけど」

真九郎は冷蔵庫から卵を出すと、それを片手で割り、油を引いたフライパンに入れた。

「夕乃は違うのか?」

「夕乃さんは、姉さんみたいなもんだよ」

「散鶴《ちづる》は?」

「……ちーちゃんは、そういう対象にはならんだろ」

「そうなのか。では、環は?」

「あれは論外」

「ということは、本当に、おまえに恋人はいないのだな?」

「ああ、いない」

答えてから真九郎は何となく虚《むな》しくなったが、事実だ。見栄《みえ》を張っても、なお虚しいだけだろうし、そもそも紫にウソは通じない。

「ふむ、そうか。そうかそうか。ふむふむ」

背中で紫の満足そうな声を聞きながら、こいつやっぱり変だな、と真九郎は思った。

まあ今日の出来事は彼女にとって衝撃的だったのだろうし、それでいくらか興奮《こうふん》しているということか、と解釈。

とにもかくにも、この子を守れて良かった。

ガス台の上でフライパンを振りながら、真九郎はそう思った。

翌朝、真九郎はドアをノックされる音で目を覚ました。窓から差し込む弱々しい明かりを頼りに目を凝《こ》らすと、時計は午前六時を示している。

再びドアをノックする音。続いて声。

「真九郎さん、起きてますか？」

夕乃さんまた来たのか……。

こうして不意討《ふいう》ちのように見に来るということは俺って信用されてないんじゃ、などと寝惚《ねぼ》け頭で考えながら「今起きました。どうぞ」と返事をする。昨晩は、交渉が上手くいったことを園長に電話で報告し、土地の権利書は後日届けると伝えてから就寝《しゅうしん》。傷の痛みは酷《ひど》かったが、わりとよく眠れた。何の夢も見ずに寝たのは、久しぶりかもしれない。

鍵《かぎ》を開けて入ってきた夕乃は、早朝とは思えない明快な口調で挨拶。

「おはようございます、真九郎さん」

「……おはようございます」

「今日の天気は曇《くも》りですよ。湿度は三十五％。降水確率は二十％です」

「……それで？」

「言ってみただけです」

朝からこんなふうにからかわれても、怒る気になれないのは、相手が夕乃だからか。

彼女の声は、耳に優しく響く。

「今日は、ちゃんと三人分の食材を……あれ？　紫ちゃんは、どうしたんですか？」

そこにいるはず、と真九郎が目を向けた先には、もぬけの空《から》になった布団《ふとん》があるのみ。慌てて体を起こそうとした真九郎は、そこで初めて違和感に気づく。自分の布団を持ち上げると案の定、紫がそこで寝ていた。イチゴ模様がプリントされたパジャマを着て、真九郎の腰の辺りにしっかりと抱きつきながら。

どうして今まで気づかなかったのか、真九郎は自分でも不思議だった。こんなふうに抱きつかれたら邪魔で寝にくいはずなのに、窮屈《きゅうくつ》さを感じることもなく、昨晩はよく眠れたのだ。

「おい、紫」

「……………ん……」

紫は何か寝言を言いながらもぞもぞと動き、さらに真九郎に抱きついた。その顔の位置が股間に迫っているのを見て真九郎は身を離そうとしたが、紫の手はしっかりと腰に摑まり、逃さない。

「ちょっと、おまえ、いい加減に目を覚ませって！　でないと……」

「真九郎さん」

ああやっぱり。

振り返るまでもなくわかる、夕乃の微笑み。

「真九郎さん、そこに座りなさい」

「あの、夕乃さん……」

「座りなさい」

「もう座ってますけど……」

「正座！」

「はい」

真九郎が正座をすると、さすがに寝づらくなった紫がようやく目を覚ました。目を擦《こす》りながら欠伸《あくび》を漏らし、まず真九郎を見て、次に夕乃を見て、それから真九郎の正座した膝《ひざ》を見て、そこに頭を下ろして二度寝。すぐに寝息が聞こえてくる。

学生鞄《かばん》と食材を詰めた袋を持つ夕乃の手が、微かに震えていた。

「……膝枕。いいですね、膝枕。わたしもまだやってもらったことがない膝枕」

「いや、こういうのって普通、男女が逆じゃ……」

「良かったですね、真九郎さん。少し見ないうちに、こんなに仲良くなるなんて、わたし、思いませんでした。ええ、思いませんでしたとも……」

このままでは埒《らち》があかない。真九郎は、とにかく紫を起こすことにした。肩を揺すり、何度か名前を呼ぶと、紫はさっきより少しだけハッキリした様子で目を開ける。

「……おはよう、真九郎。もう朝食の時間か？」

「おまえ、何で俺の布団に入ってる？」

「仕方なかろう。昨日の夜は寒かったのだ。そしておまえは温かい。当然の選択だ」

そうだったかな、と真九郎は首を捻《ひね》るが、電気ストーブは不調であるし、否定もできない。

体を起こし、大きく伸びをする紫に夕乃が挨拶。

「おはようございます、紫ちゃん」

どれだけ機嫌が悪くとも、崩月夕乃は八《や》つ当《あ》たりなどしない。

いつもの朗《ほが》らかな微笑みを浮かべる。

「よく眠れた？」

「うむ、ぐっすりというやつだ。昨日は、真九郎から良いことを聞いたからな」

「良いこと？」

紫は口に手を当て、上品に欠伸を漏らしてから言った。

「夕乃は、真九郎の恋人ではなかったのだな」

「……恋人？」

夕乃の視線は真九郎に向かったが、真九郎はブンブンと首を横に振った。

深く考えなくていいよ夕乃さん。子供の言うことだから。

真九郎はそういうメッセージを送ったつもりだったが、その努力を紫が破壊する。

「真九郎は、夕乃のものではない。それを知って、わたしは安心したぞ」

真九郎にピタリと身を寄せる紫。

「紫ちゃん、女の子がはしたないですよ。殿方《とのがた》とは適度な距離を取るもので……」

紫は、あっかんべーと舌《した》を出し、真九郎の腕を嬉しそうに抱きしめた。

それでも夕乃は笑顔で注意。

「離れなさい、紫ちゃん」

「嫌だ」

「紫ちゃん」

「嫌だ」

「……真九郎さん」

「えっ、俺？」

こっちに矛先《ほこさき》が向いた。

「あー、これは、その、何というか……」

どう言い訳すればいいのか、真九郎は必死に頭を働かせながら、取り敢えず、この状況から導き出される簡潔な結論を得る。

この二人は相性が悪いらしい。

それ以外にこんな状況になる理由など、思いつかなかった。

真九郎は学校に着くまでの道中、夕乃にいろいろと小言を、具体的には人としてのあり方や正しい恋愛感や都の条例や法律や倫理《りんり》などを、切々と説かれた。

「……というわけで、姉さん女房をもらった方が、殿方は幸せになれるのです」

「はあ、なるほど」

そんな結論になるんだ、と思いながら真九郎は曖昧《あいまい》に頷く。

「だいたい、紫ちゃんはズルイですよ。わたしなんて学校でしか真九郎さんと会えないし、それだって節度を守ってるのに。ああ夕乃さんはうぜーなー、とか真九郎さんに思われたら悲しいですし」

「いや、そんなことは思わないけどね……」

「ところで真九郎さん」

「はい」

今度は何だろうと身構えていると、夕乃は真顔で言った。

「あなた、不覚を取りましたね?」

バレたか、と真九郎は降参《こうさん》。

背中の傷のことは隠すつもりだったが、夕乃が相手では些細《ささい》な動き一つでも見抜かれてしまう。紫を同行させた件を除いて真九郎が白状すると、崩月家の弟子《でし》が拳銃ごときに遅れを取るとは何たる無様《ぶざま》な、と夕乃に叱《しか》られた。真九郎が拳銃で撃たれたことには動揺もせず、対応の不味《まず》さを叱るというのが、いかにも崩月家の人間らしい。

「明日、傷薬を持って来ます。銃創によく効《き》くものを、お祖父《じい》ちゃんが持っていますから」

「てことは、師匠《ししょう》も銃で撃たれた経験があるんだ?」

「それはありますよ。でも、怪我はしませんでしたけどね。その種の傷薬は、未熟な弟子用にわざわざ作ったものです」

未熟、という部分を強調する夕乃。

紫の件で、まだ少し怒っているらしい。たしかに今朝の紫の様子は、少し変だった。単純に機嫌が良いというのとも違う、不可解な態度。あれは何なのか。

校門を通り、下駄《げた》箱が見えてきたところで、「それでは、今日も一日健《すこ》やかに」と手を振りながら去って行く夕乃。それに手を振り返しながら、相手は子供、いちいち深い意味を求めても仕方がないよな、と真九郎は思う。

まあ気のせいだろう。

真九郎は欠伸を一つ漏らし、教室に向かうことにした。


気のせいではなかった。紫の様子は、やはり変だったのだ。

まず第一に、掃除や洗濯などを手伝うようになった。

以前なら、

「それは使用人の仕事だ。使用人はおまえだ。つまり、おまえの仕事だ」

と言い、ゴミ袋一つ外に運ぶのさえ拒否していた彼女が、真九郎が学校に行っている間に竹箒《ぼうき》を握り、共同玄関前の落ち葉を掃《は》いたり、廊下をモップで磨いたりするようになったのだ。洗濯のときは、両手で籠《かご》を持ちながら真九郎のあとをついてくるし、取り込んだ洗濯物を畳んだりもする。もちろん、慣れないことなので上手くはなく、あとで真九郎がやり直すことも多いが、紫は不器用ながらも手伝う。しかも楽しそうに。

そして第二に、やたらと真九郎に近づくようになった。以前は真九郎に触られることを嫌っていたのに、今では気がつくとすぐ側にいることが多い。朝晩の歯磨きは真九郎と並んでしたがるし、トイレも一緒に行きたがった。真九郎がちゃぶ台で学校の宿題をしていると、その背中に自分の背中を合わせて座り、環から借りた少女マンガ『奥様は小学生』などを読んでいる。

「真九郎、『男はみんなオオカミ』とは、どういう意味だ?」

「大人になればわかる」

「真九郎もオオカミなのか?」

「……そんなことより、おまえ、あんまりくっつくなよ」

思い切って真九郎がそう言うと、紫は急に悲しそうな顔になり、

「ダメか?」

と、ねだるような目で見つめてくる。

ああダメだと言ってやるつもりが、真九郎の口から出てきた言葉は真逆《まぎゃく》。

「別に、いいけど……」

何を言ってるんだ俺は、と思いながらも、それを聞いて紫が嬉しそうに笑うのを見ていると、まあいいかな、と全てを許してしまいたくなる。

自分のこの心の動きも、どういうことなのか。

どうしてこんなことになったのか。


「おかえり、真九郎」

学校から帰った真九郎を、共同玄関前で落ち葉を掃き集めていた紫が出迎えた。長い竹箒は小さな彼女の手には余る代物《しろもの》に見えたが、そろそろコツを掴んだのか、落ち葉は綺麗《きれい》に集められている。意外と覚えが早い。賢さと勘の良さ、その両方だろうか。

ただいま、と答えてから、真九郎は紫の服装に目をやった。

「おまえ、それどうした？」

紫は、子供用と思《おぼ》しきエプロンを身につけていた。可愛《かわい》いヒヨコの絵柄で、フリルのついたデザイン。

「これは、環にもらったのだ。『ぱちんこで勝ったから、お土産』と言ってたぞ」

「パチンコね……」

「どうだ、似合うか!」

期待の眼差しで見上げてくる紫に、真九郎は頷いた。

「よく似合ってる」

「ムラムラするか?」

「いや、そういうのは……」

紫は途端に膨《ふく》れっ面《つら》になり、「夕乃にはするくせに」と不満そうに呟《つぶや》く。

意味わかってるのかこいつは、と思いながらも真九郎は補足。

「あー、でも、可愛いよ」

「……本当か?」

「ああ」

「そうか!」

はにかむように、えへへと笑い、紫は真九郎の腰の辺りに抱きついた。

真九郎は両手を伸ばし、紫の頬をむにっと摘《つま》む。

「環さんや闇絵《やみえ》さんに、迷惑かけてないか?」

「わたしを信用しろ。真九郎を悲しませるようなことは、しない」

真九郎が自分に構ってくれるのがよほど嬉しいのか、紫はニコニコしていた。

こんなに無防備な奴だったかな、と真九郎は思う。

何というか、こそばゆい感覚だ。

彼女の相手をしていると、普段は眠っている自分の中の善性が呼び起こされるような気がする。自分にこんな面があったのか、と少し驚く。

　掃除を切り上げて銭湯に行くことを真九郎が提案すると、紫は元気良く頷いた。

「うむ、行こう！」

　さっそく準備だな、と竹箒を抱えて部屋に戻って行く紫の後ろ姿を見送りながら、真九郎は思う。

　本当に、どうしちゃったんだ、あいつは……。


　風呂においても、紫は少し様子が違っていた。

　以前は脱衣所で堂々と裸《はだか》をさらしていたのに、タオルで隠すようになったのだ。しっかりと体にタオルを巻きつけ、紫は言う。

「女は、恥じらいがなくてはならぬ。そういうものに、男はよろめくのだろ？」

「ま、そうだな」

　これはいい変化だと思えたので、真九郎はそれを肯定。

　子供の変化は、すなわち大人への成長か、などと思った。

　子供は成長して大人になる。では大人は、成長すると何になるのか。

普段なら、そんなくだらない物思いにふけることもあるのだが、今は紫がいるので、そうもいかない。

「見ろ、真九郎！　ついに、わたし一人で頭を洗うことに成功したぞ！」

「はいはい、良かったな」

真九郎は紫の頭を軽く撫でてやり、一緒に湯船に浸《つ》かる。真九郎がやるのを真似《まね》て、紫も自分のタオルを頭の上に乗せたが、絞《しぼ》り切れてない水滴が顔にまで垂《た》れ、苦戦していた。真九郎が紫のタオルをきつく絞ってから頭の上に乗せてやると、彼女はニッコリ微笑む。

「ありがとう、真九郎」

こいつ本当によく笑うようになったな、と真九郎は思う。

見ていると、心の何処《どこ》かを刺激されるような笑顔だ。

紫は、湯船の中でも蛇口《じゃぐち》の側に腰を下ろす。蛇口をひねって水を出し、自分の周りだけお湯が温《ぬる》めになるよう調節。真九郎が教えたことだ。

「真九郎、もう平気か？」

「ん、何が？」

「背中の傷だ。もう痛くはないのか？」

さすがに跡は残っているが、夕乃にもらった薬はよく効き、傷口は既に塞《ふさ》がっていた。

紫は、毎日朝と夜に薬を塗ってくれていたが、まだ心配なのだろう。

もう平気だと真九郎が答えると、紫は安心したように息を吐く。

「なあ、真九郎」

「ん？」

「真九郎は、どうして揉め事処理屋になったのだ？」

「……紅香さんに憧《あこが》れたから、かな」

紫は「ふーん」と頷き、肩までお湯に浸かった。

真九郎も同じように肩までお湯に浸かり、しばし目を閉じる。

崩月家に引き取られたばかりの頃は、ただ強くなりたい一心で、先のことを考えられるような心境ではなかった。いくらか落ち着き、初めて自分の未来を想像する余裕ができたとき、法《ほう》泉《せん》は「おめえの好きにすればいい」と言ってくれた。身につけた力をどう使うのも自由だと。ただし、崩月家の弟子であることを軽々しく公言することだけは禁じられた。

自分が崩月家の弟子だと口にするのを許されるのは、絶対に退《ひ》かない覚悟が、死んでも負けない覚悟が、屍《しかばね》になっても相手の喉笛《のどぶえ》に喰らいつく覚悟が、たしかにあるときだけ。だから今のところ、真九郎は仕事で崩月家の名を出したことは一度もない。

自分がなりたいものは何かと具体的に考えたとき、浮かんだのは柔沢《じゅうざわ》紅香の姿。彼女こそは、真九郎が生まれて初めて出会った強者《つわもの》。政府からの依頼を受け、自分や銀子を含む子供たちを人身売買組織から救い出した彼女の活躍はあまりにも鮮烈で、法泉や夕乃、そしてそれ以外の強者たちと出会ってからも色あせることはなかった。

紅香が崩月家を訪れた際、真九郎は試しに訊いてみた。どうして揉め事処理屋になったんですか、と。彼女はこう答えた。「それしか能がないからだ」。使命感も理想もなく、ただ自分にできることをやっているだけで、それでも人を救えてしまう紅香に、真九郎は憧れた。だから真九郎も揉め事処理屋になった。要するに模倣《もほう》。強い人を真似れば自分も強くなれるのではないかと、そう思ったのだ。

それが錯覚に過ぎないと気づいたのは、いつだろう。

最初から気づいていたのに、わざと考えるのを避けていただけなのか。

最初から、自分の選択は間違っていたのか。

真九郎が目を開けると、紫が少し熱そうに見えたので、彼女の頭からタオルを取り上げる。蛇口から流れる水でタオルを冷やし、絞ってから、改めて紫の頭の上に。紫は礼を言い、心地良さそうに目を細めると、浴槽《よくそう》の端に顎を乗せた。

「なあ、真九郎」

「今度は何だ?」

質問が多いなあ、と苦笑する真九郎の顔を一度見てから、紫はその視線を下げる。

「それを触っても良いか?」

彼女が指差したのは、真九郎の股間。

「後学のために、触らせてくれ」

「……ダメだ」

「ちょっとでいい」

「おまえ、恥じらいはどうした、恥じらいは！」

何がどういけないのかわかってないらしく、紫はキョトンとしていた。

「わたしが触ると、何か大変なことにでもなるのか？」

「い、いや……ならないけどさ」

「なら良いではないか」

「ダメ！　とにかくダメ！」

紫はしばらく「むう」と唸《うな》っていたが、やがて何かを思いついたのか、笑顔で言う。

「ではこうしよう。交換条件だ」

「交換条件？」

「おまえに、わたしの体の好きな部分を触ることを許す。だから……」

「ダメなもんはダメだ！」

紫はまだ未練がありそうだったが、真九郎が拒否し続けるのを見て断念。真九郎が湯船から上がると、彼女もそれに合わせる。少しふらつく足元は、長湯に耐えていた証拠か。危ないので仕方なく、真九郎は紫を抱きかかえてやった。嬉しそうに身を預けてくる紫の様子に、何とも言えない気持ちになる。あの傲慢《ごうまん》な彼女は、どこに行ってしまったのか。

これは何なのだろう。どういう心境の変化なのだろう。

どうしてこんなに懐《なつ》かれたのだろう。

真九郎には、何もかも、さっぱりわからなかった。

あの日のことが、どうしてこんなに鮮明に記憶に残り続けるのだろう。どうして薄れてくれないのだろう。どうして時間は癒《いや》してくれないのだろう。粘《ねば》つく記憶は体にまとわりつき、決して自分を逃がさない。いつまでもいつまでも苦しめる。

また発作《ほっさ》がきた。

目を開けると暗かった。真九郎は視線と両手を動かし、そのうちに闇《やみ》に慣れた目が天井の裸電球を見つけ、指が床の畳《たたみ》に触れ、自分の部屋だとわかり、どうにか心が落ち着く。

窓の外は暗闇で、まだ朝日の気配すら感じられない。喉が渇いていたが立ち上がる気がせず、天井を見ながら真九郎は呼吸を整える。汗《あせ》で濡《ぬ》れた肌《はだ》に夜の冷たさが染みたが、それによって頭も冷やされるような気がした。

聞こえるのは、自分の荒い呼吸音だけ。それは次第《しだい》に穏やかになったが、体は嫌な疲労感に満たされていた。師匠や夕乃にしごかれるよりも遙《はる》かに深く、不愉快《ふゆかい》な疲労。心まで枯れるようなこの感覚は、真九郎を捕らえて離さない。八年前のあの日から、ずっと。

真九郎の家族は、アメリカで死んだ。

父親の仕事の都合で、家族揃《そろ》ってアメリカに引っ越すことが決まったとき、真九郎は特に不安ではなかった。父がいて、母がいて、姉がいる。みんな一緒なのだ。大丈夫。何も怖くはない。銀子と離れるのだけは辛《つら》かったが、悲しむ真九郎とは対照的に、銀子は平気な顔で、絶対手紙書きなさいよ、と言い、指切りを要求するだけだった。それでも彼女は空港まで見送りに来てくれたし、別れるときには少しだけ瞳が潤《うる》んでいるようにも見えた。銀子ちゃん泣いてるの、と訊くと、うるさいバカ、と銀子は真九郎を叩き、それから本当に泣いてしまった。わんわん泣く二人を、姉が優しく抱きしめてくれた。

初めて乗る飛行機は楽しかった。全身を包む浮遊感や、窓の外に広がる雲は感動的だった。姉隣に座る姉に手を握ってもらいながら、真九郎は空港に着くまで安心して寝た。姉に起こされに起こされて飛行機を降りると、空港にいる外国人の数に圧倒され、そこら中から聞こえる異国の言葉に心細くなり、また姉の手を握った。姉が何かを言い、真九郎は安心した。真九郎は姉のことが大好きで、彼女の声を聞けばいつでも安心できたのだ。荷物を受け取り、どこかで食事でもして行こうか、と父が提案したとき、突然、辺りが暗闇に包まれた。まるで神様が太陽を隠したかのように光が失せ、何もかもが見えなくなった。真九郎は耳を澄《す》ませたが何も聞こえず、体も動かなかった。まともに働くのは、嗅覚《きゅうかく》と味覚だけ。とても嫌な、何かが腐るような臭《にお》いがした。口の中にも、嫌な味が広がっていた。ジャリジャリとした細かいものが口の中に突き刺さり、息をするだけでも痛かった。父はどこだろう。母はどこだろう。姉はどこだろう。お父さんお母さんお姉ちゃんみんなどこにいるの。真九郎は叫んだ。何が何だかわからない。でも、何か大変なことが起きたことだけはわかる。助けてください。お願いします。助けてください。お願いします。神様。神様。神様。自分の声は聞こえなかったが、喉が震えていることは感じられたので、真九郎は叫び続けた。誰も答えなかった。答えてくれなかった。目は見えず、耳は聞こえず、体は動かない。嫌な臭いはどんどん酷くなり、喉の奥から機内食が逆流してきた。嫌な臭いに自分が吐いたモノの臭いが加わり、耐えられなくなってまた吐いた。胃がビクビクと痙攣《けいれん》し、口から飛び出しそうになるほど苦しかった。でも、誰も助けてくれなかった。

しばらくして、真九郎は思った。ここは地獄なのかもしれない。前に銀子ちゃんから聞いたことがある。悪い人は、死んだ後で地獄に堕《お》ちると。地獄とは、苦しみが永遠に続く場所らしい。だったら自分はもう既に死んでいて、今は地獄にいるのだろうか。目も耳も手も足も奪われ、この苦しみが永遠に続くのか。真九郎は泣いた。どうして僕は死んだのだろう。どうして地獄に堕ちたのだろう。何か悪いことをしたのだろうか。わからない。でも、わからないからダメなのだろうか。真九郎は謝った。ごめんなさいごめんなさいごめんなさい。神様、どうか許してください。助けてください。お父さんにお母さんにお姉ちゃんに、僕はまた会いたいです。銀子ちゃんにも会いたいです。まだ死にたくないんです。死ぬのは嫌です。助けてください。どれだけ泣いたのか、どれだけ叫んだのか、わからない。もはや全ての気力が失われ、何かを考えることさえできなくなったとき、微かに音がした。とても重くて硬《かた》いものが動くような音。崩れるような音。良かった、聞こえる。僕の耳はまだある。そしてしばらくすると、光が見えた。良かった、見える。僕の目はまだある。やがて音も光も強くなり、それはハッキリしたものに変わった。音は、真九郎の周りにあるものを動かす音。光は、空に浮かぶ太陽の光。真九郎の上に乗っていた大きくて重いものがどかされると、激しい埃《ほこり》が舞ったが、ほんの少しだけ呼吸が楽になった。虚《うつ》ろな意識の中で、真九郎は意味のわからない言葉を聞いた。空港で聞いた、異国の言葉。眩《まぶ》しい太陽に目を細めていると、上から手を伸ばされ、真九郎は誰かに抱き上げられた。手と足が少しだけ動いた。良かった、動く。僕の手足はまだある。真九郎を抱き上げたのは救急隊員らしき装備を身につけた外国人で、真九郎の頬に触れ、意識があることを確認しているようだった。助かった。僕は助かった。死んだわけじゃなかった。地獄じゃなかった。

じゃあいったい、何が起きたのだろう？

視線を動かし、真九郎は見た。自分の周りにあるものを。臭いの正体を。おびただしい数の死体。父と母と姉を含んだ死体。真九郎は、自分が思い違いをしていることを知った。喉が潰れるほどの声で、世界の果てまで届くほどの声で、泣いた。自分は助かったわけじゃない。

ここは、地獄だ。

それは大規模な爆弾テロ。膨大《ぼうだい》な数の民間人を狙《ねら》った、無差別テロ。空港は全壊し、瓦礫《がれき》の山に押し潰された者がどれだけいたのか、どれだけ死んでどれだけ助かったのか、テレビや新聞では報道されたが、真九郎は知ろうともしなかった。父が死に、母が死に、姉が死んだ。それ以上何を知る必要があるのだろう。真九郎は病院を退院するまでに、一度しか言葉を発しなかった。日本から見舞いに来てくれた銀子に、感情の消えた顔を向け、真九郎は言った。

銀子ちゃん。僕を、殺して。

本気でそうして欲しかった。本当に殺して欲しかった。そうすれば父にも母にも姉にも会えるから。みんなに会うために、真九郎は死を望んだ。銀子が何かを、必死に何かを言ってくれたが、それは真九郎の心には届かなかった。真九郎は、ただ会いたかったのだ。父と母と姉に、また会いたかった。どうしても会いたかった。死んだ者とはもう会えない。死んだら終わり。何もかも終わり。もう誰にも、どうにもならない。だったら自分も死ぬしかない。死にたい。

　自分を産んでくれた者が消えた世界。自分と血を分けた者が消えた世界。自分に無条件で愛情を与えてくれた者が、全て消えた世界。それは地獄と何が違うのだろう。

　一人は嫌だ。そんなのは、絶対に嫌だった。一人になってしまったら、喜びも悲しみも分かち合うことができない。楽しくても一人で笑い、悲しくても一人で泣く。それがずっと続く。この世界に、この気が遠くなるほど広い世界に、たった一人でどうやって生きていくのだろう。

　あれから八年が経《た》った今でも、真九郎はたまに思い出す。自分が一人だということを。これからもずっと一人だということを。家族とは、もう二度と会えないということを。思い出して、ゾッとする、その恐ろしさに。

　窓の外の闇は、いつまでも薄れる気配がなかった。朝が訪れるのはまだ先。夜は嫌いだ。闇が記憶の扉をこじ開け、あのときのことを嫌でも思い出させる。手足が砕《くだ》けた感覚。父と母と姉の体が腐った臭い。全身が引き裂かれるような絶望感。

真九郎は、震える手で拳《こぶし》を握った。紫は真九郎のことを強いと言ったが、それは違う。真九郎はよく知っている。自分は弱い。とても弱い。たった一人でもどうにか生き続けられるように、紅香を頼り、崩月家に引き取られた。そして、それは成し遂《と》げられなかった。崩月家で得たものは、頑強《がんきょう》な鎧《よろい》と強力な武器。でも、強靭《きょうじん》な精神だけは得られなかった。どれだけ肉体を鍛えようと、その持ち主は弱虫のままだった。稽古《けいこ》は平気でも、いざ実戦となると足が震える。どうしても震える。相手の戦意や殺意に、心の底に居座り続ける弱虫が震え出す。

真九郎が崩月家を出て一人暮らしを始めたのは、それが理由。崩月家の者たちに、真九郎は申し訳ないと思ったのだ。八年間も、自分を育ててくれた。本当の家族のように優しく接し、厳しく鍛えてくれた。強くなりたいと願う真九郎のために、みんなが協力してくれた。真九郎は崩月家の者たちが大好きで、本当に本当に感謝していた。どれだけ頭を下げても足りないくらい、感謝していた。だからこそ、申し訳なかったのだ。八年間も尽力してくれたのに、あんなに優しくしてくれたのに、あんなに鍛えてくれたのに、自分は強くなれなかった。自分は結局、弱いままだった。今でも心の奥では怯《おび》えている。家族を思い出して泣いている。一人で生きる寂しさを怖がっている。自分は、ただの弱虫だった。そのことを、崩月家の者たちに知られたくなかった。絶対に知られたくなかった。師匠や夕乃や散鶴や冥理《めいり》に、失望されたくない。自分たちの努力を真九郎が無駄にしたと、軽蔑《けいべつ》されたくない。八年間が無意味なものだったと知られたら、真九郎はみんなにどんな目で見られるだろう。想像するだけで、死にたくなる。だから逃げた。真九郎は、崩月家から逃げ出した。師匠から肉体の一部を譲《ゆず》り受けてさえ自分の本質が変わらないと悟ったとき、真九郎には、もうそうするしかなかったのだ。

この五月雨荘に、真九郎は逃げてきた。

畳の上で背中を丸めると、込み上げてくる震えが全身を侵した。それに耐えようと歯を食いしばり、真九郎はきつく目を閉じる。涙が出てきた。震えが止まらない。早く、朝が来て欲しい。そうすれば、何とかなる。嫌なものを全部心の奥底に押し込めて暮らせる。寝よう。早く朝が来ることを祈って。一際《ひときわ》強い夜風が吹きつけ、窓ガラスが震えた。その微かな音にさえ真九郎は怯え、たまらず目を開ける。

紫が、見ていた。

真九郎のことを、じっと見ていた。

静かな闇の満ちる部屋で、二人の視線は正面から交わった。

紫の大きな瞳は、情けなく震える真九郎の姿をハッキリと映している。

……見られた。

銀子にも夕乃にも師匠にも散鶴にも冥理にも環にも闇絵にも紅香にも誰にも見られたことは無かったのに。誰にも知られてなかったのに。こんなガキに、見られてしまった。こんなガキに、知られてしまった。

……殺してしまおう……。

心の何処かで、そんな声がした。

多分、心の奥の、深い深い深い、暗い暗い暗い場所から。

真九郎は紫に手を伸ばす。簡単なことだ。こんな細い首、簡単にへし折れる。指先で眼球を貫き、そのまま脳を破壊してもいい。喉を潰して窒息《ちっそく》させてもいい。心臓など一撃で壊せる。こんな小さくて幼くて脆《もろ》い体など、簡単に壊せる。簡単に殺せる。死体はどうしよう。五月雨荘の裏にでも埋めておこうか。絶対見つからないくらい深く穴を掘り、そこに埋めてやる。紅香には、紫は誘拐《ゆうかい》されてしまったと言い訳しよう。自分の力が及びませんでしたどうもすいません。それでいい。そうしよう。それで終わり。

真九郎の手が自分に向かってくるのを見ても、紫は逃げなかった。それが自分の喉に触れても、彼女は動かない。何も言わない。大きな瞳で、真九郎をじっと見つめていた。真九郎の両手が紫の喉にかかり、その細い首を絞《し》めようとしたとき、彼女は初めて口を開く。

「……どうして泣くのだ？」

小さな声。真九郎にだけ聞こえるように、真九郎にだけ聞こえればいいように。

そんな気持ちが込められた、小さな声。

「話してくれ、真九郎。わたしは、おまえのことが知りたい」

話せだって？

ふざけるなよ、ガキが。

おまえなんかに話して、どうなるってんだ。

無駄だ、無意味だ、くだらない。

おまえなんか殺してやる。

手に力を込めようとした真九郎は、紫の瞳に怯えの色がないことに気づき、己《おのれ》の矮小《わいしょう》さに気づき、愚《おろ》かさに気づき、ここから逃げたくなった。この子から逃げたくなった。

「大丈夫。わたしは、ちゃんと聞くぞ。だから話してくれ、真九郎」

確約するように、彼女は静かに頷いた。

その幼い声が、まっすぐな瞳が、真九郎の心の底にまで染み入る。

気がつくと、真九郎は全てを語っていた。

家族が死んでどれだけ悲しかったのか。どれだけ絶望したのか。それが今でも続いていることも、全て語った。全て語ってしまった。

紫は何も言わず、それをじっと聞いていた。

相手は七歳の子供。

どこまで伝わったのかわからない。

どこまで理解したのかわからない。

でも紫は、黙って全てを聞いた。全てを聞いてくれた。

救いを請《こ》うように見つめてくる真九郎に、紫は微笑む。

全てを知り、その全てを受け入れるような、そんな優しい微笑み。

「偉《えら》いぞ。よく頑張ったな」

紫は小さな手を伸ばし、真九郎の頬をそっと撫でた。

労《いたわ》るような彼女の手つきに、真九郎の表情が泣き崩れそうになる。

「死んでしまった人間は、もうこの世のどこにもいない。どんなに泣いても、いないものはいないのだ。どんなに求めても、会えないのだ。でもな、真九郎。おまえは、わたしに会えた。わたしは、おまえに会えた。わたしは一人で、おまえも一人。でも一緒にいれば、ほら二人だぞ？　もう寂しくないじゃないか」

そんな単純なものではない。でもそれは、間違いでもない。

何か言おうとした真九郎に、紫は静かに顔を寄せ、その唇《くちびる》に自分の唇を重ねた。

ぎこちない動き。初めての感触。

紫は顔を離し、呆然《ぼうぜん》とする真九郎に言う。

「昔、お母様は、わたしにたくさんキスをしてくれた。なぜかと尋ねたら、大切なものにはキスをするのだと教えてくれた。そして、お母様は言ったのだ」

いつかあなたも大切なものを見つけたら、キスをしてあげなさい。

それは、母が娘に贈った言葉。

この世の真理。

「わたしは、見つけた」

紫は、真九郎の頭を自分の胸へと引き寄せ、小さな手で抱きしめる。

まるで、母親が赤子を抱きしめるように。

真九郎は頬に温かさを感じ、彼女の心音を聞いた。穏やかな鼓動《こどう》。

「大丈夫だ、真九郎。おまえは一人じゃない」

真九郎は目を閉じながら、彼女の声と心音を聞いていた。体の力が抜ける。暗くて重くて苦しくて不愉快な何かが、そっと遠くへ消えていく。固く縛《しば》られていたものが解かれていく。今まで抑えていた重しが失せ、全ての感情が解放される。笑っていたのかもしれない。怒っていたのかもしれない。悲しんでいたのかもしれない。喜んでいたのかもしれない。感謝していたのかもしれない。

真九郎は八年ぶりに、本気で、心の底から泣いた。


「うわ、何この新婚初夜明けみたいな空気！」

翌朝、真九郎の部屋を訪れた環は、室内に漂う雰囲気をそう評した。

満面の笑みを浮かべて箸《はし》と茶碗《ちゃわん》を持ち、鼻歌を唄《うた》いながら朝食を食べている紫。何やら気まずそうな顔で、でも何処かスッキリした様子の真九郎。

「初体験は大成功。でもハリキリ過ぎて、ちょっと複雑なダンナさんて感じ？」

「全然違います。それで、何か用ですか？」

「あたしにも愛を」

「帰れ」

違う違うお米貸してお米、と言い直す環を追い出し、真九郎はドアを閉めた。

「真九郎、早く食べないと、ご飯が冷めてしまうぞ」

「……ああ」

真九郎は腰を下ろし、紫の手で山盛りにされた茶碗を手に取って食事を再開。どうでもいいテレビの芸能ニュースを観《み》ながら、内心で大きくため息を吐《つ》く。

一生の不覚だった。

昨日のあれは、まさにそう表現するしかない。

今朝、布団の中で目を覚ましたとき、自分の頭が紫に抱きしめられているのに気づいて、真九郎は昨晩のことが夢ではないことを知った。真九郎の頭をよだれで濡らしながら、紫はとても幸せそうに寝ていた。真九郎は思わず大声を上げそうになり、それでもいくらかの理性が働いてそれを呑み込み、しかし猛烈に恥じた。

こんな子供に、自分の本心をさらしてしまった。

あんなどうしようもない愚痴《ぐち》を聞かせてしまった。

なんてバカなことをしてしまったのか。

押し寄せる後悔、そして、それと相反する感情。でもそれを認めるわけにはいかない。こんな子供に慰《なぐさ》められたのが嬉しくて、本当に嬉しくて、泣いてしまったことなど、断じて認めるわけにはいかない。自分はそこまで情けない男ではないはずだ。

あれは何かの間違い、気の迷いで、幻《まぼろし》だったのだ。

真九郎はそう心を整理し、その件については触れないことにした。

紫だって、はたして覚えているかどうか。

テレビでは、お笑い芸人が最近の若者の風潮についてコメントしていた。犯罪が増えているのは過激なゲームやマンガの影響だとか、手軽にネットで情報を入手できるのが原因だとか。まったく興味はないが、真九郎は現実から目を逸《そ》らす意味でテレビを観続ける。話題は男女交際に及び、お笑い芸人はその場のノリで自分の恋愛経験などを語り始めた。「ファーストキスは中学一年のときで、相手は部活の先輩……」などと告白したとき、紫が箸を止め、さりげない口調で言う。

「わたしは七歳のときだな」

ぶっ、と口に入っていたものを噴《ふ》き出してしまう真九郎。咳《せ》き込みながらテーブルの上のコップに手を伸ばしたが、中身は空。

紫は、笑顔で自分のコップを差し出した。

「ほら、真九郎、落ち着いて食べろ」

「あ、ああ……」

コップを受け取りながら頷く真九郎を見て、満足げに微笑む紫。真九郎の吐いた飯粒をティッシュで丁寧《ていねい》に拭《ふ》き取る様子には、どこか余裕さえ感じられた。

水を飲みながら、真九郎は思う。

自分は昨日、とても重大な選択をしてしまったのではないか。

しかも、そんな気は全然なしに。

午前中の授業は、とてもよく頭に入った。

眠気はまったく無く、気分も悪くない。昨日はよく眠れたということだろう。

不本意ながら、紫とのことは真九郎にストレスとは正反対の影響を及ぼしているらしい。あんな子供に慰められて安心してしまう自分。なんて単純さ。

……やっぱり一生の不覚だ。

紫の口から、真九郎の語ったことが他人に漏れることはないだろう。その点だけは安心。そう、彼女は意外と口が固い。特に、自分のことは何も話さない。昨日の夜、少しだけ母親のことに触れていたが、身内のことを語るのはあれが初めてだった。

紅香は、どうして自分に依頼したのだろう？

本当に、ただの直感なのか。

紫との平凡な日常で忘れがちになっていたことを、真九郎は今さらながらに考えた。

昼休みを告げるチャイムが鳴り、クラスメイトの大半が教室の外に散って行くのを見ながら、真九郎は弁当箱を開いて昼食を取る。生焼《なまや》けのニンジンを齧《かじ》っていると、横から呆《あき》れるような声をかけられた。

「何それ？」

いつものように菓子パンとノートパソコン、今日はさらに分厚い封筒を持った銀子。メガネの奥の瞳を、汚らしいものを見るように細めていた。

「それ、食べ物なの？」

「俺の弁当」

真九郎は、黒焦《こ》げになったソーセージを口に入れる。苦い。でも飲み込んだ。これは今朝、紫が作った弁当である。真九郎は断ったが、紫がどうしても作ると言い張り、仕方なく任せたのだ。紫は大鍋《なべ》を逆さにして床に置き、その上に乗って背の低さをカバーすると、冷蔵庫にあるものを適当にフライパンにぶちまけ、それを炒《いた》め始めた。真九郎は後ろで、紫の危なっかしい手つきにハラハラしながら、それを見守った。出来上がったのは、豆腐《とうふ》や納豆《なっとう》やキャベツや梅干《うめぼし》やトマトや漬物《つけもの》など、とにかくいろんな食材がグチャグチャに混ぜられたもの。

ふー、と額の汗を拭《ぬぐ》い、「さあ、遠慮《えんりょ》せずに持って行くがいい」と紫に笑顔で差し出されてしまっては、受け取らないわけにもいかない。

「銀子も、一口どうだ？」

「いらない。体に悪いわよ、そんなの食べたら」

事情を知らない銀子は、寝坊した真九郎が焦《あせ》って作ったものだと勘違いし、捨てることを勧《すす》めたが、真九郎は無視して食べ続けた。当然のごとく味付けなどされてないので、不味《まず》い。でも食べた。両手でフライパンを一生懸命に振っていた紫の頑張りを、無駄にしたくなかったのだ。これを食べないと紫が悲しむだろう。捨てても言わなければわからないという発想は、何《な》故《ぜ》か出てこなかった。

崩れた豆腐とタクアンを口に入れる真九郎を見て、銀子は「物好きな奴」と小さく呟いてから、封筒を机に置いた。やたらと重そうな音。

「これは?」

「……あんた、自分の依頼忘れた?」

封筒の中身は、真九郎が前に依頼した九鳳院《くほういん》家に関する情報だった。箸を置いて手に取り、コピー用紙の束をパラパラめくる。軽く五百ページ以上。しかも字が細かい。パソコンを持たない真九郎のために印刷してくれたのはありがたいが、これほどの量だとは思わなかった。真偽《しんぎ》の不確かなものも含めて集められるだけ、という注文を銀子は忠実に実行したわけだ。

機密文書らしき写真のコピーや、英文も多数混じっていた。

「英文は翻訳してくれてもいいんじゃ……」

「それ別料金」

アンパンを齧り、軽く口の端を曲げる銀子。嫌味でやってるのかもしれない。

昔はよく意地悪されたよなあ、と思いながら紙をめくっていると、怪《あや》しげな情報がたくさん目に飛び込んでくる。九鳳院家の人間には神通力《じんつうりき》が備わっているらしいとか、奥ノ院《おくのいん》と呼ばれる謎の施設があるらしいとか、ほとんどオカルトの分野だ。

確かなものだけに厳選してもらった方が、良かったかな……。

細かい文字の羅列《られつ》に目が痛くなってきたところで、真九郎はあるページで手を止める。

九鳳院家の家族構成。

九鳳院家の当主で、財閥《ざいばつ》の総帥《そうすい》でもある人物の名は九鳳院蓮丈《れんじょう》。その横に夫人の名があり、下には子供の名が二つ。

「……ん？　銀子、ここ間違ってるぞ」

「どこ？」

「九鳳院家の子供の欄《らん》、男が二人になってるよ。娘が抜けてる」

「娘なんていないわよ」

「えっ？」

真九郎の反応を怪訝《けげん》そうに見ながら、銀子は繰り返した。

「九鳳院家に、娘なんていないわよ」

第五章　九鳳院の闇

午後の授業は、上の空《うわのそら》で過ぎていった。

HRが終わり、担任が注意事項を告げて学級委員の号令で起立、礼、着席。教室から生徒たちが消えていくなかで、真九郎《しんくろう》は教科書とノートを鞄《かばん》に詰め、銀子《ぎんこ》からもらった封筒も鞄に詰めた。分厚い紙の束。指に伝わるその重さが、さっきよりも増しているような気がする。もう一度情報の真偽《しんぎ》を確認するため、銀子に声をかけようとしたが、彼女の姿は既《すで》に教室内にはなかった。また新聞部の部室だろうと思い、真九郎も教室を出るが、途中で進路を変え、下駄箱《げたばこ》に向かうことにする。

何度尋ねたところで、事実が変わるわけではない。それを信じるかどうかは、真九郎の方の問題だ。下駄箱で靴を履《は》き替えながら、真九郎は考える。

九鳳院紫《くほういんむらさき》という名は、家系図の何処《どこ》にも見当たらなかった。

紫が九鳳院家の人間でないことを、紅香《べにか》は知っているのだろうか？

彼女のような超一流が、銀子の得たレベルの情報を知らないとは考えられない。ならば、紅香は全《すべ》てを承知《しょうち》の上か。

紫の素性《すじょう》も、紅香の意図も、どちらもわからない。ただ、紫の素性に関しては、いくつかの可能性は思い浮かぶ。例《たと》えば、九鳳院蓮丈《れんじょう》が妾《めかけ》に産ませた子供、という可能性。それなら家系図に載ってなくとも当然。九鳳院ほどの大財閥《ざいばつ》の総帥《そうすい》なら、妾が何十人いてもおかしくはないし、銀子の情報で網羅《もうら》できない子供がいても不思議はない。それなら、紫が自分のことをあまり語らない事情も説明がつく。

そういうことなのかな、と真九郎は納得しかけるが、引っ掛かりもあった。

紫は、自分のことを「九鳳院紫」と名乗ったのだ。引け目など感じさせない、堂々たる態度で。それともあれは、演技だったのか。

もやもやとした嫌な感覚が、真九郎の胸の奥から湧《わ》いてくる。自分は、紅香と紫に何か騙《だま》されているのではないか、という疑惑。全面的に信用していた気持ちが、僅《わず》かに揺らぐ。真実から遠ざけられるのは、いい気はしない。この件に何が隠されているのかはわからないが、真九郎が思っているほど単純な仕事ではないのか。

校舎を出て校門を通り過ぎ、学生たちの流れに乗って駅へと進んでいた真九郎は、こちらに駆け寄ってくる小さな人影に気づいた。

「真九郎！」

「……紫」

今の心境では、一番会いたくなかった人物。

そんな事とは露《つゆ》知らず、紫は笑顔で真九郎を見上げ、

「これを使え！」

と、傘《かさ》を差し出した。

そこで初めて、真九郎は空模様が怪《あや》しいことを知る。今の自分の気持ちのように、濁《にご》った空。まだ降りそうではないが、念のために傘は必要だろう。紫は、天気予報で夕方から雨が降ると知り、環《たまき》に頼んで、途中まで送ってもらったらしい。

お節介《せっかい》な人だ……。

前回の件で、真九郎は一応環に注意しておいたのだが、所詮《しょせん》は馬の耳に念仏《ねんぶつ》か。詳《くわ》しい事情を説明しないのでは、仕方がなくもある。それに、環の気持ちもわからないではないのだ。この九鳳院紫という少女は、何となく助けてやりたくなるような、そんな雰囲気《ふんいき》がある。弱いから助けたいのではなく、彼女の強い意思が実現するように、手助けしてやりたくなる。

真九郎が無言で傘を受け取ると、紫はちょこんと首を傾《かし》げた。

「嬉《うれ》しいか？」

護衛役《ごえい》としては、ここは紫を叱《しか》るべき。

勝手に外出するな。狙《ねら》われてる自覚は無いのか。もっと警戒《けいかい》しろ。危機感を持て。

おまえは誰なんだ？

俺を騙してるのか？

浮かんでくる無数の言葉。その中から真九郎が選んだのは。

「……ああ、助かったよ」

「うむ。真九郎が嬉しいなら、わたしも嬉しいぞ」

それから、彼女は何かを期待するような眼差《まなざ》しで真九郎の顔をじっと見つめる。

真九郎は、その意味を理解。

「弁当、美味《うま》かった」

「本当か？」

「ああ」

やったー、とその場で飛び跳《は》ねる紫を見ていると、真九郎は何だか笑いたくなってきた。

バカらしい。悩んでいたのが、バカらしい。

真実がどうだろうと、何も変わらないじゃないか。

自分はこの子を守る。どこの誰がこようと、必ず守る。

少し悔《くや》しい話だが、真九郎はこの小さな女の子のことを、気に入ってしまっているのだ。

その気持ちに、素性など何の関係があるのか。

そんな当たり前のことにようやく気づいた真九郎は、紫を連れて駅に向かう。

彼女の歩調に合わせて、ゆっくりと。

駅前のスーパーで夕飯の買い物。

何か食べたいものはあるか紫に尋ねると、真九郎が作るものなら何でもいいと言われる。買い物籠《かご》を持ちたがるので紫に任せ、真九郎は食材を購入。紫の視線の動きからホットケーキに興味があるのを察し、その材料も購入。紫は買い物袋も持ちたがったが、これは重いので真九郎が持った。かわりに傘を紫に渡し、二人は並んで家路につく。

空模様から見て、五月雨《さみだれ》荘に着くまでは保《も》ちそうだ。洗濯物は、紫が既に取り込んだという。偉《えら》い、と真九郎が誉《ほ》めると、紫は照《て》れたように笑った。

「そうだ。真九郎に訊《き》きたいことがあったのだ」

「何だ？」

「真九郎は、胸が大きい方が好きなのか？」

「……えっ？」

「環がそう言ってたぞ。闇絵《やみえ》や夕乃《ゆうの》や紅香のように、胸の大きい女に真九郎は優しいから、巨乳好きに違いないと」

ろくなこと言わないな、あの人……。

うんざりする真九郎の隣で、紫は自分の平らな胸を見て何やら難しい顔。

「お母様は胸が大きかったので、わたしもいつかは同じようになると思うのだが、まだまだ時間がかかるだろう。今のわたしでは、真九郎を満足させてやれないな」

「満足って……」

「詳しくは知らんが、男は女の胸をどうかして楽しむのだろ？」

「あー、それは……」

「そのためには胸が大きい方が良い、とも聞いた」

「んー、それは……」

年長者として無難な答えは何か。

真九郎が困っていると、紫は「悔しいな」と少し沈んだ声で言った。

「子供のわたしでは、おまえに、たいしたことはしてやれない。たいしたことも言えない。だから、わたしは今、自分が子供でいることが悔しい」

拳《こぶし》をグッと握り、紫は続ける。

「わたしはな、おまえに伝えたいことがあるのだ。わたしの中にあるこの気持ちを、全部伝えてみたい。でも、どうすれば伝わるのか、わからない。どう言えばいいのか、わからない。今のわたしには、わからない。それが悔しい。きっと、大人になればわかるのだろうな……」

紫は一度視線を落としたが、やがて顔を上げて言った。

「だが、わたしはくじけないぞ。今のわたしにできることを、しようと思う」

彼女はその小さな手を、真九郎に向けて伸ばす。

「真九郎、手を繋《つな》ごう」

何てまっすぐな瞳《ひとみ》。まっすぐな意思。まっすぐな言葉。

真九郎が狼狽《ろうばい》してしまうほどに、それは力強く、純粋なもの。

気がつくと、真九郎は彼女の手を握っていた。悩める者が、真理を求めるように。罪人が、救いを求めるように。卑小な虫が、光を求めるように。

小さくて、華奢《きゃしゃ》で、柔らかい手だ。その細い指に力を込め、彼女はしっかりと真九郎の手を握る。ただ手を繋いでいるだけなのに、彼女はとても幸せそうに笑う。見ているこちらまで、つられて笑ってしまうような笑顔。

真九郎は嬉しくなった。何故《なぜ》だろう、と理由を探す気も起きないほど自然に、そう思った。紫は真九郎を温かいと言ったが、それは違う。本当に温かいのは、彼女の方だ。それも違う、と心の中で誰かが言った。温かいのは、きっと二人が手を繋いだから。

「今日は銭湯《せんとう》のあとで、銀子のとこに行ってみるか」

「銀子?」

「俺の幼《おさな》なじみで、家がラーメン屋をやってるんだ。知ってるか、ラーメン?」

「見たことはある」

「美味いぞ。おまえも、きっと気に入る」

「真九郎と一緒なら、何を食べても美味い」

「ピーマンもか?」

「……………努力はしているのだ」

口を尖《とが》らせ、少しすねる紫を見て、真九郎は久しぶりに本気で笑ってしまった。

二人の吐く息は白く、そろそろ炬燵《こたつ》を買うか、と真九郎は思い、炬燵の中で猫のように身を丸める紫を想像して、また笑ってしまった。

そして終わりがやってきた。

五月雨荘の前に、黒塗りの車が一台停《と》まっていた。一目で外国製の高級車とわかるそれに、真九郎は首を傾げる。五月雨荘の住人の車、ではない。住人で運転免許を持っているのは1号室の鋼森《こうもり》だけであるし、彼の車はフォルクスワーゲンのビートルなのだ。五月雨荘にこんな高級車で乗りつけるとは、何処の誰か。

真九郎は、そこで思考を止める。

繋いだ紫の手が、微《かす》かに震えていたのだ。その視線は車に釘付《くぎづ》けで、表情は強張《こわば》っている。

……どうしたんだ？

真九郎が声をかけようとしたところで、黒塗りの車のドアが開き、誰かが降りた。力仕事の経験が一度もないような、細い手足。そして俳優でも通じる、甘いマスク。真九郎とそれほど歳《とし》は離れてないであろう、少年だ。

少年は紫に目を向けると、

「ああ、こんなところにいたのか、紫」

と顔に似た甘い声を発し、大きく手を広げながら、二人に歩み寄ってきた。彼が近づくにつれて、紫の震えは次第《しだい》に大きくなる。繋いだ手から伝わるのは、彼女の怯《おび》える気配。

真九郎は、護衛役としての行動を起こす。

「あんた誰だ？」

立ち塞《ふさ》がった真九郎に、少年はにこやかに返答。

「九鳳院竜士《りゅうじ》」

「……九鳳院、竜士？」

「そこにいる紫の、実の兄だよ」

「紫の……？」

二人から見つめられた紫は、彼女らしくない、おどおどした様子で下を向いていた。

「紫、兄さんの言ってることは本当だよな？」

竜士の笑顔の問いかけに、紫は下を向いたまま頷《うなず》く。

「……はい、竜士兄様」

これはどういうことか？

真九郎は考える。

九鳳院竜士。その名前は、銀子からもらった資料にも載っていた。

九鳳院家の次男で、真九郎と同じ十六歳。

写真まではなかったが、こいつが本人？

そして、この二人が兄妹？

銀子の情報が、間違っていたのか？

その可能性はゼロではないが、でも……。

混乱する真九郎に、竜士が言った。

「ところで、そっちこそ誰なのかな？」

「俺は、紅《くれない》真九郎」

「……記憶にない名前だね。まあいいや。紫、さあ帰るよ」

「待ってくれ！　俺は、この子の護衛を任されている者だ。あんたが本当にこの子の兄貴でも、そう簡単には……」

「偉そうに言うなよ、誘拐犯《ゆうかいはん》のくせに」

「……誘拐犯？」

竜士からの説明を聞き、真九郎は言葉を失った。

紫は、何者かによって九鳳院家から誘拐されたというのだ。マスコミは沈黙しているが、誘拐事件が報道規制を受けるのはよくあること。九鳳院家の重大事とあって警察も既に極秘《ごくひ》で動いており、竜士も紫をずっと捜し回っていたらしい。

紫は、誘拐されて、五月雨荘に連れて来られた？

それが本当なら、誘拐犯は紅香ということになる。

紅香は真九郎を騙し、犯罪に加担《かたん》させていたのか……？

いや、あり得ない。柔沢《じゅうざわ》紅香が誘拐のような卑劣《ひれつ》な犯罪に手を染めるなど、絶対にあり得ない。そもそも、紫は自分の荷物を持参してきたのだ。それは誘拐された者の姿だろうか。

さらに混乱を深める真九郎を訝《いぶか》しげに見ながら、竜士は言う。

「こんな大それたことをするくらいだから、かなり名の知れた人間が関《かか》わってると思ってたんだけど、君は完全な無名だね。誰の指図《さしず》で動いてるの？」

「誰って、それは……」

「君のボスは、どこの誰？」

紅香の名を出していいものか迷う真九郎を見て、紫は動いた。

顔に緊張と怯えの色を浮かべながらも、兄の前へと進み出る。

「竜士兄様、違います」

「ん、何が？」

「わたしは、誘拐されたわけではないのです」

「誘拐じゃない……？」

竜士はげんなりした様子で、ため息を吐《つ》く。

「……紫、どういうことなんだ？」

「わたしは、自分の意思で、あそこから出てきたのです。そのために力を貸してくれた者もいますが、全ては、わたしの責任です」

「じゃあ、おまえ、誰かに無理やり連れ出されたわけじゃないのか？」

「はい」

「おまえが望んだことなのか？」

「はい」

ハッキリ頷く妹を見て、兄は再びため息を吐く。

「なんだ、そういうことだったか……」

「……あ、あの、竜士兄様、お願いが、あります」

紫は、真九郎の方をちらりと見てから呼吸を整えると、竜士に言った。

「この者は、今回の件とは無関係です。何も知りません。だから、どうか、お咎《とが》めは……」

「紫、おまえは誰のものだ？」

妹の言葉を遮《さえぎ》り、兄は問う。

「答えなさい、紫。おまえは誰のものだ？」

「わ、わたしは……」

「九鳳院紫。おまえは、いったい誰のものだ？」

うろたえる紫に、竜士が繰り返して問うと、彼女の顔から火が消えるように表情が失《う》せた。

真九郎が初めて見る、子供らしさの欠片《かけら》もない、能面《のうめん》のような表情。

抑揚《よくよう》のない声で、紫は兄に言う。

「わたしは、九鳳院家の男性のものです」

「おまえは何のために生かされてる？」

「九鳳院家のためです」

「おまえの喜びは？」

「九鳳院家の男性に御奉仕することです」

「おまえに自由は？」

「必要ありません」

教え込まれた芸をする動物のように、紫はスラスラと答えた。

「そうそう、ちゃんとわかってるじゃないか」

にこやかに笑いながら、竜士は妹の頭を撫《な》でる。

それは、お気に入りのペットを可愛《かわい》がる飼い主の手つき。

「おまえが大事なことを忘れてなくて、兄さん安心したよ。でもな、紫」

竜士は、おもむろに右手で拳を握る。

「ちゃんとわかってるなら、じゃあ……何でこんなふざけたことしてんだよてめぇ！」

衝撃音が聞こえた。それは、竜士の拳が紫の顔に当たった音。小さな体が近くの民家の壁まで飛んでぶつかり、その手から真九郎の傘が転がり落ちる。

……えっ？

今の光景に、真九郎は自分の目を疑った。

……紫を、殴った、のか？

こいつ紫を殴ったのか？

「……に、兄様、お願いします」

痛む顔を手で押さえながら立ち、紫は懇願《こんがん》する。

指の隙間《すきま》からは鼻血がポタポタと垂《た》れていたが、彼女はそれに構わない。

「そ、その者は、何も知らないし、本当に、関係ないのです。だから……」

「うるせーよ」

竜士は無表情で紫に近寄ると、その小さな体を思いきり蹴飛《けと》ばした。つま先が腹に突き刺さり、紫は「ごふっ」と胃の中身を吐き出す。

「舐《な》めやがって」

蹴られた腹を両手で抱え、苦しむ妹の姿を、兄は何の感慨《かんがい》も込めずに見下ろした。

「おまえさあ、俺がどんだけ迷惑してると思ってんの？　親父《おやじ》もお袋も兄貴も海外に行ってる間に、おまえにこんな問題起こされたら、俺の管理能力を疑われちまうだろ？」

なんだこいつは……。

真九郎が正常な思考に復帰するまで、数秒を要した。

こいつ、紫を、妹を、兄のくせに、殴って、蹴った。

何なんだこのクズ野郎は。

買い物袋を放り捨て、込み上げる怒りを暴力に変換しようとした真九郎の肩を、後ろから誰かが摑《つか》んだ。振り返ったそこにいたのは場違いな男。アロハシャツを着た、大柄で筋肉質の黒人。摑まれた肩に食い込む指と、アロハシャツから伸びた腕が、黒光りする鋼鉄だと真九郎が気づいた瞬間、黒人は真っ白い歯を剝《む》き出しにして笑う。

「ＨＥＹ！」

次に真九郎が見たのは、鋼鉄の拳。鉄塊《てっかい》と呼ぶに相応《ふさわ》しいそれが、真九郎の知覚を超える速度で頭に叩《たた》き込まれた。脳みそが派手《はで》に揺れ、神経がパニックを起こし、意識が途絶《とだ》える。近くの電信柱に激突し、地面に顔を打ちつけたところで、真九郎は意識を取り戻した。

「……がっ……く……ぐぅ……」

視界がグルグルと回る。頭が割れそうに痛む。吐き気がする。

油断した。敵に、こんな接近を許すなんて。

戦闘用の義手。それを使いこなす筋力。

この黒人は戦闘屋だ。人間を壊すプロ。

「すげえ、まだ生きてる！」

ゲラゲラと笑いながら、黒人は鋼《はがね》の指で真九郎の首を掴み、宙吊《づ》りにする。万力《まんりき》で絞《し》められるような圧力と痛みに、真九郎は声も出ない。

「坊ちゃん、この小僧《こぞう》はどうします？」

「ちょっと黙ってろ」

竜士は紫の髪を引っ張り、無理やり立ち上がらせた。止まらない鼻血と蹴られた腹部の痛みで朦朧《もうろう》とする紫に、竜士は顔を近づける。

「血が繋がっててもな、おまえと俺じゃ、立場が違うんだよ！　そこんとこわかってんのか、クソガキ！」

紫は苦しげに咳《せき》をするだけで、答えない。答えたくとも、呼吸さえまともにできないようだった。それでも、これ以上兄の怒りを買う危険だけは避けたかったのか、紫は切れ切れながらも言葉を発する。

「ご、ごめん…な……さい……」

「聞こえねーよ！」

「ごめんなさい、ごめんなさい、ごめんなさい……」

「おまえ、俺を困らせようと、わざとやってんのか、おい！」

「ち、違います……」

「クソガキ！」

竜士は、再び彼女の腹を蹴りつける。髪を掴まれた紫の体がその衝撃で揺れ、口から吐き出されたものが地面に飛び散った。竜士が髪から手を放すと、紫は力を失ったように倒れる。

真九郎は、それを見ていた。竜士を八《や》つ裂《ざ》きにしてやりたかった。だが、その意思が肉体に伝わらない。目眩《めまい》と吐き気も収まらず、全身の神経がほぼ麻痺《まひ》状態。アロハシャツの黒人は、まさにプロの戦闘屋だ。遊びがない。最初の一撃で、真九郎の戦闘力を奪ったのだ。宙吊りのまま視線だけを動かし、真九郎は紫と竜士を見続ける。

竜士は咳込む紫を後ろから抱きしめ、下卑《げび》た笑みを浮かべていた。

「あの小僧は何だ？　おまえ、その歳でもう男をたらしこんだのか？　つーかさ、おまえこの服は何よ？　女らしい服を着ろって言ったろ？　たくさん買ってやったろ？」

竜士に胸を鷲掴《わしづか》みにされ、紫の顔が苦痛に歪《ゆが》む。

「い、痛いです……」

「おお、まだ育ってないみたいだな。いい感触」

「や、やめて、ください……」

「おまえ、痛いとか、やめてとか、ネガティブなことしか言えねえの？　愛《いと》しの兄様が触ってやってるんだ。気持ちいいとか、ありがとうとか、たまにはそういうポジティブなこと言ってみろよ！」

竜士は紫の顎《あご》を摑んで自分へと向かせ、その唇《くちびる》を奪おうとしたが、彼女は必死に顔を背《そむ》ける。それが気に障《さわ》ったのか、竜士は紫から手を放し、また腹を蹴った。

うずくまって苦しむ彼女を無視して、アロハシャツの黒人に命令。

「《鉄腕》、そいつ殺せ」

「へーい」

アロハシャツの黒人、《鉄腕》が笑顔でそれを実行しようとするのを見て、紫は竜士の足にすがりついた。

「……お、お待ちください！」

「何だ、我が妹よ？」

紫はその場に手をつき、深く頭を下げる。

「竜士兄様。どうかお願いします。真九郎だけは、真九郎だけは、助けてください」

土下座《どげざ》をする妹を、兄は冷たく見据《みす》えた。

「おまえに協力したの、誰よ？」

「柔沢紅香です」

「柔沢って……あのバカ強い女か。厄介《やっかい》だな。ま、それはあとで近衛《このえ》隊に任せりゃいい」

竜士は唾《つば》を吐き捨て、続けた。

「紫、おまえ、もう俺に逆らわないか?」

「逆らいません」

「何でも言うこと聞くか?」

「はい」

「おまえ、俺の子を産むよな? 兄貴でも他の男でもなく、俺の子を?」

紫は、数秒間の沈黙の後、頭を下げたまま答える。

「……産みます」

「何人でも産むよな?」

「……何人でも、産みます」

「いいね、その素直な態度」

妹が自分に屈服する姿に満足したのか、竜士は彼女の願いを承諾《しょうだく》。

「そいつは見逃してやるよ。どうせ下《した》っ端《ぱ》じゃ、たいした情報は持ってないだろうし」

「本当ですか?」

その真偽を確かめるように、紫は兄に目を向ける。

「俺の言葉がウソかどうか、おまえならわかるだろ?」

視線を外さない紫に苦笑しながら、竜士は命令。

「《鉄腕》、そいつを放してやれ」

「いいんですかい?」

鋼鉄の指から解放され、真九郎は地面に崩《くず》れ落ちる。

「早くしろ」

立て、動け、戦え。どれだけ念じようと、真九郎の体は応《こた》えなかった。

「ほら、これでいいだろ? 兄さんはウソをつかない。おまえも、誓《ちか》いを忘れるな」

紫は倒れた真九郎を見つめ、唇を噛《か》み、グッと拳を握り、兄に頷く。

「……はい、竜士兄様」

「乗れ」

開かれる車のドア。

紫、行くな。そっちに行くな。

真九郎は口を開いたが、声は出ず、体も動かない。これではまるで、あのときと同じだ。何もできずに家族を失った、あのときと同じ。また俺は、失ってしまうのか。

紫は車に乗る前に立ち止まり、鼻血を手の甲《こう》で拭《ぬぐ》ってから、真九郎の方に向いた。

「ごめんな、真九郎。わたしのせいで、こんな……」

違う。おまえのせいじゃない。俺が弱いだけだ。

真九郎はそう伝えたかった。でも、声が出せない。

紫は、涙を堪《こら》えるように鼻水をすすり上げ、そして微かな笑みを、今できる精一杯の笑みを、その顔に浮かべた。

「いろいろとありがとう。楽しかったぞ。本当に、楽しかった……ぞ…」

震える声でそう言い、紫は車の中に消えた。そのドアを閉め、別のドアから車へと乗る前に、竜士は《鉄腕》に命令。

「そいつ殺すなよ。約束だからな」

「じゃあ、どうするんです?」

「命以外の全てを奪え」

「へーい」

竜士が乗り、車は動き出す。

さっそく命令を実行しようとした《鉄腕》は、真九郎を見てヒューと口笛を吹いた。

「たいしたもんだ。小僧、どんな鍛《きた》え方した?」

壁に手をつきながらも、真九郎は何とか立ち上がっていた。

まだ足腰に力が入らない。まともに歩くことすらできそうにない。

だったら、這《は》ってでも追いかけてやる。追いかけてやる。

「俺は、日本の相撲《すもう》ってやつが好きでな」

真九郎の行く手を、鋼鉄の腕を持つ巨体が遮る。

《鉄腕》は両手の拳を地面に付き、膝《ひざ》を曲げた。

膨《ふく》れ上がる筋肉。血に飢《う》えた猛牛と相対《あいたい》するような圧力に、真九郎の背筋《せすじ》が凍《こお》りつく。

「はっけよーい、のこった!」

真九郎は体に防御《ぼうぎょ》を命じたが、反応無し。《鉄腕》の体当たりをまともに喰《く》らった。自動車にでも激突されたような衝撃。肋骨《ろっこつ》が砕《くだ》ける嫌な音が体内に響き、真九郎は軽々と吹っ飛ばされた。地面を数回バウンドしながら五月雨荘の門柱にぶつかり、共同玄関前まで転がる。

「かはっ、げほっ……」

あまりの痛みに全身が痙攣《けいれん》し、このままでは危険だと本能は警報を発していたが、真九郎は無視した。今はそれどころじゃない。紫が連れて行かれた。事情は知らない。でも、こんなこと納得できるか。待ってろ。あのクズ野郎、ぶっ飛ばしてやる。

神経が引き千切《ちぎ》れそうな痛みに悶《もだ》えながら、真九郎は地面に両手をつき、体を起こそうとする。追いかけるんだ。戦うんだ。紫を、助ける……。

真九郎は愕然《がくぜん》とした。

力を入れようとした両足が、震えていた。ブルブルと震えていた。

立ち上がることを拒《こば》むように、震えていた。

おい、ウソだろ、こんな……。

紫を助けるために、戦いたいのに、心の底では怖気《おじけ》づいているのか。

紅真九郎は、ここまで情けない男だったのか。

真九郎の目に涙が滲《にじ》み、その歪んだ視界に、こちらに向かってくる《鉄腕》の姿が映る。

「さーて、どう壊してやるかな。手足は潰《つぶ》すとして……」

「うわ、痛そう」

いつもの呑気《のんき》な声が、真九郎の背後から聞こえた。

武藤《むとう》環は真九郎の肩に手を置き、静かに地面へと寝かせる。何か言おうとする真九郎の口に指を押し当て、環は《鉄腕》へと顔を向けた。

「そこの義手の人。仕事なのはわかるけど、このへんで勘弁《かんべん》してくれません？　この子、あたしの弟分みたいなもんでして。こういうのは、さすがに見過ごせないんですよ」

「聞けんな」

「いや、そこを何とか」

「邪魔するなら、貴様ごと潰してやろう」

鋼鉄の義手で拳を握り、接近してくる《鉄腕》。

「参ったなあ……」

言葉とは裏腹《うらはら》に、環の口元に浮かんだのは楽しげな笑み。

寝癖《ねぐせ》の残る頭を掻《か》き、「しゃあないか」と環が拳を構えようとしたとき、その前に一匹の黒猫が割って入る。

闇絵の飼い猫、ダビデだ。

「やめておきたまえ」

門の側《そば》に生《は》える大木の枝に、黒ずくめの魔女が腰かけていた。ゆったりと紫煙《しえん》を漂わせながら、普段通りのマイペースな口調で闇絵は言う。

「環、君らしくないな」

「いやー、やっぱお隣さんですから。いつもお世話になってるし」

「協定違反はまずかろう」

闇絵は、《鉄腕》に宣告。

「そこの男。ここは五月雨荘。不戦の約定《やくじょう》が結ばれた土地だ。争いを望む者は、去れ」

「……不戦の約定か。そうだったな」

《鉄腕》は大袈裟《おおげさ》に肩をすくめ、妥協案《だきょう》を口にする。

「ルールでは仕方ない。その小僧を壊すのは、敷地の外に引きずり出してからにしよう」

「できっこないよ」

顔の前で手を振り、環は断言。

「だって、二対一だもん」

二対一。木の上では闇絵。真九郎の側では環。《鉄腕》はしばらく二人を睨《にら》んでいたが、その力をどう読んだのか、真九郎が一向に動く気配がないのを確認してから踵《きびす》を返す。

真九郎は、環たちのやり取りをぼんやりと聞きつつ、顔に水滴が当たるのを感じた。

濁りきった空。降り始めた雨。

全身に雨を浴びながら、真九郎は思う。

ごめんな、ごめんな、紫。

俺は、おまえが思ってくれるほど、強くなんてないんだよ……。

消えそうになる意識の中で、真九郎は紫に謝った。

それからの数時間は、真九郎にとってただ虚《うつ》ろに過ぎて行った。

環に担《かつ》がれて部屋に運ばれ、電話で呼ばれた山浦《やまうら》と南《みなみ》が来て治療され、山浦から安静にしてるよう注意を受け、南が見舞いの品として桃の缶詰《かんづめ》を枕元に置き、闇絵が一度だけ真九郎の顔を覗《のぞ》き込んで何かを言い、そして部屋は静かになった。

裸《はだか》電球の明かりが眩《まぶ》しかったが、目を閉じる気はない。今閉じれば、おそらくはずっと眠ってしまうだろう。意識が遮断《しゃだん》されるのは嫌だ。数時間前のあの記憶を、少したりとも薄れさせるわけにはいかない。手足に力を入れてみる。激痛。しかし、動かせないほどではない。山浦に言われた注意はあまり覚えていないが、生命維持《いじ》に必要な器官は無事らしい。崩月《ほうづき》家のお陰《かげ》だ。とにかく頑丈《がんじょう》に鍛え上げられた肉体は、命だけは守った。真九郎の命だけは。

痛みを堪えて首を動かすと、部屋の隅《すみ》に環が座っていた。スルメイカを口に銜《くわ》え、缶ビールを飲みながら、自室から持ってきたマンガを読んでいる。積み上げられた冊数からして、ずっと付き添っていてくれたらしい。

何気《なにげ》に優しい人だよな、と心の中で感謝しながら真九郎は言った。

「……環さん」

「おっ、水でも飲む？　桃缶開けよっか？」

「……電話、取ってください」

環から携帯電話を渡され、真九郎はボタンを操作しようとしたが、焦《あせ》りと痛みで指が上手《うま》く動かなかった。何度も何度も押し間違え、しまいには手から落としてしまう。

それを拾い上げ、環が言う。

「どこにかけるの？」

「……銀子の、ところです」

「銀子ちゃん？」

「……あいつに、調べてもらわないと」

「何を？」

……何を？

まず何から調べればいいのか？

わからないことが多すぎる。痛みで、思考がまとまらない。さっきのは何だったのか。どうしてあんなことになったのか。紫は、本当に九鳳院家の娘なのか。どうしてあんな理不尽《りふじん》な扱《あつか》いをされているのか。九鳳院家とは何なのか。

俺は、これからどうするべきなのか。

コンコン、と外からドアをノックする音。それに続いてドアが開き、彼女が立っていた。

「生きてるか？」

いつものようにトレンチコートを肩に羽織《はお》り、いつものように口にタバコを銜え、いつものように不敵な笑みを浮かべて、柔沢紅香は部屋の入り口から真九郎を見下ろす。

「……紅香さん」

「大丈夫そうだな。おお、環も一緒か」

どーも、と軽く頭を下げる環に片手を振ってから、紅香は言った。

「一足遅かったらしい。ここを突き止められるとはね。迷惑かけたな、真九郎。しばらく養生《ようじょう》しろ。依頼料には色をつけとく」

それだけ言って、紅香は背を向けた。

真九郎は布団《ふとん》から飛び起き、閉じようとするドアまで走る。

「待ってください！」

足が床を踏むだけで激痛が生じたが、それを捻《ね》じ伏せて紅香に詰め寄った。

「せ、説明してください！　何がどうなって、どうして、あんな……」

「おまえは知らなくていい」

紅香はゆったりと紫煙を吐く。いつものように。

「ふざけるな！」

紅香の胸倉《むなぐら》を摑んだと思った瞬間、真九郎は廊下に倒されていた。右腕は折れる寸前まで捻《ひね》られ、背中の上には犬塚弥生《いぬづかやよい》が乗っている。彼女はまったくの無表情で、真九郎の首に手裏剣《しゅりけん》の刃を押し当てた。

「いいよ、弥生。放してやれ」

紅香に言われ、弥生は静かに真九郎を解放。そして紅香の背後に控《ひか》える。

しょうがないなあ、とぼやきながら環が肩を貸し、真九郎を立ち上がらせた。そのまま布団に戻そうとする環に逆らい、真九郎は紅香を睨みつける。

「……説明、してください。どういうことなのか、全部教えてください」

「聞いてどうする?」

「それは……」

「おまえ、立ち向かえるのか?」

真九郎は答えられなかった。

心の底にいつまでも居座る弱虫が、それを邪魔する。

「その傷、プロの戦闘屋にやられたな? この件に深く関われば、そんなもんじゃ済まんぞ。確実に殺される」

そんなもの怖くない。

……本当にそうか?

あのとき紫を助けられなかったのは、不意討《ふいう》ちを喰らったことだけが原因じゃない。初めてプロの戦闘屋と対峙《たいじ》した真九郎は、怖気づいたのだ。

戦うべきときに、真九郎は戦えなかった。何もできなかった。

紫は、あんなに必死に庇《かば》ってくれたのに。

「……あいつ、俺を、助けてくれたんです。俺を、守ってくれたんです。守るのは、俺の役目なのに、それを、あいつ……」

紫を守れなかった悔しさ、己《おのれ》の情けなさに、目にまた涙が滲んできそうだったが、真九郎は歯を食いしばって堪えた。

「紅香さん、教えてください、どういうことなのか……」

「知ったところで、どうにもならんぞ?」

そうかもしれない。

あそこで動けなかった自分に、何ができるというのか。

でもそれは。

「……それは、あなたが決めることじゃない」

真九郎が退《ひ》かないとわかり、紅香は部屋の入り口を顎でしゃくった。環に助けられながら、真九郎は布団の上に戻る。ただし、横にはならない。体はそれを求めているが、心がそれを拒否している。

自然と部屋のドアが閉まったのは、おそらく弥生の仕業《しわざ》。彼女の姿は見えないが、何処かに控えているのだろう。紅香は床に腰を下ろし、あぐらをかく。席を外しましょうか、と環は言ったが、紅香は彼女の同席を認めた。真九郎としても、ありがたい。紅香に疑念がある今は、環の存在が心強かった。

タバコを指に挟《はさ》み、紅香は真九郎と視線を合わせる。

「何から知りたい?」

「あなたの目的」

「直球だな。悪くない」

環が部屋の灰皿を渡すと、その上にタバコの灰を落としながら、紅香は言った。

「わたしの目的は、約束を果たすことだ」

「約束？」

「古い約束でね……」

そういえば、と真九郎は記憶を探る。

紫を連れてきた日にも、紅香はそんなことを言っていた。

そのときと同じく、紅香の顔からは珍《めずら》しく憂《うれ》いのようなものが見て取れる。

「誰との約束なんですか？」

「紫の母親だ」

「あいつの、母親……？」

大きく紫煙を吐き、これは重要機密だ、と前置きしてから紅香は語り出した。

「九鳳院家の人間は、同族同士でしか子供を作れない」

それは遺伝的な特徴であり欠陥《けっかん》。

九鳳院家は、過去から現在まで、ずっと近親相姦《そうかん》で続いてきた家系。

「昔なら、まあ一族内の近親相姦なんて、別に珍しいことでもなかったわけだがな」

「でも、今の社会でそんなことを……」

「やるさ。そうしなければ、一族が存続できない」

九鳳院家の者は、九鳳院家の者としか子供を作れない。一族を存続させるためには、近親相姦を続けるしかない。しかし、世間《せけん》に非難されるのは必至《ひっし》。そこで考え出されたのが、奥ノ院《おくのいん》と呼ばれる施設。九鳳院家で産まれた女子は全て、そこで生活させることにした。世間から隔離《かくり》された空間。政府もマスコミの目も届かない禁忌《きんき》の地。大財閥だからこそ可能だったこと。あらゆる手段を尽くし、九鳳院家は奥ノ院という聖地を完成させた。

産まれた女子は世間から隠され、存在しないものとされ、奥ノ院で一生を過ごす。不自然に思われぬよう、たまに女子の誕生を報道させることもあるが、すぐに病死扱いとし、奥ノ院へ。仮に不審《ふしん》を嗅《か》ぎつけた者がいても、全ては極秘裏《り》に処理。近衛隊が消す。

「ムチャクチャだ、そんなの……」

真九郎は呻《うめ》くようにそう言ったが、紅香は話を続けた。

九鳳院家の男は、やがて正妻を迎える。ただし、普通の女とはどれだけ交わろうと子供は産まれないので、子供は奥ノ院で得る。奥ノ院で女と交わり、子供を産ませる。産まれたのが女なら、奥ノ院で永住。産まれたのが男なら、それを世間的には正妻の子として育てるのだ。それが、九鳳院家の作り出したシステム。一族を存続させるための知恵。

当惑《とうわく》するしかない真九郎に、紅香は苦笑しながら言う。

「理解しがたいだろ？　わたしもな、初めて聞き、初めて見たときはそうだった。そんなシステムに従う女たちの気持ちが、さっぱりわからなくてな。でも、なんていうか、あそこは一種の異界みたいなもんでね。こちらの常識は通用しなかったよ……」

紅香が言うには、奥ノ院で暮らす女たちは誰一人として疑問を持たないらしい。一族のために子供を産むことだけが自分たちの存在意義であり、それ以外の望みを持たないのだ。正妻への嫉妬《しっと》も、産まれた男子を取り上げられる悲しみも、世間への憧《あこが》れもない。それは、そういうふうに教育されるからだ。奥ノ院は、女たちにそう教育する。必要なら薬を使い、それでもダメなら脳にメスを入れてでも、必ずそうする。奥ノ院というシステムに順応するように、女たちを改変する。だから奥ノ院には、俗《ぞく》世間のような争いも犯罪もない。ただひたすらに穏《おだ》やかに過ごし、子供を産み、やがて死ぬ場所。

「……紫も、そこで？」

「あの子は、九鳳院蓮丈が実の妹に産ませた子供だ。奥ノ院でも最年少の女。産まれも育ちも奥ノ院。これから死ぬまで奥ノ院で過ごす」

奥ノ院では外界の情報をある程度は得ることができるし、厳重な護衛付きなら、街で買い物を許されることもある。そんなことでは崩れないほど、強固に思想を制御《せいぎょ》されているからだ。学問などの教育は特にしない。女は必要以上に賢《かしこ》くなくともよい、という九鳳院家の方針。だから奥ノ院では、自分の名前も書けないような文盲《もんもう》の女も珍しくない。そんな中で、紫はテレビや書物をもとに独力で学問を学んでいたらしい。

「九鳳院の女は短命だ。近親相姦を続けた弊害《へいがい》だろうが、子供を産むとたいてい早死にする。多くても、二人も産めば死ぬ」

現当主、九鳳院蓮丈には三人の妹がいたが、既に全員が死亡。

三人は子供を一人ずつ産んでいた。長男次男、そして長女。

「九鳳院家ってのは、完全な男尊女卑《だんそんじょひ》でな。九鳳院に産まれた女は、九鳳院に産まれた男に奉仕するのが当然、ということになってる。女は、決して男に逆らわない。父親が同じでも、一般的な兄妹とは違う。兄は、妹を子供を産ませるための女としか見ない。妹も、兄を自分が奉仕すべき男としか見ない」

真九郎は、痛むのも構わず拳を強く握った。

女を、子供を産ませる「道具」として扱う一族。そのための施設。

全ては真九郎の常識外。

嫌悪感さえ覚えるそんなものが、現実にあるというのか。

「ムカつくか？　でも、そのムカつく場所に、奥ノ院に、わたしの友人がいた」

奥ノ院で生きる一人の少女と、紅香は仲が良かったらしい。その少女は紅香とは正反対の性格だったが、何故か馬が合い、暇《ひま》さえあればよく話し合っていた。少女は外の世界の話を紅香から聞くのが楽しみで、紅香は少女の純朴《じゅんぼく》な反応が楽しかった。花に水をやっていても、空を見上げていても、ただ散歩しているだけでも幸せそうに微笑《ほほえ》む、そんな少女だった。紅香は、少女が一生を奥ノ院で終えることを不憫《ふびん》に思った。そして、少女のもとを離れることになった際に言った。ここから出たいなら出してやる、と。少女は、首を縦《たて》には振らなかった。自分の生涯《しょうがい》を一族に捧げることを、少女はもう納得していたのだ。それでも食い下がる紅香に、少女は一つのお願いをした。いつか自分は子供を産む。それが男の子か女の子かはわからないけれど、もし女の子が産まれたら、その子の願いを一つだけ叶《かな》えてやって欲しい。紅香は少女と約束した。必ず叶えると。もしかしたら少女は、いつか産まれる我が子を哀《あわ》れに思っていたのかもしれない。自分はこの地で終わることに不満はないが、産まれてくる子はそうではないかもしれないと。そして、そのときに自分はその子の側にいられないかもしれないと。やがて年月が経《た》ち、少女は紫という名の女の子を産み、その子が三歳のときに死んだ。

奥ノ院の内部情報を得るのは容易ではなく、紅香がそのことを知ったのはつい最近になってから。紅香は、約束を果たすことにした。奥ノ院に潜入し、少女が産んだ子供、紫と会った。

紫は賢かった。紅香の言葉が真実だと、すぐに理解した。

おまえの願いを一つ、叶えてやる。何がいい？

紅香は、紫にそう尋ねた。

紅香はどんなことでも叶えてやるつもりだった。もし奥ノ院から逃げ出したいなら、そのための手助けをしてやろうと思っていた。しかし、紫の願いはまるで違うもの。

それは、さすがの柔沢紅香でさえ面食《めんく》らうような願い。

九鳳院紫はこう言ったのだ。

『わたしは、恋というのをしてみたい』

それが彼女の願い。

彼女の望み。

奥ノ院の女たちは、恋を知らずに男に抱かれ、子供を産み、若くして死ぬ。恋という言葉は知っていても、それは未知の感情。自分たちとは無縁《むえん》のもの。

だから九鳳院紫は、恋をしてみたかった。

普通の少女のように、誰かと恋をしてみたかった。

「……それで、俺のところに?」

「まあ、勝手な判断で悪いとは思ったが、他に適当な相手がいなくてな。紫のやつには、紅真九郎という男と一緒にいれば、もしかしたら恋が……」

紅香の言葉は、途中から真九郎の耳に聞こえなくなっていた。

火がついたのだ。

どこかはわからない。でも、心のどこかに火がついた。

真九郎は、拳を握っていた手を開く。もう一度握る。

痛みがどうでもよくなった。大事なことがわかったから、他はどうでもよくなった。

紫に会おう。

もう一度、会おう。

真九郎はそう決めた。

いきなり立ち上がった真九郎の姿を、紅香と環が怪訝《けげん》そうに見る。

「おい、どうする気だ?」

「行きます、あいつのところに」

「状況わかってるか？　九鳳院家は、おまえ一人でどうにかなる相手じゃ……」

「紅香さん」

真九郎は壁にかけていたハンガーから上着を外し、腕を通した。

そして、正面から紅香を見つめる。

「ここは悩むところでも、迷うところでもありません。進むところです」

「死ぬ気か？」

「その前に、あいつに会います」

「仮に会えても、あの子は向こう側に留まるかもしれんぞ？」

「それは、あいつが決めることです。だから、あいつにもう一度会って、それから訊きます、どうしたいのか」

「助けを求めたら？」

「助けます」

「なんとまあ……女一人のために、表御三家の一角を敵に回すとはな」

紅香は、愉快《ゆかい》そうに笑った。

「これだから面白《おもしろ》い。人生は面白い。この流れは読めなかった。わたしの人選は、大当たりってことか」

タバコを灰皿に捨て、紅香は新たな一本を口に銜える。

「真九郎。わたしが、この柔沢紅香が道案内をしてやる」

「……いいんですか?」

「これも、約束の続きみたいなもんだろ」

笑みを交換する二人を見て、缶ビールを床に置き、環も立候補。

「暇だし、あたしも付き合おうか?」

「酔っ払いはダメです」

「えーっ」

「環さんは、そこの桃缶でも食べていてください」

じゃあそうする、とさっそく缶切りを探し始めた環に苦笑してから、真九郎は深呼吸。

相手がどれだけの強敵か。あとでどうなるか。そんなことはどうでもいい。

進む。紫に会う。それだけ。

自分でも不思議なくらい、シンプルな答え。

紫は、自分が子供だから言葉で全ての気持ちを表現できないと言っていた。

それは真九郎も同じ。

今のこの感情を何と表現すればいいのか、それは真九郎にもわからなかった。

第六章　その手をのばして

時刻は、午後十時を回ろうとしていた。

弥生《やよい》は五分ほどで必要な情報を調べ上げ、紅香《べにか》に報告。それを受けて、真九郎《しんくろう》は紅香の車に同乗し、目的地へと向かう。夜の道路はやや混《こ》んでいたが、紅香は軽やかなハンドルさばきで他の車を避《よ》け、アクセルを踏み込む。重々しいエンジン音と加速を感じながら、真九郎は車内を見回した。紅香が知り合いの専門家に図面を引かせ、これまた知り合いの工場に注文して作らせたというスポーツカーは、そこらの高級車など比べ物にならないほどの金がかかっているらしい。防弾加工された流線型のボディは漆黒《しっこく》に塗られ、スピードメーターは時速四百キロまで刻《きざ》んであった。もちろん、車内の空調設備は完璧《かんぺき》で、タバコの煙を常《つね》に浄化中。

「どうだ調子は？」

「……何とかします」

だるそうに座席に体を預けながらも、真九郎は紅香に答える。真九郎の手の平と頭には数カ所、針が刺さっていた。真九郎が自分で刺したものだ。山浦《やまうら》の治療を受けたとはいえ、本当なら安静にしていなければならない怪我《けが》。しかし、これからやることは殴り込み。無理を承知《しょうち》で、真九郎は肉体を回復させることにした。崩月《ほうづき》家で学んだことの中には、人の壊し方だけではなく、治し方も含まれる。新陳代謝《しんちんたいしゃ》を促進《そくしん》させるツボに針を刺し、回復を待つ。肉体にはかなりの負担になるが、紫《むらさき》に会うまで保《も》てばいい。

弥生の報告によると、警察もマスコミもまったく動いてはいない。それに関しての竜士《りゅうじ》の言葉は、真九郎の動揺を誘うウソだったわけだ。奥ノ院《おくのいん》の特殊性を考えれば、警察やマスコミが動くわけがない。あの時点の真九郎にはわかるはずもない事情だが、ほんの一瞬でも紅香を誘《ゆう》拐犯《かいはん》と疑った自分が、少し恥《は》ずかしく思える。

ペットボトル入りのミネラルウォーターで喉《のど》の渇きを癒《いや》し、回復に専念していた真九郎は、そこでふと気づいた。

「……そういえば、弥生さんはどこに?」

ついさっき、紅香に情報を伝えるときまではいたのだが、今は姿が見えない。一緒に車に乗るのかとも思ったが、この車は二人乗りだ。いつもは彼女が座る席に、真九郎が座ってしまっている。

紅香は素っ気ない。

「さあ?」

「さあって……」

「そこらへんにいるんじゃないか? わたしが呼べば出てくると思うが、呼ぶか?」

「……いや、いいです」

いきなり天井からでも出てこられたら、心臓に悪い。

「実は、わたしもよく知らんのだ、あいつのこと。まあ忍《しのび》だし、そういうもんなんだろ」

そんな納得の仕方でいいのか……。

真九郎は紅香のことを尊敬しているが、理解できない部分も数多い。

今回の件もそうだ。

「どうするつもりだったんですか？」

「何が？」

「あいつを俺のところに連れてきて、それで、本当に上手《うま》くいくと思ったんですか？」

「わたしの直感は外れたことがない。……が、まあ、恋愛沙汰《ざた》だからな。これはかりは、どう転ぶかわからんと思ってたよ。取り敢《あ》えず、おまえを使用人扱《あつか》いするよう紫に伝えたり、誰かに命を狙《ねら》われてるという設定にしたりと、いろいろ工夫はしたんだが……」

「……なんか、えらく見切り発車な計画ですね」

「しょうがないだろ。計画なんて立てようがない。まさに、なるようになるってやつだ。実際、なるようになったしな」

「あなたの思惑《おもわく》通りになったとして、その後は？」

「紫を奥ノ院に戻す」

「それは……」

「恋は成就《じょうじゅ》するとは限らない。悲恋も、恋だ」

「…………」

「そうおっかない目で見るなよ。別に、おまえらの気持ちを弄《もてあそ》ぼうとか、そんなつもりはなかったさ。結果としては、そうなってしまったがな。さすがのわたしも、今回ばかりはどうするべきか散々悩んでね。仮に、おまえらが望むなら、どこかへ移住させてやってもいいと思ってたが、後手に回ってこの有《あ》り様《さま》だ。悪かったよ。謝る」

「……もういいです」

真九郎は、紅香に騙《だま》されていたようなもの。

それでも何故《なぜ》か、不愉快《ふゆかい》な気持ちはない。

紫と過ごした日々を思い出すだけで、全《すべ》て許せるような気がしてしまうのだ。

「本当は、怒るところなんでしょうけどね。何でこんな気持ちになってるんだか、自分でもよくわかりませんよ」

「それにしては、いい顔してる。男の顔だな」

からかうような口調で、紅香はそう言った。

もしかしたら、紅香は自分の心の闇《やみ》を見抜いていたのかもしれないと、真九郎は思う。

それも考慮《こうりょ》して、紫と自分を引き合わせたのか。

外れたことがないという紅香の直感は、そう判断したのか。

紅香がハンドルを切り、アクセルを踏むたびに、前方の車は後ろに流れて行った。

それをぼんやりと見ながら、真九郎は尋ねる。

「紅香さんは、どこで奥ノ院のことを知ったんですか?」

「仕事」

「どんな?」

「余計な詮索《せんさく》はプロ失格だぞ」

「……ですね」

真九郎が黙り、流れて行く外の景色を見ていると、紅香はタバコを灰皿に押しつけ、新たな一本を銜《くわ》えてから口を開く。

「ま、いいか。おまえはもう無関係じゃないしな」

アクセルを踏み込んで車をさらに加速させ、紅香は言った。

「昔、おまえと同じくらいの頃、九鳳院《くほういん》家で仕事してたことがあるんだよ。そのときの仕事の一つが、奥ノ院の警備でね。これは女にしか任されない仕事だ」

「そのときに、紫の母親と会ったんですか?」

「そうだ」

「どんな人でした?」

「いい女だったよ。あんなところで一生を終えるのは勿体無《もったいな》い、世界中の男たちに見せてやりたいような、そんな女だった」

目を細めながら、紅香はタバコに火をつける。

「……まあ、奥ノ院だからこそ、ああいう女が育ったのかもしれんがな」

「そんな素晴らしい施設ですか？」

真九郎にはとてもそうは思えないが、紅香の意見は少し違う。

「一種の楽園だ」

「楽園？」

「独裁国家の下で暮らす国民と、民主国家の下で暮らす国民。どちらが幸せだと思う？」

「そりゃあ民主国家の方が自由で……」

「そうとは限らんさ。自由は、必ずしも世の中を良くするわけじゃない。今のこの国を見ろ。そこらの一般人でも、たいていの情報は手に入る。武器も買える。爆弾も作れる。麻薬も作れる。人の殺し方も学べる。それは、本当に必要か？　知りたいことを何でも知り、欲しいものを何でも得るのは、本当にいいことか？　知らなくてもいいことや、得る必要のないものは、あるんじゃないか？　むしろ、多くを知らず、多くを得ない方が幸せに暮らせるのかもしれない。独裁国家や奥ノ院みたいなものを肯定するわけじゃないが、わたしは、たまにそう思うことがあるな」

みんなが自由を謳歌《おうか》する現代社会。自由の枠《わく》を広げることで、犯罪が増加する矛盾《むじゅん》。

人は自由を求め、やがて他人の自由を侵害するようになる。

「テレビでも観《み》れば、世の中がどれだけ醜《みにく》いか、乱れてるか、それは奥ノ院の女たちにもわかる。自分たちが暮らすのは、そういうものとは無縁《むえん》の、健《すこ》やかに過ごせる安全な場所だってことをもだ。逆らわなければ男は女を大事に扱ってくれるし、子供を産むことで一族に貢献《こうけん》するという生き甲斐《がい》も持てる場所。慣れてしまえば、一種の楽園だろ」

「……紫も、そう思ってるんでしょうか？」

「本人に訊《き》け」

そうだ。そのために今、紫のもとへと向かっているのだ。

夜の闇を払うように、紅香はフロントガラスに紫煙《しえん》を吹きつけた。

「……まあ、あの子はちょっと違っていたような気もするな。何年ぶりかに奥ノ院に潜入したが、あそこはなーんも変わっちゃいなかった。気味が悪いくらい、女たちは平和に過ごしてた。そんな中であの子は、なんだか退屈そうな顔をしてたよ。子供が娯楽《ごらく》を求めるのとも少し違う、他の何かを求めているように見えた。で、直《じか》に会って願い事を訊いてみれば、あんなことを言いやがる。どうも母親が、恋愛について教えたらしい。それを鵜呑《うの》みにしたわけだ。まったく、子供ってのは……」

「紅香さん、子供は嫌いなんですか？」

「嫌いだったら産むわけがない」

そう語る紅香の横顔は、彼女もまた母親であることを感じさせるもので、真九郎は少しだけ気まずくなり、窓の外に目を向けた。

母親の友人であるという紅香が自分の前に現れたとき、紫はどうして奥ノ院から出ることを願わなかったのだろう。

嫌なことから逃げない。嫌なことから逃げても、それは消えてなくなるわけではない。

紫が前に言っていたそれは、自分の人生を、九鳳院家の女の宿命を意味してもいたのか。

あの子は、九鳳院家のシステムに殉《じゅん》じるつもりなのか。

それとも……。


車が高層ビル街に入ったところで、真九郎は針を抜き、窓ガラスを下げた。吹きこんでくる風は肌《はだ》を刺すように冷たかったが、目指す建物を凝視《ぎょうし》する。財界などの会合でもよく使われ、諸外国の政治家や王族も利用するという、国内でも屈指《くっし》の最高級ホテル・オベロン。

ここに、紫がいるらしいのだ。

紅香は見事な運転で駐車場に車を滑り込ませ、エンジンを切る。紅香に続いて真九郎も車を降り、目の前のホテルを見上げた。夜空の下にそびえ立つ、地上三十五階の建造物。屋上にはヘリポートまで設置されているというそれは、間近で見ると圧倒的な存在感。

「弥生」

紅香が呼ぶと、さっきまで誰もいなかったはずの空間に弥生が立っていた。

真九郎はギョッとしたが、慣れている紅香は平然と尋ねる。

「ここで間違いないな?」

「はい」

紫は、奥ノ院に戻されてはいなかった。竜士の足取りを追ってみると、レストランや高級ブティックなど数軒に寄った後で、ここに向かったことが判明。

「どうして、奥ノ院じゃなくてホテルなんですかね？」

「変態《へんたい》だからな」

「は？」

「九鳳院家の次男、竜士ってのは、十三歳のときに飛び級で大学を出た秀才。眉目秀麗《びもくしゅうれい》で、海外の社交界でも人気の高い色男……というのが表の評判だが、裏は大違いだ。子供を嬲《なぶ》るのが大好きな変態で、金の力に物を言わせて犯《や》りまくってるらしい。我が子がそんな目に遭《あ》っても、天下の九鳳院家が相手じゃ親も文句を言えるわけがない。それよりも、黙って大金を摑《つか》む方が利口《りこう》。無論、警察は動かない。世界を支配する唯一《ゆいいつ》のルールは、力だ。強い者が勝つ。強い者が偉《えら》い。正義や倫理は、もはや辞書でしか拝《おが》めないってわけさ」

「ちょっと待ってください。じゃあ、まさか、紫を……」

「犯るつもりだろ」

紅香はあっさり言った。

「どうも臭いと思ったんだ、戦闘屋を雇《やと》ったりするところからしてな。奥ノ院のトラブルなら、近衛《このえ》隊を使えばいい。わたしもそっちには注意してた。近衛隊の幹部クラスとは、なるべくぶつかるのは避けたいからな。ところが幹部は誰一人動かず、動いたのは近衛隊の中でも竜士が自由に動かせる下《した》っ端《ぱ》の兵だけ。つまり、当主には内緒で、この機に乗じて願望を叶《かな》えようって魂胆《こんたん》なんだろ。わざわざ高級ホテルに連れ込んだのは、実の妹へのせめてもの誠意ってとこじゃないか」

奥ノ院にもルールはある。まだ初潮《しょちょう》のきていない女には、手を出してはいけない。女は貴重な財産であり、なるべく多く子供を産ませなければならないのだから、ただ性の捌《は》け口としてのみ使うことは禁じられているのだ。

紅香が調べたところによると、竜士は妹の紫に御執心中。頻繁《ひんぱん》に奥ノ院を訪れては、少女趣味丸出しのドレスをよくプレゼントしているらしい。もちろん、それだけではないだろう。竜士と対面したときの紫の怯《おび》えようは、普段から手荒い扱いを受けている証拠。ルールのせいで紫を犯せないストレスを、竜士はそうやって発散していたのか。そこに、この好機だ。誘拐された妹の奪還《だっかん》。奥ノ院に戻す前に、竜士は念願を叶える。己《おのれ》の欲望を満たす。紫は他言しない。

真九郎は思い出す。紫は以前、真九郎の命を救うかわりに竜士に全て従うと、約束したのだから。

「痛い」と「怖い」は一緒ではないのだな、と。

それは、竜士に殴られたときとの比較だったのか。

妹に暴力を加え、痛みと恐怖を植え付け、屈服させようとする兄。

そんな男に、紫は連れて行かれた。

俺のせいだ……。

自分が紫を守りきれていたら、こんなことにはならなかった。紫を守るはずの自分が、逆に救われ、そして今、紫は犠牲《ぎせい》になろうとしている。いや、もう既《すで》にそうなっているかもしれない。

間に合うだろうか。そして紫は、はたして自分に応《こた》えてくれるだろうか。

これからやろうとしていることは、もしかしたら無駄な足掻《あが》きなのかもしれない。

「いいことを教えてやろう」

真九郎の僅《わず》かな迷いを察《し》したように、紅香は言った。

「人生には無数の選択肢がある。が、正しい選択肢なんてもんはない。選んだ後で、それを正しいものにしていくんだ」

「……前向きですね」

「後ろに何がある？」

その通りだ、と真九郎は思った。

過去を悔《く》やんでも仕方がない。未来を恐れても仕方がない。

真九郎は今、前に進まなければならないのだ。


真九郎と紅香は、ホテルの正面玄関へと向かった。

肩にトレンチコートを羽織《はお》った紅香を先頭に、真九郎がその後ろに続く。弥生の姿はまたしても消えていたが、もう気にしない。常駐しているドアマンが恭《うやうや》しく頭を下げるのを横目に見ながら、回転ドアを通り抜けてロビーへ。高い天井には巨大なシャンデリア、床は高級絨毯《じゅうたん》、柱は大理石、壁には絵画、それでいて全体的には落ち着いた色調で統一された空間。明らかに社会的地位の高い人間しかいないここは、普段の真九郎なら足を踏み入れるのに躊躇《ちゅうちょ》するような場所。しかし今は、どうでもよいことだ。

紅香は一度足を止め、フロントカウンターの場所を確認してから進む。

「ま、他の客に迷惑をかけない程度で済ませるか」

ロビー内は禁煙だとハッキリ表示してあったが、紅香はそんなもの目に入らないようにタバコを銜え、ジッポライターで火をつける。従業員たちは、誰も注意しない。それどころか、彼女に見とれるような視線を送っていた。他の客たちも同様で、それぞれの目的を忘れたように紅香の動きを目で追う。

人を惹《ひ》きつけずにはおかない強烈な美貌《びぼう》、自信に満ちた足取り、他を圧する眼差《まなざ》し。

何だかよくわからないが、とにかく綺麗《きれい》で強そうな女だ。

それが、紅香の姿を目に留めた者の感想。

周囲の反応を気にせず、紅香はフロントカウンターに近寄ると、軽い調子で声をかけた。

「ちょっと訊きたいことがあるんだが」

あまりに貫禄《かんろく》のある紅香の態度、そして美しい容姿に目を奪われながらも、年配の従業員は冷静に頷《うなず》いた。

「はい、何でしょうか？」

「九鳳院竜士は、何階の何号室に泊まってる？」

さすがに一流ホテルの従業員。

内心の動揺を表には出さず、紅香に対してもマニュアル通りに対応する。

「申し訳ありませんが、そのようなご質問にはお答えしかねます」

まあそうだよな、と後ろで見ていた真九郎は思った。お得意様である九鳳院家のことを、おいそれと話すわけがない。この種のホテルなら、その辺《あた》りの情報管理も徹底しているはずだ。

焦《あせ》る気持ちを抑えて、真九郎はそれとなく周りに目をやる。各所に配置された黒服の男たちを確認。かなりの人数だ。全員が懐《ふところ》に銃を携帯。その立ち方からも、軍か警察で訓練を受けた者たちだとわかる。ホテルが契約している民間の警備会社の人間、ではないだろう。民間では、さすがに拳銃の携帯までは認められていない。そこから推測すると、噂《うわさ》に聞く近衛隊というやつか。紅香が言うには、近衛隊の幹部クラスは銃火器を装備していないらしい。真の強者《つわもの》は飛び道具を用いない、という独特の思想があるそうで、つまり今このホテルにいるのは、近衛隊の中でも下位の者ばかりということになる。紅香の派手《はで》な容姿は当然のごとく目をつけられたらしく、既にどこかに連絡を取っている者もいた。真九郎と紅香の写真が出回ってるわけではないだろうが、不審《ふしん》な人物は問答無用で排除されてもおかしくはない雰囲気《ふんいき》。

弥生の情報、そして近衛隊の存在からしても、紫と竜士がこのホテルにいるのは確実。

壁のプレートを見ると、上の階にはレストランやバーなどもあり、宿泊客以外が中をうろついてもそれほど不自然ではないはずだ。

取り敢えず上に行って、そこから……。

真九郎のその思考は、紅香の次の行動によって中断した。

紅香が、懐から拳銃を引き抜いたのだ。イタリア製、ベレッタＭ９３Ｒ。

フロントの従業員と真九郎が同時に血相《けっそう》を変えた瞬間、紅香は天井に向けて発砲。けたたましい破裂音が響き、続いて天井に吊《つ》り下げられていた巨大なシャンデリアがゆっくりと落下。そして地面に激突。その衝撃で床が大きく揺れたのに一泊《いっぱく》遅れて、客の怒号《どごう》と悲鳴がロビー内に轟《とどろ》いた。シャンデリアの破片が飛び散り、従業員は慌《あわ》てふためき、客は逃げ出す。

「ちょ、ちょっと、紅香さん！、他の客には迷惑をかけないって……」

「伏せてろ」

真九郎は従った。頭を抱えるようにして、その場に伏せる。彼女が何をするつもりなのか、わかったからだ。

配置されていた黒服たちが、一斉《いっせい》に動く。出口へと急ぐ客たちを押しのけながら銃を構え、紅香に向けてまずは降伏勧告《かんこく》。

紅香はそれを、鼻で笑った。

「近衛隊も質が落ちたな。こういうときは、即射殺だよ」

不敵な笑みを浮かべながら、彼女は右手の凶器を解き放つ。瞬《また》く間に二人の黒服が撃ち倒され、残りの黒服たちは反撃を開始した。黒服たちの放つ銃声は機械的。だが紅香の放つ銃声は、持ち主の気性を表すかのごとく荒々しい。猛獣が次々と獲物《えもの》を食い殺していくように、彼女は黒服たちを撃ち抜いていく。辺りに跳《は》ねる薬莢《やっきょう》が絨毯を焼き焦《こ》がし、真九郎はそれを手で払《はら》い除《の》けながら、紅香の姿に呆気《あっけ》に取られていた。紅香は、フロントカウンターから一歩も動いていない。左手に持ったトレンチコートを、まるで闘牛士が猛牛を翻弄《ほんろう》するように華麗《かれい》に翻《ひるがえ》し、迫り来る銃弾を全て防いでいる。防弾繊維《せんい》で編まれたコートは、一発たりとも彼女の肌に弾を届かせない。

「真九郎、耳を塞《ふさ》げ」

まさかそこまでと思いながらも、真九郎は手で耳を塞いだ。大理石の柱の陰《かげ》へと隠れた黒服に、紅香は手榴弾《しゅりゅうだん》を投げる。地響きと爆風がロビーを吹き抜け、それが静まった頃にはもう、立っていられる者は三人にまで減っていた。真九郎と紅香、そして、あまりの事態に足がすくんで逃げ出せなかったフロントの従業員。

紅香は制圧したロビーを一度見渡し、コートをくるりと回してから再び肩に羽織る。そして長くなったタバコの灰に気づき、混乱の極致を示すように青ざめた従業員に言った。

「灰皿」

「……は、はい、ございます」

従業員はポケットから私物の携帯用灰皿を出し、彼女に仕《つか》える召使《めしつか》いのように、それを捧《ささ》げ持つ。

その灰皿に灰を落としながら、紅香はさっきと同じ質問をした。

「で、九鳳院竜士はどこ?」

従業員にマニュアルを守るよう指示すべき支配人は、一番に逃げ出して既におらず、他の従業員も全て逃げ、残された彼にできるのは紅香に従うことのみ。そうしなければこのホテルは破壊されてしまうと彼は思った。

「さきほどは失礼いたしました。お答えいたします」

九鳳院竜士の部屋は、最上階のスイートルーム。

そこへ行くのに必要なスペアキーも、従業員は紅香に差し出した。

「ありがと」

それを受け取り、チップとして数枚の紙幣《しへい》を従業員の胸ポケットに捻《ね》じ込んでから、紅香は歩き出す。ホテルの外からは、さっそく集まり始めたパトカーのサイレンが聞こえてきた。一般市民からの通報ならこの数倍は時間がかかるだろうが、そこはホテルとしての格が物を言うのだろう。

「紅香さん、これじゃテロリストです……」

「死人は出しちゃいない」

真九郎の抗議にも、紅香は涼しい顔。たしかに、黒服たちは肩や足を撃ち抜かれただけで、呻《うめ》き声を漏《も》らしてはいるが、致命傷ではないようだった。あの状況でそこまで冷静な射撃が出来る腕と神経は、さすが柔沢《じゅうざわ》紅香ということか。

真九郎にスペアキーを渡し、ベレッタのカートリッジを交換しながら紅香は言う。

「雑魚《ざこ》はここで食い止めてやる。警察の方は……まあ、あとで《円堂《えんどう》》と話をつけてもいいしな。おまえは、さっさと行け。死んだら骨は拾ってやるよ」

真九郎は頷き、エレベーターへと向かった。後ろからはまたしても銃声が響いていたが、振り返らず、扉の開いたエレベーターに乗る。

目指すは三十五階。低い作動音と浮遊感に包まれながら、真九郎は深呼吸。軽く手足に力を入れてみると、多少は痛みが引いていた。気力が肉体を衝《つ》き動かしている。


エレベーターは三十四階で一度停止。だが開閉ボタンの下にある鍵穴《かぎあな》に真九郎がキーを差し込んで捻《ひね》ると、三十五階まで上昇。到着し、扉が開くと、そこはもう部屋の一部だった。このホテルの最上階にあるスイートルームは、ワンフロア全てを使用。ロビーのものよりもさらに高級な家具や調度品が置かれた、静かな空間だ。周囲には、他の部屋へと通じる扉が複数。見える範囲には誰もいない。階下の騒動も、ここまでは及ばない。

真九郎は絨毯を踏みながら進み、目を閉じて気配を探る。未熟な真九郎ではたいした精度は期待できず、しかも今の体調では普段よりさらに落ちるが、それでもわかった。

これだ、と選んだ扉を開く。

そこは寝室。広い部屋の真ん中には天蓋《てんがい》のついた大きなベッド、周りにはいくつかのテーブルと椅子《いす》。壁の一面はガラス張りで、その向こうには高層ビル群の明かりが広がっている。そのガラス窓の側《そば》に、竜士がいた。上半身をはだけ、片手にはワイングラス。

「お、来た来た」

真九郎の姿を見ても、竜士に驚いた様子はなかった。

まるで、これを予期していたかのような余裕の態度。

「本当に来るとは思わなかったなあ……」

「紫はどこだ?」

竜士は真九郎の言葉に答えず、ワインを一口飲んでから笑いの形に唇《くちびる》を歪《ゆが》める。

不穏《ふおん》なものを感じ、真九郎は勘《かん》に従って横に跳《と》んだ。数センチ側を通過する鋼鉄の腕。その風圧に押されるように、真九郎は小走りで距離を取る。

扉の陰で待ち伏せていたのは、アロハシャツの黒人。竜士が《鉄腕》と呼ぶ男。

「来るのはわかってたよ、小僧《こぞう》。五月雨《さみだれ》荘の住人なら、あれでは終わるまい」

《鉄腕》は部屋の扉を後ろ手に閉め、真っ白な歯を剝《む》き出しにして笑う。

真九郎は上着を脱ぎながら、さらに後退。

「紫はどこだ!」

「こっちこっち」

竜士の声に目を向けると、天蓋をめくったベッドの上に紫が寝かされていた。初対面のときと同じように、ドレスで美しく着飾った姿。童話に登場する姫君。その両手はベッドの柱に手《て》錠《じょう》で繋《つな》がれ、虚《うつ》ろに開かれた瞳《ひとみ》は、まるで魂《たましい》が抜けているかのよう。あるいは、これは全てを諦《あきら》めた者の姿か。

「紫！」

真九郎の声にピクリと反応し、紫はゆっくりと首を動かした。

真九郎の姿を認め、大きく目を見開く。

「どうして……」

それに答えようとする真九郎の前に、《鉄腕》の巨体が壁となって立ち塞がった。

「どけ！」

上着を《鉄腕》の顔に投げつけて視界を奪い、真九郎は股間《こかん》に蹴《け》り。効《き》かない。腹を目がけて左右の拳《こぶし》を連打。ビクともしない。

「くそっ！」

《鉄腕》の鳩尾《みぞおち》に、真九郎は右拳で渾身《こんしん》の一撃。しかし、分厚い鉛《なまり》のような筋肉が全ての衝撃を遮《さえぎ》り、内部まで威力《いりょく》は伝わらない。

「気は済んだか？」

《鉄腕》は真九郎の上着を引き千切《ちぎ》り、子供をあしらうプロレスラーのごとく、無造作《むぞうさ》に右腕を振るった。それを両腕で防いだ真九郎の体が宙を飛び、床を転がり、テーブルを倒してもまだ転がり、壁にぶつかってようやく止まる。両腕に痺《しび》れを感じながら、真九郎は己の読みの甘さを思い知った。

基本性能が違い過ぎる。これが、プロの戦闘屋なのだ。技《わざ》も術も薬も機械も何でも使い、ひたすら戦闘に特化した肉体を作り上げた者。体調が回復していれば、不意を突かれなければ、何とか対抗できるはず。そんなものは幻想。これでは勝負以前の問題。

真九郎を追撃せず、《鉄腕》は竜士に尋ねる。

「坊ちゃん、今度こそ殺していいんスよね？」

「ちょい待て」

竜士は手を振り、ワインを飲み干してからグラスを椅子の上に置く。

「あー、君の名前は……どうでもいいか、忘れたし。で、下で派手に暴れてくれちゃってる奴《やっ》って、君の仲間？」

ロビーにいる近衛隊から連絡を受けたのだろう。

竜士が窓の側にいたのは、パトカーが集まる様子を見ていたからなのか。

真九郎は答える。

「仲間だが、ここからは関係ない」

「関係ない？」

「もうこれは、俺と紫の問題だ」

「君と紫の問題？　何それ？」

「俺は、紫に会いに来た」

「……何なの君？　会話が通じないよ。これだから、育ちの悪い奴は嫌いなんだ。頭悪すぎ。

《鉄腕》、二、三発殴ってやれ」

　紫はベッドから起き上がろうとし、それを手錠に邪魔されつつも、兄に叫ぶ。

「竜士兄様、約束が違います！　真九郎には何もしないと……！」

「おー、急に元気になったな我が妹よ。やっぱそうでなくちゃね。人形みたいなおまえを抱いても、面白《おもしろ》くない。元気なおまえを蹂躙《じゅうりん》しないと、面白くない。生意気なおまえを力ずくで犯さないと、面白くない。《鉄腕》のアドバイスに従って、この小僧を待ってて良かった」

　ベッドに近づき、紫に手を伸ばす竜士。紫は必死に手足を動かすが、鎖《くさり》が激しく鳴るばかりで、逃れる術《すべ》はない。竜士に体を弄《まさぐ》られながらも、紫は懇願《こんがん》した。

「お願いします、竜士兄様！　真九郎には、もうこれ以上……」

「しょうがないだろ、向こうがつっかかってくるんだからさあ。歯向《はむ》かう者は潰《つぶ》せ。それが九鳳院家のやり方だし。そんなに嫌なら、おまえが、あのわからずやを説得してみれば？」

　竜士は紫の髪を掴み、真九郎の方へと顔を向けさせる。

　紫は一度目を閉じ、数秒して目を開けると、もう平静さを取り戻していた。

　短い間に全ての感情を抑え込む、驚くべき精神力。

「真九郎、もういい。わたしは、これでいいんだ」

「本当か？」

《鉄腕》の動きを警戒《けいかい》しつつも、真九郎は紫を見つめて問う。

「おまえは、それで本当にいいのか、紫？」

彼女の瞳は、いつものようなまっすぐな光を宿してはいなかった。それは迷いか。

「わたしは、九鳳院家の女だ。だから、九鳳院家のために生きるのは当然のことで……」

「そんなことはどうでもいい。そんなことは、どうでもいいんだ。九鳳院家のシステムも、奥ノ院のことも全部聞いた。でも、それはどうでもいい。俺は、おまえの本当の気持ちを聞きたい。そのために、会いに来た」

「わたしの、本当の……？」

「おまえが奥ノ院に戻ることを望むなら、本当に望むなら、俺はそれを止めない。追わない。納得する。このまま消える。でも、そうじゃないなら、おまえの本当の気持ちが違うなら、それを言え。言ってくれ。俺が、何とかする」

「わ、わたしは……」

紫は僅かに表情を崩《くず》し、真九郎の視線に耐えられないかのように、目を伏せた。

そんな妹の様子に嫉妬《しっと》したのか、兄は舌打《したう》ち。

「あのさ、君、バカじゃないの？　九鳳院家の女は全て、九鳳院家の男のために生きるんだよ。昔から、そう決まってんの。こいつもそれを納得してる。わかってる。こいつはもう、俺のものだ」

それを証明するためか、竜士は紫の手錠を外した。

束縛《そくばく》を解かれても、紫は逃げない。逃げられない。目に見えない束縛が、まだある。

「ほらほら、こいつも自分が俺のものだと、ちゃんとわかってる」

お気に入りの人形を扱うように、竜士は紫を膝《ひざ》の上に乗せた。自分の体を這《は》い回る竜士の手にも、紫は何も抵抗しない。痛みを堪《こら》えるように唇を嚙《か》み、兄に身を任せるだけ。

竜士は、上機嫌で真九郎に手を振る。

「君、もう帰っていいよ。許してあげる。こいつの覚悟に免じて、見逃して……」

「黙れ、ゲス野郎」

「……何だって？」

「俺は今、紫と話してるんだ。おまえは関係ない。引っ込んでろ」

「君、俺が誰だか……」

「もう紫に触るな。それ以上触ったら、おまえの歯を全部叩き折る」

九鳳院家の次男である竜士は、誰からもこんな口をきかれた経験がないのだろう。

竜士は何度か瞬《まばた》きし、引きつるような声で言った。

「……《鉄腕》、その無礼者をぶっ飛ばせぇ！」

《鉄腕》は頷き、真九郎はそれを迎え撃つために構える。だが、自分の足がまた震え出したことに意識が向いてしまった瞬間、ズドン、と重くて硬《かた》い塊《かたまり》が真九郎の腹に突き刺さった。

「がっ……！」

口から内臓が飛び出しそうな痛みと衝撃に体が痙攣《けいれん》し、前のめりに倒れそうになったところで、さらに後頭部に衝撃。それは殴るというよりも、鋼鉄のハンマーで肉を叩くのに近い行為。頭蓋骨《ずがいこつ》が歪むかと思うような痛みに悶《もだ》えながら、真九郎は顔から床に倒れる。その背中を、《鉄腕》は踏みつけた。巨体の重圧に、真九郎の背骨が大きく軋《きし》む。

「妙な鍛《きた》え方をしてるな、小僧。この短時間で動けるほど回復した点といい、この耐久力といい、土台作りは文句無し。ところが肝心《かんじん》のエンジンが、貧弱過ぎる。アンバランスだ」

《鉄腕》がさらに足に力を加え、真九郎は背骨の痛みに悲鳴を漏らしそうになったが、寸前でそれを呑《の》み込んだ。

紫と目が合ったのだ。幼《おさな》い顔は今にも泣き出しそうで、彼女をそんなふうに悲しませる自分が、真九郎は情けなかった。

「し、真九郎！」

真九郎に駆け寄ろうとする紫を後ろから抱き止め、竜士は言う。

「そこでストップだ、《鉄腕》」

《鉄腕》が足を上げ、重圧から解放された真九郎は、倒れたまま身体機能を確認。呼吸をするだけで体が痛む。あと、どれだけ動けるのか。

「竜士兄様、もうやめてください！　真九郎が、真九郎が、死んでしまう……」

「ごめんよ紫。愛《いと》しの妹よ。ちょっと、ほんのちょっと、頭に血が上っただけさ。ちゃーんと約束は守る。おまえが俺のものになれば、あいつは助けてやるよ」

紫の小さな体を弄りながら、竜士は卑猥《ひわい》な笑みを浮かべた。

「俺さ、昔から、おまえを狙ってたんだよね。赤ん坊の頃からだよ。初めて見たとき、その目も声も手も足も耳も肌も髪も舌も歯も爪《つめ》も匂《にお》いも体温さえも、全部気に入った。だから、全部俺のものにすることにした。他の子供も数え切れねえほど抱いてみたけどさ、やっぱダメだわ。おまえでないとダメ。おまえに突っ込まないと、俺のこの衝動は、満足しない」

真九郎は、顔を半ば絨毯《なか》に埋めつつも、それを聞いていた。この歪んだ兄に狙われながら、紫は奥ノ院で過ごしていたのか。九鳳院家では、女は男に絶対服従。どんな理不尽《りふじん》にも、逆らうことは許されない。まだ初潮のきていない紫は、器《うつわ》が整ってないという理由だけで竜士の手を逃れていたが、それはやがて消える理由。いずれ自分は、この兄に犯される。好き放題に犯される。だから彼女は、恋という美しい感情に憧《あこが》れたのか。そんなものが本当にあるのかを、知りたかったのか。

竜士は紫の顎《あご》を摑み、彼女の頰《ほお》をじっくりと舐《な》め上げた。

「おまえの、その反抗的な性格、俺は好きだよ。そういう方が、仕込み甲斐があるってもんだしな。おまえはすぐに、俺に従う気持ち良さに酔うようになる。そういう女に、俺が変えてやる。そして俺の子を産め。俺は兄貴を超えて、当主になるんだ」

紫は何も言わない。ただ嫌悪感に耐えるように小さな肩を震わせ、膝の上に乗せた手をギュッと握る。その様子に欲情を刺激されるのか、竜士は鼻息を荒くし、紫の足を撫《な》で擦《さす》りながらスカートの中に手を入れた。紫は本能的に足を閉じようとしたが、竜士はその耳元で脅《おど》すように言う。

「なーに抵抗してんだよ。いいのか？　死ぬぞ。あいつが死ぬぞ。おとなしくしてれば、あいつを生きたまま帰してやるって」

紫が足から力を抜くのを見て、竜士の卑猥な笑みが濃くなる。

「それでいい。そうやって素直にしてれば、ちゃんと気持ち良くして……」

竜士は言葉を止めた。

真九郎がテーブルに摑まり、立ち上がろうとしているのを見たからだ。

「……もう紫には触るなと言ったはずだ、ゲス野郎」

まだ呼吸は整わない。足元もおぼつかない。拳に力も入らない。体中から非難の大合唱。もう動くなと真九郎に警告する。

うるさい黙れ。ここは立つべきところだ。立たなきゃいけないんだ。

「その手を、放せ……」

「頑張るねえ」

竜士は、不快そうに顔を歪める。

「いいとこなんだから、邪魔すんなよ。《鉄腕》、そのうるさい奴にパンチ」

避《よ》ける間もなく、鋼鉄の拳が真九郎の顔面に沈んだ。どうしてまだ意識があるのか、自分でも不思議なくらいの衝撃。背後の壁に叩きつけられ、真九郎はそのままズルズルと床に膝をつく。死ぬほど痛かった。涙が出そうだった。でも今は、それどころじゃない。

「……紫、答えろ」

口が勝手に動いていた。

「……おまえ、俺が負けると思うか？」

なんて強がり。なんて虚勢《きよせい》。

まさか自分の中から、こんな言葉が出てくるとは。

そんな驚きを覚えながらも、真九郎は続けた。

「俺が、こんなアロハシャツを着たデカイだけの奴に、負けると思うか？」

こんなときでも情けなくブルブル震え出す足。弱い自分。

真九郎は膝を両手で摑み、握り潰す勢いで力を込め、紫の答えを待った。

紫は、大きな瞳で真九郎を見つめながら、呟《つぶや》くように言う。

「……思わ…ない」

何てこった。この期《ご》に及んでも、この子は、俺が強いと信じている。本気で信じている。

この子は俺を信じてくれている。

「だったら、さ……」

真九郎は不敵に笑って見せた。まるで紅香のように。

「俺のことは気にしなくていいから。大丈夫だから。言ってみろよ、紫。おまえは本当に、それでいいのか？」

紫は、込み上げる感情を堪えるように口を引き結び、しかしそれでも抑え切れず、その瞳から涙が一筋こぼれ落ちる。

「……嫌だ」

今までずっと我慢《がまん》していたものを、彼女は解き放った。

「わたしは、本当は、本当は、こんなの、嫌だ、嫌なんだ……」

「このクソガキ！」

紫の胸倉《むなぐら》を摑み、竜士は血走った目で睨《にら》みつける。

「素直に、俺のオモチャになってりゃいいんだよ！」

「嫌だ！」

「俺に逆らうってのか！」

「おまえなんか、おまえなんか嫌いだ！」

「クソガキ！」

竜士に殴り飛ばされ、紫はベッドの上に転がった。

その痛みと悔《くや》しさに、涙と鼻水で顔をグショグショにしながらも、紫は嗚咽《おえつ》を混じえて訴える。自分の、本当の気持ちを。

「……こんなの……やだ……やだよぉ……助けて……真九郎……」

「わかった」

足の震えが止まった。

全ての迷いが消えた。

真九郎は、決めた。

俺は、本当に弱い人間で、こんなときでも心の底では弱音が燻《くすぶ》っているし、逃げ出したい気持ちも残っているし、本当に本当に弱い、情けない人間だけれど、でも……。

真九郎は拳を握り、両足でしっかりと床を踏みしめて立つ。

俺は、この子の前では強くなろう。

せめてこの子の前でだけは、紅《くれない》真九郎は、強者になろう。

今ハッキリと、そう決めた。

「紫、少し待てるか？」

涙を手の甲《こう》で拭《ぬぐ》い、紫はコクンと頷く。

彼女を安心させるように、真九郎は微笑《ほほえ》んだ。

「ごめんな。すぐに片付けるよ」

「……片付ける、だと？」

顎を擦りながら、《鉄腕》は訝《いぶか》しむように真九郎を見下ろす。

「殴られ過ぎて、頭がいかれたか、小僧？」

真九郎はそれに笑みだけを返し、心の中にある厳重な封を解く。

夕乃《ゆうの》の警告が脳裏《のうり》をよぎった。

ごめんね夕乃さん。でも今は、もっと大事なことがあるんだ。

俺にできることを、あの子に見せてやりたい。

「くぅっ」

骨が裂けるような激痛。それに続いて、右肘《ひじ》の皮膚《ひふ》を内側から何かが突き破った。血を滴《したた》らせたそれは、ほのかに輝く水晶にも見える、鋭角な物質。そこから熱風のごときエネルギーが全身に流れ込んでいく。体中の血液が入れ替わるような興奮《こうふん》。体中の細胞が生まれ変わるような歓喜《かんき》。込み上げる破壊衝動。暴れ狂おうとする手足を統率《とうそつ》し、真九郎は己の行動を定める。

敵は二匹。救うは一人。果たす力は我《われ》にあり。

「来いよ、《鉄腕》」

体内に収まりきらないエネルギーを逃がすように熱い息を吐き、真九郎は拳を握る。

まずはこいつからだ。

「小僧……」

真九郎の豹変《ひょうへん》ぶりを警戒しつつも、そこはプロの戦闘屋。右肘から突き出た異物に対しても、《鉄腕》は何も問わない。鋼鉄の拳を、初めて本気で構えるのみ。

彼は悟ったのだ。真九郎が、自分と同じステージに上がってきたことを。

《鉄腕》は叫ぶように言った。

「俺は悪宇《あくう》商会所属、《鉄腕》ダニエル・ブランチャード！　名乗れ、小僧！」

「崩月流甲一種第二級戦鬼《せんき》、紅真九郎」

真九郎にとって初めての名乗り上げ。死んでも退《ひ》かない意思表示。

二人は同時に前進した。ブランチャードが右腕を大きく振りかぶったのを見て、真九郎もそれに合わせる。正面からの全力攻撃。上等だ。鋼鉄の腕を、真九郎は生身《なまみ》の腕で迎撃《げいげき》。二種類の風切り音に続いて、両者の中間でお互いの右腕が激突。金属と肉が、高速でぶつかり合う異音。ベッドの上にいた竜士は悲鳴を漏らし、紫は目を大きく見開く。その数瞬後、ブランチャ

ードの右腕が弾《はじ》き飛ばされた。巨体がよろめきながら後退。真九郎の右腕に残るのは、心地良い痺れ。だがブランチャードの右腕に残るのは、敗北の証《あかし》。チョコレートのように脆《もろ》くひび割れた鋼鉄の皮膚を見て、ブランチャードの顔が驚愕《きょうがく》に歪む。

その隙《すき》を逃さず、真九郎は仕掛けた。

「さあ、相撲《すもう》だ」

膝を深く曲げて前屈《まえかが》みになり、真九郎は両拳を床につく。そうして溜《た》めこんだバネを、爆発的な勢いで解放。ブランチャードにタックル。衝突。その加速と突進力にブランチャードは冷や汗《あせ》を流し、数メートル下がるも、靴底で絨毯を削《けず》りながら踏み止《とど》まった。

「こ、小僧、この力は……！」

「意外と軽いな、あんた」

ブランチャードの体重を、真九郎は百五十キロ強と推測。今の真九郎にとっては、バカバカしいほどの軽量級。

真九郎は短く息を吸い、

「どすこい！」

右手の突っ張りを一撃。ブランチャードの巨体が、床と水平に吹っ飛んだ。背中から分厚い窓ガラスを突き破り、その破片とともに夜の街へと落ちて行くブランチャード。ホテルの明かりを浴びながら落下する様子を、真九郎は数秒間だけ眺《なが》める。

悲鳴一つ上げないとは、さすがプロの戦闘屋。これでも死にはしないだろう。

強引な決着のつけ方だったが、今の真九郎にはこれが限界。

暴走しそうになる力を上手《うま》く誘導し、何とか当てられた。

比類《ひるい》無き剛力《ごうりき》。それが崩月家に伝わる力。それをもたらすのが、この右腕にある角《つの》だ。崩月家の者は生まれながらに角を持ち、それを用いて尋常《じんじょう》ではない身体能力を発現させる。真九郎は、師匠《ししょう》である法泉《ほうせん》からその一本を右腕に移植されていた。この強力なエンジンに耐え得る土台作りが、崩月家で行った厳《きび》しい修行の理由。

崩月家の人間に肉体を近づけるため、真九郎は八年を必要とした。

「ば、化け物！」

ベッドから降りて扉に走る竜士に、真九郎は足元に落ちていたガラスの破片を投げる。それに足を貫かれ、竜士は転倒。真九郎は竜士に近づいて左拳を握り、下からすくい上げるようなアッパー。口から砕《くだ》けた歯を撒《ま》き散らしながら、竜士の体は天井にぶち当たり、床に落ちた。

「が、がはっ、げえっ……！」

痛みでのたうち回る竜士を、真九郎は冷たく見下ろす。

「殴られるのは初めてか？」

本当は、ブランチャードと同じように窓から落としてやりたいところだったが、腹違いとはいえ紫の兄。この程度で我慢するしかない。

恐怖で顔が青ざめながらも、竜士は大半の歯を失った口を大きく開いた。

「き、貴様、もう終わりだ、バーカ！　九鳳院家に逆らった奴は、死刑だ！」

こんな男が紫と血が繋がってるとは、とても信じられない。異常な家風が、こういう人間を育《はぐく》むのだろうか。

だったら紫の存在は、ちょっとした奇跡だ。

竜士の相手をするのがバカらしくなり、真九郎は紫に目を向ける。彼女は感極《かんきわ》まったような顔で、真九郎を見つめていた。真九郎と紫、お互いが言葉を口にしようとしたとき、突然、割れた窓から強烈な光と音が乱入。プロペラの激しい駆動音。眩《まぶ》しいサーチライト。プロペラの風圧にカーテンが大きく揺れ、細かいガラスの破片が飛び散るのを見て、真九郎は紫の盾《たて》になる位置まで移動。割れた窓の外には、一機のヘリコプターがホバリング中。

もう増援が来たのか、と目を細めた真九郎の視界に、サーチライトを背に受けた人影が飛び込んできた。ヘリコプターと窓との距離は、どう見ても十メートル以上。人影は、その距離を跳躍《ちょうやく》してきたのだ。床に着地した、と思ったときにはそれはもう、真九郎の手前一メートルほどに接近。真九郎の眼前に、刀《かたな》の切っ先が突きつけられる。

「動くな」

近衛隊の黒服に身を包んだ、東洋系の若い女だった。視線だけで相手を斬《き》り殺しかねない、恐ろしく鋭い目つき。髪は、床に届きそうなほど長い三つ編み。左腰に二本の太刀《たち》を差した彼女は、残る一本も抜き放つと、その切っ先を竜士に向ける。

「そちらも同様に」

「リン・チェンシン！　近衛のくせに、俺に刃《やいば》を向けるか！」

「御前が参ります。お静かに」

銃火器を持たない、双刀使《そうとう》いの彼女は、紅香の言っていた近衛隊の幹部クラスか。紫を連れて早くこの場を離れたいところだったが、刃から放たれる殺気は、今の真九郎でさえ容易には対抗できそうにないほどの濃度。迂闊《うかつ》に動けば、腕か足の一本は切断されかねない。そんな怪我《けが》を負ってしまったら、紫を連れての脱出は不可能。刃を見据《みす》えながら、真九郎は周囲の気配を探った。屋上のヘリポートを利用して、誰かが降りてくる。

荒々しく扉を開き、部屋に現れたのは壮年の男。名乗らなくとも、真九郎にはそれが九鳳院蓮丈《れんじょう》だと察しがついた。和服、片手には杖《つえ》、足には下駄《げた》。口と顎にたくましい髭《ひげ》を蓄えた顔は、権力者というよりも、貴族というよりも、まるで世界の転覆《てんぷく》を企む革命家のごとき異相《いそう》。途方もなく濃密な気配を持つこの男が、九鳳院財閥《ざいばつ》の総帥《そうすい》。表御三家の一角、《九鳳院》の当主。

現場を制圧して主《あるじ》を迎えた近衛隊のリン・チェンシンは、真九郎と竜士に刃を向けたまま、無言で蓮丈に一礼。

「帰国早々に、これか。くだらん」

蓮丈は、感情の色がない瞳で室内を見回した。その視線は、道端に転がる石に対するのと同じように真九郎を素通りし、竜士に留まる。

「お、親父《おやじ》、これは……」

「事情は知った。弁解は聞かぬ」

竜士は口を閉ざし、父親に頭を下げた。

あれほど無駄口を叩いた男も、この父親の前では従順。当主の命令は絶対。

蓮丈の持つ杖が、床を突いた。それはまるで、地に足をつける全ての者に命令するかのごとく鋭い響き。真九郎には、部屋全体が揺れたようにさえ感じられた。

「竜士は屋敷で謹慎《きんしん》。紫は奥ノ院へ移送。以上だ」

九鳳院蓮丈の決定。

その事務的な口調に、真九郎は怒りの余り歯軋《はぎし》りする。

……それだけか？

この状況を見て、それだけか？

自分の息子が自分の娘を強姦《ごうかん》しようとしていたのを知って、それだけか？

何の情も感じられない蓮丈の態度に、何より紫に声さえかけようとしないその態度に、真九郎は本気で頭にきた。

「待て！　あんた、紫の父親だろ！　自分の娘がどんな目に遭ってるのか……」

「黙れ下郎《げろう》、口を開くな！」

リン・チェンシンの刃が喉に浅く刺さり、血が流れる。これ以上言葉を発すれば、彼女は容《よう》赦《しゃ》なく刃で真九郎の喉を貫くだろう。

だから何だ。それが何だ。真九郎は気にしなかった。

喉を貫かれる前に、言いたいことを言ってやる。

その気迫に何かを感じたのか、蓮丈は初めて真九郎に目を留めた。凄《すさ》まじい眼力。右腕の角が発動し、肉体が戦闘態勢にある今だからこそどうにか耐えられるが、普段なら数秒も合わせられそうにない視線だ。その迫力に息を呑《の》みながらも、少しだけ紫に似ている、と真九郎は思った。物事をまっすぐに見つめる、大きな瞳。

「貴様、その腕の角、《崩月》の小鬼か」

「俺は……」

「名乗るな。耳が穢《けが》れる」

蓮丈の杖が、再び床を突いた。

足元が不安定になるような感覚が、真九郎を襲《おそ》う。

「貴様は主犯ではない。だが、九鳳院家に害を及ぼした罪は重いぞ」

杖で床を指し示し、蓮丈は真九郎に命じた。

「詫《わ》びろ。そこに手をつき、詫びろ。それで、命だけは助けてやる」

動かない真九郎を見て、蓮丈はまた杖で床を突く。その鋭い響きに、竜士も紫も怯えるように身をすくめていた。

これが九鳳院蓮丈の絶対権力。

何だそんなもの。

「俺が、あんたに詫びる理由はない。何もない」

真九郎を支えたのは、紫の存在。

彼女が見ている前では、自分は強者であり続けると決めたのだ。

真九郎は、喉に突き刺さった刃を手で払い除ける。

「下郎！」

リン・チェンシンの双刀が、真九郎に牙《きば》を剝いた。閃《ひらめ》く銀光を、真九郎は身を捻《ひね》ってかわしたが、肩の肉を薄くスライスされ、脇腹《わきばら》を深く抉《えぐ》られる。さらに追撃してくる双刃《そうじん》。真九郎はベッドの天蓋を摑んで引き剝《は》がし、それをリン・チェンシンに投げつけた。天蓋は一瞬で切断されるも、真九郎はその隙に紫の側に飛び移り、彼女を抱き寄せる。

真九郎が近くに来てくれたことを喜びながらも、それを微《かす》かな笑みだけで示し、紫は萎縮《いしゅく》したように口を開かない。九鳳院家は完全な男尊女卑《だんそんじょひ》。次男の竜士の前でさえ、不自由を強《し》いられた紫だ。相手が父親の蓮丈では、一言の発言権すらないのだろう。

紫を人質にとったと勘違《かんちが》いしたらしく、リン・チェンシンはその場から動かない。まともに戦えば、良くて相討《あいう》ちというのが真九郎の読み。それではダメだ。相討ちでは、紫を守れない。別の手段を取らなければ。

脇腹の傷を手で押さえながら深く息を吸い込み、真九郎は声を張り上げた。

「九鳳院家当主、九鳳院蓮丈殿に申し上げる！」

紫の肩を強く抱き、続ける。

「ご息女、九鳳院紫の願い、どうかお聞きいただきたい！」

そして小声で、紫を促《うなが》した。

「言ってやれ、おまえはどうしたいのか」

「で、でも……」

「大丈夫」

戸惑《とまど》う紫に微笑みかけ、真九郎が背中を叩くと、紫は頷いた。

情の欠片《かけら》もない蓮丈の眼差しに耐えながら、彼女は震える声で言う。

「お、お父様……」

蓮丈の前で願いを口にするのは、彼女にとって生まれて初めてのことか。

「わ、わたしは、わたしは……奥ノ院から出たい…です……」

弱々しいその響きを耳にした蓮丈は、即答。

「考慮する価値なし」

それが、娘の願いに対する父の答え。

九鳳院家では、女の意見など考えるまでもなく却下。

最初から期待していなかった紫は、ただ力のない苦笑を浮かべる。

真九郎は諦めない。隣に、紫がいるのだ。諦めるものか。

真九郎は笑ってやった。

思いきり、バカにするように。

「たいしたことないな、九鳳院蓮丈も。家柄だけが自慢の、小物じゃないか」

「下郎、その首切り落としてくれる！」

刃を走らせようとするリン・チェンシンを、蓮丈が手を上げて制した。

「少し待て」

蓮丈は、杖の先を真九郎の顔に突きつける。

「《崩月》の小鬼よ。今、何と言った？」

「小物、と言った」

「それは、わたしが誰か知った上での言葉だろうな？」

誇り高き九鳳院蓮丈は、己への侮辱《ぶじょく》を決して許さない。

室内の空気が薄まるような息苦しさを感じながらも、真九郎は一歩も退く気はなかった。隣に紫がいる。紫が見てる。そんなカッコ悪い姿をさらせるものか。

「九鳳院蓮丈。あんたが九鳳院家の当主だというなら、この国の支配者の一人だというなら、この子のワガママくらい余裕で受け入れて見せろ！　そのくらいの器を見せろ！　真の権力者ってのは、そういうことができる奴のことだ！」

「九鳳院家の女が奥ノ院で生きるのは、宿命。そのシステムは不変である」

「なら滅びろ」

「何？」

「そんなふざけたシステムがなければ存続できないなら、九鳳院なんか滅びてしまえ」

「貴様……」

「あんたが本当に大物ならな、さすが九鳳院蓮丈だと、俺を感服させるようなところを見せてみやがれってんだ！」

「……なかなか吼《ほ》えるな、《崩月》の小鬼」

蓮丈の瞳に、初めて感情の色が浮かぶ。無論、怒り。

「貴様ごときが、この九鳳院蓮丈を試そうというのか！」

天雷のような怒声《どせい》に、紫と竜士は震え上がったが、真九郎は怯《ひる》まなかった。

蓮丈から目を逸《そ》らさない。逸らしてたまるか。

「お、間に合ったな」

突如《とつじょ》として割り込んできたその声に、張り詰めていた室内の緊張感が弱まる。リン・チェンシンが部屋の入り口へ刃を向け、蓮丈もそちらへ視線を移した。

「ちょうど終盤戦か」

入り口から颯爽《さっそう》と現れたのは、柔沢紅香。肩に羽織ったコートをマントのように風になびかせながら、余裕の足取りで進む。刃を向けるリン・チェンシンには軽い笑みを投げかけ、紅香は蓮丈の隣に立った。

「お久しぶりです、九鳳院の大将」

いつものようにタバコを銜えて火をつけ、紅香は挨拶《あいさつ》。

その無礼な態度に顔をしかめながらも、蓮丈は何故か咎《とが》めない。今にも斬りかかからんとするリン・チェンシンを止め、まるで不出来な娘でも見るような眼差しで、紅香を軽く睨んだ。

「やはり、貴様の仕業《しわざ》だったか」

「お見通しですか」

「奥ノ院から女をさらって得をする者などおらん。《九鳳院》を敵に回すリスクが、あまりにも大き過ぎるからな。そんな無謀《むぼう》なことを企《たくら》み、実行する者がいるとすれば、よほどのバカ。例《たと》えば貴様だ」

「返す言葉もありませんね」

おどけるように、肩をすくめる紅香。

どう転ぶかわからない状況に気を引き締めながらも、二人の口調から漂う微妙な距離感を、真九郎は感じ取っていた。

紅香は、かつて九鳳院家で働いていたことがあるという。

それはどんな働きだったのか。

「柔沢紅香。貴様の目的は何だ?」

「約束です」

「約束?」

「蒼樹《そうじゅ》との、約束です」

九鳳院蒼樹。それが、紫の母親の名前。

「……くだらん」

ほんの一瞬だけ目を細め、蓮丈はそう言い捨てた。過去を閉ざすように。

「貴様、《九鳳院》と戦争でもする気か?」

「いいですね、それ。いつかはそれもいいが、でも今回はやめときましょう」

タバコを吹かしながら、紅香は言う。

「今回の件、主犯はわたしです。ところが主役は、わたしじゃない。そこの二人だ」

紅香が指差したのは、真九郎と紫。

「さあ大将、どんな決定を下します？」

「そんな誤魔化《ごまか》し、こんな茶番に、わたしが付き合うと思うか？」

「ケツの穴の小さいこと言わんでくださいよ。昔のあんたは、魅力的だったのに」

それを主《あるじ》に対する侮辱と捉《とら》えたのか、リン・チェンシンが動く。

「御前、この無礼者を切り捨てます」

そう言い終えたときにはもう、左右の刃は紅香に襲いかかっていた。しかしそれは、紅香に届かない。紅香の背後から現れた弥生の持つ手裏剣《しゅりけん》が、完璧に受け止める。二人の実力は拮抗《きっこう》するのか、交わった刃は接着されたように不動。

「くっ、柔沢の犬め！」

「犬です」

殺気をぶつけ合う二人を、紅香と蓮丈は見てもいなかった。

目の前で火花が散ろうと動じない豪胆《ごうたん》さは、紅香と蓮丈に通じるもの。

「あの《崩月》の小鬼、貴様の弟子か？」

「似たようなもんです」

「生意気な物言いが、昔の貴様を見ているようだ」

「それは失礼」

どうでもいいようにそっぽを向き、タバコをくゆらせる紅香。

その横顔を一瞥《いちべつ》し、蓮丈は微かに口元を綻《ほころ》ばせた。

「……感傷か、くだらん」

己の感情さえも否定するようにそう言うと、蓮丈は杖を固く握る。

「わたしは忙しい身だ。こんな瑣末《さまつ》な件に、いつまでも付き合う暇《ひま》はない。決定を下す」

杖で床を突いた。

「紫」

「は、はい！」

背筋《せすじ》を伸ばし、父の言葉を待つ娘に告げる。

「おまえを、奥ノ院から出す。以上だ」

今までおとなしくしていた竜士も、これには異議を唱《とな》えた。

「お、親父、そんな……！」

「決定である。おまえも、少しは鍛えろ。未熟者が」

竜士の反論を封じ、蓮丈は背を向ける。リン・チェンシンは弥生から刃を引くと、紫に未練がましい視線を送る竜士の首筋に、刀の柄《つか》で一撃。そして昏倒《こんとう》した竜士を、肩に担《かつ》ぐ。

部屋から出て行く蓮丈の背中へ、紅香は不審そうに声をかけた。

「えらく引き際がいいですね」

「前例がないわけではない。その結果も知れている」

それは、奥ノ院で生きることこそが幸せであると信じる男の言葉か。

紫もいずれ、そのことに気づくという意味か。

最後にリン・チェンシンが扉を閉め、部屋に静寂《せいじゃく》が戻った。

何だよ、あの態度は……。

真九郎は蓮丈にもっと何か言ってやりたかったが、もはや気力も体力も限界。完全なガス欠。右肘の角は既に腕の中へと消え、それと同時に猛烈な痛みが全身に甦《よみがえ》ってきていた。《鉄腕》にやられた怪我も酷《ひど》いが、リン・チェンシンの刃による脇腹の傷が特に酷い。真九郎はポケットから針を出し、脇腹に数本刺して痛みと出血を抑える。このダメージでも平静を装えるのは、やはり紫がいるからだろう。

「真九郎！」

紫は真九郎の首に飛びつき、頬をすり寄せる。

心地良い感触。それが痛みと疲労を僅かに遠ざけてくれるのを感じながら、自分らしくない無茶をしたものだな、と真九郎は思った。

自分にこんなことができるなんて、という驚きも少しはあるのだが。

真九郎のその心情を読んだかのように、紅香はニヤニヤ笑っていた。

少しだけ憎《にく》らしい。

だいたい九鳳院蓮丈とは、どういう仲なんだか。

いつか絶対聞き出してやる、と心に決め、真九郎は紫の頭を優しく撫でた。

きっと泣いているのだろうと思ったのだが、聞こえるのは泣き声ではなく笑い声。

子供は切り替えが早い。それにしたって早過ぎる。

「……何で笑ってんだよ」

「すごいすごい！　真九郎は、お父様に勝ったのだ！」

別に勝ったわけじゃない、と真九郎は言いたいところだったが、無邪気に喜ぶ紫を見ていると、そんなに悪い結末でもないか、と思えてきた。

涙の跡が残る顔で、それでも紫は笑っていた。

なんて子供らしい笑顔。心が軽くなる笑顔。

この笑顔を見られただけで、今までの全てに帳尻《ちょうじり》が合うような気がする。

最高の報酬《ほうしゅう》だ。

「なあ、真九郎」

小さな手を真九郎の顔の両側に当て、紫はニコニコしながら尋ねた。

「おまえ、わたしのことが心配だったか？」

「どうでもいいなら、ここまで来ないよ」

「ちゃんと答えろ！　わたしのことが、心配だったか？」

「心配だった」

「わたしが大事か?・」

「大事だ」

それを聞いた紫は、会心《かいしん》の笑みを浮かべた。

長い間求めていたものを、ようやく得られた者だけが浮かべる笑み。

「喜べ、真九郎!」

心からの興奮、心からの喜び、そして心からの安堵《あんど》。

紫は、それら全てを言葉に込める。

「わたしたちは、相思相愛だ!」

第七章　そして僕は歩き出す

一週間ぶりに登校した真九郎《しんくろう》に、クラスメイトは特に関心を持たなかった。何人かに休んでいた理由を訊《き》かれたが、風邪をこじらせたと無難に答え、真九郎は自分の席につく。

まだ体の節々が痛むせいもあり、学校に来るだけでも少し疲れた。今日の体育は見学させてもらおうか。右腕を揉《も》みながら真九郎がそんなことを考えていると、机に当たっていた朝日が誰かに遮《さえぎ》られた。

そちらへ目を向けると、いつも通り不機嫌そうな銀子《ぎんこ》の顔。

「仕事?」

「ま、いろいろあってね」

真九郎は銀子から視線を外し、鞄《かばん》の中身を机に詰めていく。長く目を合わせていると、いろいろと見抜かれそうだった。

その態度に、銀子はメガネの奥の瞳《ひとみ》を不審《ふしん》そうに細める。

「やらしい」

「何が?」

「そのコソコソした感じが、やらしい」

「おまえな、やらしいやらしいって……」

「どうせ、女絡《がら》みの仕事で何かトラブって、それで怪我《けが》でもしたんでしょ?」

真九郎は言葉に詰まる。物凄《ものすご》く的確な要約だと思った。

今回の件は、たしかにそういうことなのだろう。

あの日、九鳳院《くほういん》家との一件が取り敢《あ》えず解決した日から今日まで、真九郎はずっと五月雨《さみだれ》荘で寝込んでいた。無理に無理を重ねた肉体はボロボロで、一人ではトイレに行くことさえもできず、仕方なく環《たまき》に手伝ってもらったりしながらの情けない日々。その光景を見舞いに来た夕《ゆう》乃《の》に目撃され、一悶着《ひともんちゃく》あったりしながらも、何とか学校に来られる程度には回復した。今日は学校の帰りに崩月《ほうづき》家に寄り、師匠《ししょう》に事後報告をしなければならない。おそらくは、こっぴどく叱《しか》られることだろう。

「痛っ」

銀子が、いきなり真九郎の額《ひたい》を叩《たた》いた。真九郎は文句を言おうとしたが、彼女のキツイ眼差《まなざ》しに封じられる。何やら剣呑《けんのん》な空気を漂わせながら、銀子はため息混じりに言った。

「……ムカつく」

「何が?」

「あんたの妙にスッキリした顔が、ムカつく」

そんなわけがない。

今回の件を思い返している自分の顔は、どちらかといえば苦渋《くじゅう》の色が濃いはずだ。

真九郎が何か反論の言葉を考えているうちに、チャイムが鳴った。

「……心配させないで」

最後にそれだけ言って、自分の席に戻って行く銀子。

なんて卑怯《ひきょう》な奴《やつ》だろう、と真九郎は思う。

昔から、村上《むらかみ》銀子はそうなのだ。飴《あめ》と鞭《むち》の使い方が絶妙。

どうしても嫌いになれない。

担任が教室に現れ、HRを始めた。銀子はさっそくノートパソコンを開いている。それを見て苦笑しながら、ああ平和だなと、真九郎は感じた。

長かったトラブルもやっと片付いた。終わった。

そう、終わってしまったのだ。


昼休みになると、真九郎は教室を出た。購買部には寄らず、なるべく人気《ひとけ》のない場所を探していると、校舎裏くらいしかない。適当に腰を下ろし、壁に背を預けながら空を見上げる。青く晴れ渡った冬の空。気温は低いが、日差しを浴びていれば少しは暖かい。

真九郎が寝込んでいた一週間。その間に、何もかもが終わっていた。詳《くわ》しいことは、あとで紅香《べにか》が教えてくれた。全《すべ》ては順調。紫《むらさき》は奥ノ院《おくのいん》に戻されず、九鳳院本家の屋敷に引き取られた。それだけではなく、紫は蓮丈《れんじょう》の娘として、九鳳院の家系図にも載ることになった。奥ノ院という裏の世界から、表の世界へと移り住むことができたのだ。これで堂々と学校にも通える。戸籍などの諸問題は、九鳳院家ならどうとでもなる。こうなってはあの竜士《りゅうじ》も、まず手は出せないだろう。

紫を奥ノ院から出し、さらにそこまでの配慮《はいりょ》をみせた蓮丈は、やはり大物。そんな蓮丈を相手に、あの場では威勢《いせい》のいいことを言ってのけた真九郎だが、今から思い返すと、その無謀《むぼう》さに背筋《せすじ》が寒くなる。強者《つわもの》として振る舞うのは、やはり自分の柄じゃない。

真九郎と紫の間に、別れの言葉はなかった。紫を助け出して間もなく、真九郎は気を失ってしまい、五月雨荘で目を覚ましたときには、既《すで》に彼女は九鳳院家に引き取られた後。残念ではあるが、自分の役目は全て終わったのだと、真九郎は感じた。

これから紫がどういう人生を歩むのか、真九郎にはわからないし、関係ないことだ。今回は、たまたま道が交わってしまっただけで、本来、真九郎と紫は進む道がまるで違う。紫は九鳳院家の一員として生き、真九郎は揉《も》め事処理屋として生きる。

今回無理をしたことで、自分の肉体はどれだけ損傷《そんしょう》したのか。悪宇《あくう》商会を敵に回したことで、これからどれだけ危険が増えるのか。考えるだけで憂鬱《ゆううつ》になるが、九鳳院紫という少女の手助けができた自分は、少しだけ誇らしい。

紫は、幸せになるだろう。あれだけ賢《かしこ》くてまっすぐな子なら、表の世界でも道を開けるはずだ。そうであって欲しいと、真九郎は心から思う。心から願う。もし彼女に何か困ったことが起きて、誰かの力が必要になったときは、紅《くれない》真九郎という揉め事処理屋を思い出し、頼ってくれると嬉《うれ》しい。そのときまでには、何とか一流に成長してるといいのだが。

真九郎は空腹を感じ、でも何も食べる気がせず、取り敢えず目を閉じる。

紫がいなくなり、少しだけ広くなった部屋で、真九郎はまた一人で生活。でも、前と違う点もあった。心穏《おだ》やかな睡眠《すいみん》。悪夢を見ることは、もうない。

それは、あの小さな女の子が残してくれた、幸せ。

静かな校舎裏で、真九郎はしばらくの安眠を楽しむことにした。

無理だった。

「おーい、真九郎！」

聞き覚えのある声。

目を開けた真九郎は、外から塀《へい》を乗り越えようと苦戦している紫の姿を発見。落ちそうになった紫に急いで駆け寄り、手を貸してやりながら、真九郎は当然の疑問を口にした。

「おまえ、何でここに……」

どうにか地面に下りた紫は、相変わらず男の子のような半ズボン姿。

その手には、何やら包みを持っていた。

「聞け！　わたしは小学生になったのだ！　一年三組だぞ！」

念願叶《かな》って嬉しくてたまらない、という感じの紫。表の家系図に載った以上、その処置は当然。だが、紫の通う小学校の名前を聞き、真九郎は唖然《あぜん》とした。その小学校は、この星領学園《せいりょう》から百メートルも離れてない近所。

「昼休みなので、抜け出してきた！　おまえに会いたいからだ！　どうやって捜そうか悩んでいたが、こうして会えるとは、わたしたちには運命が味方しているぞ！」

「抜け出してきたって、おまえ……」

「真九郎、わたしに会えず、寂しかったか？」

「いや、別に……」

「わたしは寂しかったぞ」

真顔《まがお》で見つめられ、何も言えなくなる真九郎。

相変わらずまっすぐな奴だ。

真九郎が反応に困っているのを見て、紫は少し笑う。

「昼食は、もう済ませたか？」

「いや、まだ……」

「ちょうど良い。さあ座れ」

紫に手を引かれ、真九郎は彼女と並んで腰を下ろす。

何でこんなことになったんだろう。おかしくないだろうか。これは本当に現実か。

無数の疑問が頭を駆け巡《めぐ》るが、隣にいる紫はどう見ても本物。

「一緒に食べよう」

紫は包みを開け、木製の高級そうな弁当箱を二つ取り出した。その一つの蓋《ふた》を開くと、中身は真九郎の見覚えがあるもの。

「……これ、おまえが作ったやつ？」

「うむ。厨房《ちゅうぼう》を借りて作った。真九郎の分だ」

その弁当箱を真九郎に渡し、自分は別の弁当箱を開ける紫。そちらの中身を見ると、きちんとした料理。おそらくは九鳳院家の料理人が作ったものだろう。

真九郎に箸《はし》を渡し、紫は嬉々《きき》として小学校の話を始めた。星領学園の近所の小学校を選んだのは、紫の希望だという。理由はもちろん、真九郎の近くにいられるから。近所の小学校は公立であり、九鳳院家の子女を受け入れるのは迷惑じゃなかろうか、などと真九郎は危惧《きぐ》してしまうが、紫が言うにはもう友達もできたらしい。やはり適応力が高い。それにしたって、昼休みに学校を抜け出すのはどうだろう。

そんなことを真九郎が考えていると、小学校での出来事を楽しそうに話していた紫が、不意に黙り、やがて静かに言った。

「……真九郎」

「ん？」

「わたしはな、奥ノ院が嫌いではなかったよ」

膝《ひざ》の上の弁当箱に視線を落としながら、紫は続ける。

「あそこは、とても優しい場所だ。何も難しいことを考える必要はなく、何も焦《あせ》る必要はなく、心穏やかに暮らせる。たまに男がやって来て、中には竜士兄様のような人もいるけど、でも、たいていは優しい人ばかりだ。誰かの子供を産み、育て、あそこで一生を送るのが最高に幸せな生き方だと、みんな言う。それは九鳳院家の女の義務だと、みんな言う。わたしも、それが正しいのだと信じていた」

「おまえ……」

真九郎の表情が曇《くも》るのを見て、紫は顔の前で手を振った。

「ああ、違うぞ、真九郎。わたしは、後悔しているわけではない。ただ、わたしの気持ちを話しておきたいと思っただけだ。たしかに、わたしはあそこが嫌いじゃなかった。けれど、何て言うのだろう。んー、今のわたしでは何と言えば良いのかわからないが、とにかく、嫌だな、と思ったのだ」

「……嫌いじゃないのに、嫌なのか？」

「そうだ。矛盾《むじゅん》しているとは自分でもわかっているが、本当なのだ。あそこはみんな優しいし、あそこで誰かの子供を産んで一生を終えるのも悪くない、と思ったのだが、どういうわけか、わたしの心の何処《どこ》かに嫌だという気持ちもあったのだ。他の女たちに、この気持ちを話したこともある。……笑われてしまったがな」

奥ノ院のシステム、それは完璧《かんぺき》なものなのだろう。女たちに疑問を抱かせることなく、永遠に維持《いじ》し続ける環境。そのための教育をし、必要なら薬や手術さえ施《ほどこ》すのだと、紅香は言っていた。そんな中で、紫のような思想は異端《いたん》。それが放置されていたのは、彼女がまだ子供を産めない歳《とし》だからか。

「あそこで生きることに疑問を持つのは、わたしに何か足りないからだと、そう思った。それが何か考えたけれど、わからなくて、でもそこで思い出したのだ。お母様が、教えてくれたことを」

どうしてわたしを産んだのですか？

紫は、母親にそう訊《き》いたことがあるらしい。

それは純粋な疑問だったのだろう。

どうして自分がこの世に生まれたのか、紫はそれを知りたかった。

「お母様は、こう言った。わたしは、あなたのお父様に恋をしたのよ、と」

……そういうことか。

真九郎は、紅香の抱いていた複雑な気持ちが少しだけ理解できた。聡明であるのに、奥ノ院というシステムを受け入れた紫の母。おそらく彼女は、本気で蓮丈を愛していたのだ。実の兄であることなど関係なく、本気で。だから彼女は、紅香の誘いにも乗らなかった。奥ノ院で生《しょう》涯《がい》を終えることを、紫の母は本心から納得していた。それが愛する兄の望みだと、彼女はわかっていたから。

「お母様はお父様に恋をし、それで満たされたという。幸せになったという。だから、わたしも恋をしてみたかった」

だから彼女は願った。

ある日、自分の前に現れた柔沢《じゅうざわ》紅香に。

母との約束を果たしに来たという、彼女に。

自分の願いを、紫は口にした。

「真九郎」

紫は神妙《しんみょう》な面持《おもも》ちで箸を置き、隣にいる真九郎を見上げる。

「わたしは、九鳳院紫は、紅真九郎と一緒にいたい」

自分の心をそのまま差し出すように、彼女はそう言った。

ウソ偽《いつわ》りのない気持ち。

その真摯《しんし》な声の響きに、真九郎は息を呑《の》む。

「……真九郎は、わたしがいると迷惑か？」

どうかそれだけは許して欲しいという顔で、真九郎の答えを待つ紫。

彼女があまりに不安そうなのを見て、真九郎は少し笑ってしまった。

答えなんか、決まっているのに。

「迷惑じゃないよ」

真九郎は、首を横に振る。彼女を傷つけないように、ゆっくりと。

この子の側《そば》にいるのは、自分にとって不愉快《ふゆかい》と対極だ。

「そ、そうか……」

紫は、心底安堵《あんど》したように息を吐いてから、笑顔で言った。

「では結婚しよう」

「……………………………は？」

「好き合う男女は、結婚するものらしいではないか。だから、結婚しよう」

「いや、おまえ……」

紫が真九郎に対して抱いているのは、ただの執着、未練、他の言葉でいくらでも言い替えられるもので、恋愛感情とは違う。あの日、真九郎をあそこまで衝《つ》き動かしたそれもまた、恋愛感情などではなく、多分、父性愛の一種だろうと自己分析《ぶんせき》できる。

童話に例《たと》えるなら、お姫様を救う騎士は、別にお姫様とどうかなりたくて戦うとは限らないのだ。お姫様を救いたかったから戦った。ただそれだけ、ということもある。

とはいえ、七歳児を相手にそれを細かく説明するのは困難か。

真九郎が当然ＯＫすると思い込んでいるのか、瞳をキラキラさせている紫に、真九郎は取り敢えず常識的に対応。

「……俺とおまえ、いくつ離れてると思う？」

「年の差のことか？」

えーと、と両手の指を折り曲げながら紫は計算。

「十六から七を引くのだから、差は九だ。あと九年経《た》てば埋まるな」

「いや、その計算おかしい」

「……真九郎、算数を知らんのか？」

哀《あわ》れむような目で見られた。こっちは高校生なのに。

真九郎は、何とか紫を諭《さと》そうと努める。要するに、少し幻滅《げんめつ》させてやればいいのだ。

「俺の右腕の角《つの》、見たよな？　あんなのがある奴なんて、嫌だろ？」

「カッコイイではないか」

「カッコイイって……」

「わたしの相手となる男なら、角くらいあってもおかしくはない」

あっけらかんと受け入れられてしまった。

真九郎は頭を掻《か》き、あまり言いたくなかったことを口にすることにした。

拭《ぬぐ》い切れない、己《おのれ》の恥《はじ》。

「……あのとき、俺の足が震えてるの、見なかったのか？」

「見た」

「じゃあ、わかるだろ？」

「うん、真九郎は強かった」

「いや、そうじゃなくて……。土壇場《どたんば》で足が震える男なんて、情けないだろ？」

「なぜだ？」

「だって、そりゃあ……」

「震えるのは、おかしいことじゃないぞ。人間は、悲しみに震え、恐怖に震え、怒りに震え、喜びに震えるものだ。わたしも、真九郎が会いに来てくれたときは、喜びに震えた。人間は震えるようにできているのだ」

「……そう、か？」

「うん、そうだ」

紫が頷《うなず》くのを見て、真九郎も自然と頷いていた。

ずっと悩んでいたことを、こんなにあっさり肯定されるとは。

幼《おさな》い声が、どんどん心に染《し》み込んでくる。

「法律も気にするな。そんなもの、ただの文書だ。大事なのは、お互いの気持ち。わたしはおまえが好きで、おまえもわたしを好きなのだから、何も問題はあるまい？」

はずみで頷きそうになり、真九郎は慌《あわ》てて否定した。

「いや、問題あり過ぎだ！」

「真九郎は、わたしと結婚するのは嫌か？」

「嫌っていうか、それは……」

純粋な輝きを放つ紫の瞳は、ウソを許さない。

どう答えたものか、言葉を探す真九郎の前で、紫はそっと瞼《まぶた》を閉じ、顎《あご》を少し上げた。

まるで何かを誘うような仕草。

……俺にどうしろっていうんだ、こいつは。

真九郎は、大きくため息を吐《つ》く。

わけがわからないうちに、押し切られてしまいそうな勢い。さすがは、あの蓮丈の娘だ。

とにかく今はこの隙《すき》に、ここを離れるのが得策。子供の気持ちなど、時間が経てば変わる。

紫には悪いが、少し頭を冷やしてもらおう。

静かに腰を上げようとした真九郎は、しかし、瞼を閉じて答えを待つ紫を見て、真九郎が逃げるなんて露《つゆ》ほども思ってない穏やかな紫の様子を見て、唐突《とうとつ》に、ある答えが浮かんだ。

負けるか逃げるかしか選択肢《し》がなければ、逃げるのは当然。ずっとそう信じてた。

でも、もしかしたら、ひょっとしたら……。

負けてもいいことだって、あるのかもしれない。

何となく、一瞬だけ、そんな気がした。

「……じれったい奴だな」

痺《しび》れを切らしたのか、紫は目を開け、逃げそびれた真九郎の首に抱きつく。

「お、おい、こら！」

「そう照《て》れるな」

真九郎の頬《ほお》に小さな唇《くちびる》を寄せ、幸せそうに笑う紫。それを何とか引き剝《は》がそうと、真九郎の手が紫の肩にかかったところで、夕乃の声が聞こえた。

「あっ、真九郎さん、やっと見つけ……」

校舎の角から夕乃が目撃したのは、客観的には、睦《むつ》み合う恋人同士の姿。

真九郎は、紫から身を離す。

「ゆ、夕乃さん！　これは、あの……！」

夕乃はその場で固まっていた。手には、弁当箱らしき包みが一つ。真九郎のために作り、教室に持って行ったが姿が見えず、捜していたのだろう。

「……真九郎さん」

肩を震わせ、僅《わず》かに引きつった笑顔で、夕乃はいつもより低い声で言う。

「そこに、座りなさい」

「もう座ってます……」

「正座!」

「はい」

真九郎は急いで正座をし、ふと誰かの視線を感じて首を巡らせると、二階の窓から銀子が見下ろしていた。あの場所は、新聞部の部室だ。

昼飯代わりのアンパンを齧《かじ》りながら、銀子は冷たい口調で一言。

「……やらしい」

そして、乱暴に窓を閉じる。

いつから見てたんだよ、と真九郎が頭を抱えているうちに、紫は立ち上がって移動し、夕乃と対峙《たいじ》していた。紫と夕乃、二人の視線が壮絶《そうぜつ》にぶつかり合う。

「邪魔をするな、夕乃。真九郎はな、わたしのために命を張ってくれたのだぞ。その熱い想いに応《こた》えねば、女がすたるというものだ」

「いいですか、紫ちゃん? あなたはまだ幼いから見識が狭く、一時の気の迷いで判断を誤る

こと も……」

「子供扱《あつか》いするな」

「あなたは子供です」

「すぐ大人になる。おまえより、胸も大きくなる」

「そ、そんなことわからないじゃないですか！」

「本によれば、男は若い女を好むというぞ。だから真九郎は、わたしを選ぶ」

「そんなの偏見《へんけん》です！　真九郎さんは年上好みなんです、絶対！」

「いーや、年下だ！」

「いいえ、年上です！」

論点がズレてないか、とは思ったが口を挟《はさ》めず、どうしたもんかなあと、真九郎は天を仰《あお》いだ。

さっきと同じ、雲一つない青空。

この空の彼方《かなた》には、偉《えら》い存在がいるらしい。人間を見守っているらしい。

真九郎はそいつをぶん殴ってやりたいと、ずっと思っていたけれど、そろそろ仲直りしてもいいかな、という気がした。

だから家族に伝えて欲しい。父と母と姉に、伝えて欲しい。

自分は今、生きていると。

何とか、やっていけそうだと。

ちゃんと、一人でも大丈夫だと。

みんながいなくても、平気だと。

そう伝えて欲しい。

紫と夕乃が、真九郎の名前を呼んだ。

二人はちょっと不機嫌そう。真九郎が、無関係を決めこんでいるように見えたのかもしれない。それに対する弁解の言葉を考えながら、真九郎は腰を上げる。

そしてもう一度だけ、空を見上げた。

さあ、進もうか。

真九郎は前を向き、二人のもとへと歩いて行った。


――おわり――

あとがき

「ねえ、セックスって知ってる?」

女の子から面と向かってそう言われたことが、一度だけあります。

あれは、わたしがまだ十歳にも満たなかった頃のこと。

場所は学校の図書室。

その当時、図書委員をしていたわたしは、放課後、他のクラスの生徒たちと一緒に本棚の整理をしていました。作業をしているのは、わたしを含めて十五人程度。六年生の女子が中心となって指示を出し、作業は順調に進行。小一時間ほどで終了。

疲れた生徒たちがさっさと帰るなか、わたしは前から気になっていた本を手に取り、パラパラとめくっていました。世界中の怪奇現象を扱《あつか》った本。怖いイラストが多く、借りて読む勇気まではなかったのです。やっぱり怖いなあ、と思いながら本を閉じ、棚に戻して帰ろうとしたとき、大きな笑い声が聞こえました。そちらに目をやると、六年生の女子たちが一ヵ所に集まり、何やら雑談中。当時の自分からすれば、六年生の女子は実際の年齢差以上に大人びて見える存在。そんな彼女たちの話題に、わたしは興味を引かれました。わたしの視線に気づいた女子たちは、一瞬だけ気まずそうな顔をしましたが、それはすぐに意味深な笑みに変化。女子の一人がチョイチョイと手招きするので、わたしは素直に従いました。女子たちは机の上で何かの本を広げていて、どうやらそれが話題の発端《ほったん》。開かれたページには、男女の裸《はだか》の絵がカラーで載っていました。

わたしを手招きした子が、クスクス笑いながら言います。

「ねえ、セックスって知ってる?」

わたしが首を横に振ると、彼女は声を潜《ひそ》めて回答。

「セックスっていうのはね……」

「はい」

「男の人と女の人が……」

「はい」

「同じお布団《ふとん》で、寝ること」

「寝る?」

「そう。しかも……裸で!」

そこまで言うと、彼女はキャーと嬉《うれ》しそうな悲鳴を上げ、周りの女子たちと手を取り合い、笑い出しました。

男と女が同じ布団で、裸で寝て……それがどうしたのだろう?

よくわからない、というのが当時のわたしの正直な感想。

図書室で起きたこの一件、今までずっと忘れていたのですが、どういうわけか今回、本編を執筆している最中に唐突《とうとつ》に記憶が甦《よみがえ》ったのです。

不思議なもので、当時の自分の気持ちを、今でも鮮明に思い出せました。

もうわかっていることなのに、わからなかったときの気持ちも消えずに残っている。

昔の自分が、ちゃんと保存されている。

当たり前のことなのかもしれませんが、脳ってスゴイなあ、とか改めて思いました。


ここからは謝辞《しゃじ》を。

相変わらず仕事の遅いわたしを待ってくださった担当の藤田《ふじた》さん、見惚《みほ》れるような素晴らしいイラストを描いてくださった山本《やまもと》さん、編集部のみなさま、そしてこの本を読んでくださった読者のみなさまに、心からお礼を申し上げます。

ありがとうございました。

片山憲太郎

紅

片山憲太郎

集英社スーパーダッシュ文庫

2005年12月30日　第1刷発行

★定価はカバーに表示してあります

発行者
山下秀樹

発行所
株式会社 集英社
〒101−8050　東京都千代田区一ツ橋2−5−10
03(3239)5263(編集)
03(3230)6393(販売)・03(3230)6080(読者係)

印刷所
株式会社美松堂／中央精版印刷株式会社

ISBN4−08−630272−1 C0193

奇妙な主従関係の
行方は——!?
スーパーダッシュ

スーパーダッシュ
テイルエンド
シリーズ
空をゆく少女たちのロマンティック・アドベンチャー！

津久田重吾

イラスト／きみづか葵

海賊放送アプリコット通信

女の子４人が運航する空飛ぶ貨物船トリリオン号に救出された青年パイロット・マグー。短い休息となるはずだったが、船にはある秘密が隠されていて!?

紙風船の王女

クーデターから王国を救った英雄として、一躍有名人になったトリリオン号の乗組員たち。だが、地上に戻った彼女たちの関係は、ぎくしゃくし始める…。

鉄とガラスの共和国

仲間の両親を乗せ遭難したオルセド号の捜索チームに加わったトリリオン号。手がかりがないなか、独自の捜索を始めた少女たちが見たものは!? 完結編!

スーパーダッシュ
その仮面をはずして
秘密がバレてしまったために、自称超能力者の少女真綾と同居することになった高校生のユーキ。皆に秘密を打ち明ける決心をした矢先、街を異変が襲う！
この愛がナイフでも
男として生活を続けるユーキは、真綾から“男に変わる”液体を飲ませられる。その効果は!? そんな中真綾の従姉妹が現れて、さらなる波乱の予感…！